JULIET

Hastings

SEX AND THE BUREAU

ROMAN

Traduit de l'anglais par
Carolyn Niang

J'AI LU

Titre Original :
Crash course
Traduction :
Carolyn Niang

Chapitre 1

« D'accord », répondit Kate en essayant de masquer la fatigue de sa voix. « Je serai là lundi pour la réunion de planning. Je vous verrai là-bas avec plaisir. » Elle reposa le combiné du téléphone et s'écria aussitôt en le regardant : « J'ai menti ! Ça ne me fera pas du tout plaisir de vous voir, mais alors pas du tout ! »

Derrière les vitres de son bureau, le soleil était en train de se coucher. Les rayons inondaient la pièce et se reflétaient sur l'écran de son ordinateur. « Saleté de machine, songea-t-elle, de mauvaise humeur. Pas étonnant que j'attrape des maux de tête. J'aurais peut-être dû tirer les stores mais c'est tellement dommage de ne pas laisser entrer le soleil. » Le bureau de Kate, une petite pièce moderne, était orienté nord-ouest et le soleil n'y entrait qu'à la fin de l'après-midi, comme pour lui rappeler qu'il était bientôt temps de rentrer à la maison, une sorte d'horloge céleste. Le soleil caressait à présent sa peau et elle soupira en repoussant le rapport sur lequel elle était en train de travailler. Son cerveau n'en pouvait plus et un panneau « Hors Service » semblait vouloir s'afficher à présent dans sa tête. « C'est vendredi soir, pensa Kate. Pas la peine de continuer si je suis aussi crevée. Il faut rentrer à la maison. »

Au moment où elle allait éteindre son ordinateur, celui-ci émit les petits bruits familiers annonçant l'arrivée de nouveaux e-mails. Elle les consulta. Comme elle s'y attendait, un petit message clignotait au bas de l'écran : « mail ».

« J'aurais préféré *mâle* », se dit Kate. Elle ne voulait pas lire les nouveaux messages. Ils devaient encore venir de quelqu'un qui allait lui demander de faire quelque chose qu'elle n'aurait de toute façon pas le temps de faire. Elle regarda son bureau en soupirant. Trois dossiers en attente, une vision culpabilisante. Elle les feuilleta négligemment, survolant les titres.

Un rapport pour un gros cabinet d'avocats sur « le développement des performances », en d'autres termes, qui démontrait l'efficacité de leurs équipes et ce qu'il leur restait à faire pour augmenter leurs performances. Et puis il y avait celui sur « la rémunération des cadres » : un rapport de routine concernant de très hauts salaires. Kate devait donner son avis sur le style et la présentation. Elle n'avait pas vraiment participé à l'étude. En revanche, le dernier rapport avait été rédigé par son équipe, sous sa direction : un gros dossier conseillant une société spécialisée dans l'électronique sur la manière de concevoir et de mettre en place des centres d'évaluation pour ses managers seniors – des formations pendant lesquelles les managers seraient confrontés à toute une série de tests et évalués par des observateurs spécialisés, de sorte que la société puisse avoir un regard extérieur sur les capacités et le savoir-faire de ses managers. C'était un beau travail de consultant, qui avait occupé toute l'équipe de Kate pendant plus d'un mois et avait aussi rapporté une belle somme, mais c'était vendredi soir et Kate n'arrivait pas à réunir assez d'enthousiasme pour une dernière relecture.

Sur la page de garde de chaque dossier était collé un post-it rose. La plupart des gens utilisaient des post-it jaunes et, pour Kate, les roses étaient réservés aux mauvaises nouvelles. Ils voulaient dire : « un message de Bryony ». Ces dernières semaines, Bryony – sa boss – lui avait bien fait comprendre qu'elle voulait que Kate se charge de plus en plus de clients, comme si le travail qu'elle fournissait n'était jamais suffisant. Quand Kate avait protesté, Bryony lui avait répliqué sèchement, avec son petit accent guindé du pays de Galles : « Accepter de nouveaux clients rapporte des contrats. Si tu manques de temps, prends-en sur celui que tu consacres à former ton équipe. On ne nous paye pas pour ça. » Et pas la peine de protester pour dire que cette formation interne apportait un plus à l'équipe et une satisfaction personnelle que ne procurent jamais les dossiers clients. Passer de la théorie à l'action, aller sur le terrain sont autant d'expériences qui font réellement avancer l'individu. Kate avait des dons de formatrice et ce qui lui plaisait dans ces formations, c'était la possibilité d'aider chacun à s'améliorer.

Elle savait ce qui était écrit sur les post-it sans même avoir à les lire. Sûrement des choses du genre : « On règle ça demain » ou : « Pourquoi ai-je dû attendre trois jours pour lire ce rapport ? » Elle n'en pouvait plus. C'était trop. Trop de pression et jamais de retour sur investissement. Son boulot était plutôt bien payé, mais est-ce que tout ça, au fond, en valait vraiment la peine ?

Elle se rassit au fond de son siège, ouvrit le tiroir de son bureau et en sortit les petites annonces du *Times*. Elle y avait déjà jeté un œil et quelques-unes lui avaient semblé intéressantes. Elle les avait entourées au rouge et les consultait à nouveau. L'une d'elles disait : « Entreprise spécialisée dans l'électronique recherche directeur de formation et développement. Salaire compétitif et intéressements aux profits. Voiture de fonction. Stock-options. Appeler en dehors des heures de bureau au 0171… ».

« C'est ça qui me plairait bien, pensa Kate. Dire aux autres quoi faire, pour une fois. Quel intérêt d'être consultante ? Ça fait sept ans que je fais ce métier et j'en ai fait le tour. Ici, on vient toujours nous consulter quand les problèmes ne peuvent plus être résolus, quand il est trop tard. Et après, on vous reproche de ne pas avoir été capable de les résoudre. Intégrer une boîte et me concentrer sur ses problèmes pour les résoudre au bon moment, pourquoi pas ? Ce serait un nouveau défi. »

Elle plongea son regard gris-vert sur l'annonce qu'elle lut attentivement en serrant ses lèvres pulpeuses et en fronçant ses sourcils touffus. Son équipe la voyait souvent ainsi, plongée dans les dossiers, l'air concentré, une main caressant négligemment ses cheveux bruns noués en chignon derrière la nuque. Celui-ci était toujours impeccable en début de journée, mais au bout de quelques heures, des petites mèches se mettaient à rebiquer, comme ébouriffées par le vent. Un rayon de soleil oblique illuminait à présent sa chevelure et caressait sa joue ronde. Il avait fait beau ces dernières semaines et la peau blanche de Kate était légèrement hâlée. Elle adorait bronzer nue sur la terrasse de son appartement. Mais elle le faisait malheureusement en solitaire, en ce moment.

Kate referma le journal et le posa sur le bureau. Elle se dirigea vers la porte restée entrouverte, et resta un moment à regarder l'open space. Il était tard, mais l'un des membres de son équipe était encore en train de travailler. Elle hésita, la main sur la poignée de la porte, et se mordilla les lèvres tout en regardant le jeune homme ténébreux penché sur son ordinateur. Il passait ses mains dans ses cheveux, l'air préoccupé. Kate prit sa respiration et s'avança vers lui : « Un problème, Alex ? »

Il sursauta et leva les yeux vers elle : « Non, non, tout va bien. » Il avait les cheveux noirs, des yeux couleur noisette qui brillaient derrière ses lunettes rondes, une peau très pâle et une barbe de trois jours sur le menton. Ses manches retroussées révélaient des avant-bras musclés, parsemés de petits poils. Le col de sa chemise était entrouvert sur son torse. C'était un junior dans l'équipe, il n'avait que vingt-quatre ans, c'est-à-dire cinq ans de moins que Kate et elle le trouvait terriblement désirable. « Honnêtement, ça va », dit-il. Elle cligna des yeux. « J'ai presque réussi à déchiffrer… », il désigna l'écran, où brillait un petit organigramme, « … cette matrice de performances, dit-il. Ils veulent tout, les clients, ils veulent toujours tout, et certaines choses s'excluent mutuellement. Mais pour leur faire comprendre ! Enfin, je crois que j'y suis presque.

— Tu es un consultant modèle, dit Kate, le client est roi, pas vrai ? » C'était une sorte de private joke, LA blague qui faisait toujours rire l'équipe. Et Alex éclata de rire, comme elle s'y attendait. Elle pouvait sentir son parfum, Xcess ou Farhenheit, elle n'était pas sûre, mélangé à l'odeur musquée de sa peau tiède. Elle avala sa salive.

« Mais ne reste pas trop tard. Tina va t'attendre.

— Oh, elle a l'habitude », répondit Alex. Kate lui sourit, puis hésita. « Je lui propose d'aller boire un verre ? se dit-elle. Demande-lui ! Combien de fois tu t'es retrouvée seule au bureau avec lui ? Demande-lui, merde !

— À propos, Kate. » Alex se retourna et se pencha en arrière sur son siège en la regardant par en dessous, à travers ses lunettes. « J'avais envie de te demander. Est-ce que ça va ? On avait remarqué, enfin, les autres et moi, on avait remarqué que récemment, tu avais l'air un peu… tendue.

— Moi ? s'écria Kate, feignant la surprise et essayant d'avoir l'air décontractée. Il y a beaucoup de boulot, tu sais, Alex. Et Bryony me met un peu la pression. »

Alex regarda la porte fermée du grand bureau qui surplombait l'étage. « Ah ouais ? demanda-t-il à voix basse. Cette mal baisée. Elle est tellement obsédée par le travail qu'elle ferait passer Margaret Thatcher pour une sorte de Mère Teresa. Elle aurait bien besoin de se décoincer du cul ! »

Une petite voix dans la tête de Kate disait : « Toi aussi, tu aurais besoin qu'on te décoince ! Allez, vas-y… dis-lui qu'il est tout à fait l'homme de la situation. » Mais elle se contenta de rire en disant : « Tu te portes volontaire, Alex ?

— Moi ? Non ! » Alex secoua tranquillement la tête. « Je veux dire, elle est pas mal, mais ce serait un peu comme essayer de coucher avec un glaçon. Aucun d'entre nous n'oserait… » Il regarda Kate et ses yeux noisette scintillèrent. Un moment, Kate pensa qu'il allait dire : « Ce n'est pas comme toi, Kate. Avec toi, on a tous envie d'essayer. » Mais au lieu de cela, il rétorqua simplement : « Bon, si je peux t'être utile à quelque chose… »

Viens avec moi dans mon bureau et fais-moi l'amour sauvagement, continua la petite voix. Mais Kate soupira et dit : « Non, Alex, tout va bien. J'ai juste besoin d'un week-end, c'est tout. » Elle lui donna une petite tape amicale sur l'épaule et retourna dans son bureau en fermant la porte.

À chaque fois qu'elle le voyait, ça lui faisait le même effet : elle sentait son sexe fondre, devenir tout humide, surexcité... et elle n'avait plus qu'un désir : baiser. Un soir, elle avait emmené toute son équipe faire un bowling, c'était pourtant un sport plutôt innocent mais Alex était arrivé dans une tenue vraiment trop sexy. Au travail, il était toujours habillé de façon classique mais ce soir-là, il portait un jean tellement moulant qu'il paraissait nu en dessous, un T-shirt blanc ample et une veste en cuir de motard. « Oh la la, se dit-elle, en y repensant, je l'ai échappé belle ! J'aurais pu faire la une de la presse à scandale. » Elle s'imaginait les gros titres : « Détournement de junior » !

Mais pourquoi n'arrivait-elle jamais à lui dire à quel point elle le trouvait séduisant ? Pourquoi rester devant lui, sentir l'odeur envoûtante de sa peau sans jamais dire un mot ? Elle passait la moitié de son temps à apprendre aux gens comment s'affirmer, comment négocier, comment exprimer clairement leurs désirs. Mais dès qu'il s'agissait d'Alex, elle devenait muette comme une adolescente. Et elle s'en voulait terriblement.

Elle s'appuya contre la porte, renversa sa tête et ferma les yeux. Sa main s'empara de la clé et la tourna. Elle regagna son bureau, s'installa confortablement sur son siège, se pencha en arrière et retira le peigne de ses cheveux brillants et noirs, les laissant retomber librement sur ses épaules. Si elle ne pouvait pas l'avoir en vrai, elle se servirait de son imagination.

Elle toucha doucement ses seins à travers son T-shirt. La dernière fois qu'elle avait fait ça, qu'elle s'était masturbée au bureau, c'était à sept heures du matin. Elle s'était assurée que les bureaux étaient vides et s'était délicieusement masturbée. Après avoir joui, elle s'était retournée vers la fenêtre et avait juste eu le temps de voir le laveur de vitres disparaître à toute vitesse, laissant sur la vitre une trace blanche, à l'endroit où son sperme avait giclé. Mais ce soir, pas de laveur de vitres. Elle était seule avec ses pensées. Elle écarta ses cuisses et se mit à caresser son corps…

Quelqu'un frappa à la porte et elle vit apparaître la tête d'Alex avec ses cheveux sombres et touffus. Il semblait troublé et encore plus pâle que d'habitude. « Kate ? Je te dérange ? Tu peux me consacrer un peu de temps ?

— Bien sûr, entre, assieds-toi. » Elle se leva et traversa la pièce pour fermer la porte. « Tu as l'air contrarié, Alex. Ça va ?

— Je…, dit-il d'une voix hésitante, je…

— Regarde. Ne t'inquiète pas. » Elle ferma la porte à clé et vint s'asseoir près de lui. « Qu'est-ce qui ne va pas ?

— C'est idiot, dit-il sans la regarder. Je ne peux pas parler de ça à l'extérieur parce que les copains me pourriraient la vie. C'est Tina. Elle dit… » Il leva les yeux vers Kate avec un regard angoissé. « Elle dit que ce travail détruit notre relation. Elle dit que je ne la désire plus.

— Et c'est vrai ? répondit Kate.

— Mais ce n'est pas ça, c'est juste que… c'est juste que ce travail prend parfois beaucoup de place dans ma vie, tu vois ce que je veux dire. Je pense souvent à certaines choses quand je travaille et même quand je suis à la maison...

— Quelles choses ? » demanda doucement Kate. Elle s'approcha un peu. Le haut de son T-shirt en soie s'ouvrit un peu, révélant ses seins blancs et généreux, moulés dans un balconnet. « À quoi tu penses ? »

Les lèvres d'Alex étaient sèches. Il passa sa langue pour les mouiller et Kate vit que le bout de sa langue était pointu, rose, brillant. Elle avait envie de sentir cette langue pointue et rose la lécher, elle. Il prit sa respiration, comme s'il lui était difficile de parler. Finalement, il dit d'une voix rauque : « Je ne peux pas…

— Il faut que tu me le dises », dit Kate en se penchant un peu plus vers lui. « Je suis ta boss. Si tu as un problème, il faut me le dire. Je pourrais peut-être t'aider.

— Je n'en suis pas sûr, parvint à dire Alex. Parce que le problème, c'est toi. »

Il tenait ses mains serrées entre ses genoux et les frottaient les unes contre les autres comme s'il avait froid. Kate tâcha de garder son calme et lui demanda : « Moi ? Très bien. Qu'est-ce que j'ai pu faire pour te blesser ? »

Alex secoua la tête et avala sa salive à nouveau. Le rouge commençait à monter à ses joues blanches. « Tu ne fais rien de mal, murmura-t-il, les yeux baissés. Rien, rien. C'est juste que... » Il leva la tête, l'air désespéré. Comme si on lui arrachait les mots de la bouche. « C'est juste qu'à chaque fois que je te vois, je pense à... Je... » Finalement, tout sortit d'un coup. « J'ai envie de toi, c'est tout. J'ai envie de toi. »

Il était assis les bras croisés, tendu. Son corps exprimait la tension du désir. Kate sentit monter en elle des vagues d'excitation. Elle s'avança et lui prit la main, puis l'attira à elle. Il regarda sa main, puis celle de Kate, incrédule. « Il n'y a pas de problème, Alex, dit-elle en souriant, c'est tout le contraire. » Elle serra sa main et la posa sur son sein. Alex prit sa respiration et jeta un coup d'œil farouche derrière lui, vers la porte.

« Elle est fermée à clé, dit-elle. Ne t'inquiète pas. » Elle pressa la main d'Alex contre son sein. « Tu sens ? dit-elle, tu sens que le bout de mes seins est dur. Alex, à quoi penses-tu à présent ? »

La main d'Alex se mit à presser son sein, avec force, comme pour la posséder. Ses yeux brillaient et ses sourcils étaient froncés, comme sous l'effet de la colère. « Je pense à toi, lui dit-il. Je pense à comment je voudrais te... » Il s'arrêta, regarda d'abord fixement son visage, puis sa main. Ses lèvres tremblaient.

« Et moi, je pense..., dit Kate tranquillement, tout en sentant la pointe de ses seins se gonfler jusqu'à faire mal sous la pression de sa paume, je pense que j'ai envie de toi, Alex... et tout de suite. J'ai envie que tu me dévores avec ta bouche. Elle est si belle... j'ai envie de la sentir me couvrir de baisers. Après, tu pourras faire ce que tu veux de moi. »

Alex la regarda un moment en silence. Puis, sans un mot de plus, il glissa de sa chaise et s'agenouilla devant elle. Il saisit et souleva son T-shirt en soie et le passa au-dessus de sa tête, puis il releva sa longue jupe et laissa glisser ses mains sur ses cuisses jusqu'au-dessus de ses bas, sur la chair nue. Il s'approcha plus près, plus près de ses jambes entrouvertes et, avec ses doigts, fit délicatement tomber les bonnets de son soutien-gorge pour laisser apparaître ses seins gonflés. Il les toucha, d'abord doucement, puis avec plus de force, en les pinçant jusqu'à ce qu'elle se mette à haleter, à tressaillir. Elle avait envie de sentir sa bouche entre ses jambes. Elle posa sa main sur les cheveux bruns du jeune homme et poussa sa tête vers le bas, tout en se laissant glisser sur le rebord du siège, afin qu'il puisse retirer plus facilement sa culotte le long des ses cuisses blanches. Elle était à présent presque toute nue. Il ne lui restait que ses bas. « Tu es belle, murmura-t-il. Tu es adorable, tu es douce, ta peau est si douce.

— Lèche-moi, gémit Kate. Lèche-moi. » Pendant un moment, il ne fit que respirer son corps qu'il caressait de son souffle. Elle poussa un petit cri en sentant la fraîcheur de ce souffle sur sa chair humide et chaude. Ses doigts se posèrent sur ses jambes, sur le galbe doux du haut de ses cuisses, à l'endroit où elles rejoignent le reste du corps et elle se mit à gémir, brûlant d'impatience. Il pointa sa langue et se mit à lécher sa fente, de bas en haut en un seul mouvement.

« Oh ! cria-t-elle, ô, mon Dieu ! » Alex eut un rire et elle sentit son souffle chaud exciter la fourrure qui entourait sa vulve. Ses mains, fortes et blanches, soutenaient ses hanches, malmenant quelque peu la chair de ses cuisses et de ses fesses. Il dit doucement : « Chut, on va t'entendre. » Puis, il descendit sa bouche humide et chaude vers elle et embrassa son sexe mouillé. Kate se mit à gémir. Son clitoris palpitait, attendant douloureusement qu'il le touche. Les muscles de son vagin se contractaient de désir. Il avança sa bouche et suça lentement. Elle gémit encore et remonta ses mains vers ses seins, qu'elle se mit à presser, en pinçant les bouts. Il donna des petits coups de langue sur la pointe enflée de son clitoris et elle fut parcourue d'un grand frémissement. Sa tête roula en arrière sur la chaise, ses lèvres s'entrouvrirent et elle se cambra pendant qu'il léchait son petit bouton de plaisir. Sa langue était aussi experte, aussi imaginative qu'elle l'avait espéré : tantôt seul le petit bout pointu venait la titiller, tantôt c'était toute l'épaisseur de sa langue qui tourbillonnait en elle. Il attrapa soudain la chair frémissante des lèvres de son sexe entre ses lèvres à lui et tira jusqu'à ce qu'elle gémisse d'extase. Elle caressait ses seins de plus en plus fort, soulevant ses hanches à chaque petit coup de langue d'Alex, gémissant en rythme à mesure qu'approchait l'orgasme. Elle sentait le plaisir traverser son corps, monter de ses pieds vers son sexe béant, douloureux. Mais avant qu'elle ne jouisse, il cessa de lécher son clitoris et se mit à glisser sa langue à l'intérieur d'elle, explorant les parois soyeuses de son corps. Elle poussa un gémissement de frustration en sentant s'éloigner la sensation. Il recula un peu et dit doucement : « Attends, j'ai envie de te goûter. Attends.

— Je t'en prie... gémit Kate tandis qu'il enfonçait encore sa langue en elle. Je t'en supplie… » Il donna un dernier coup de langue en elle puis, retirant sa main droite de sa cuisse, il plaça son index sur la perle de son clitoris, pressant doucement. Elle hurla de plaisir et son tunnel humide se contracta, appelant la pénétration. Comme s'il l'avait senti, il laissa glisser son doigt sur les lèvres glissantes de son sexe, hésita devant l'entrée et lentement, délicatement, pénétra à l'intérieur. Elle se mit à haleter, à se cambrer, se tordre tandis que son doigt la pénétrait : sans le vouloir, ses muscles se contractaient, s'agrippaient à lui. Il eut encore un gentil rire et, très lentement, il descendit sa bouche vers son clitoris à l'agonie et le toucha du bout de la langue. Tout en faisant ce geste, il mit un autre doigt en elle, et encore un autre. La sensation était incroyable. C'était comme être prise par un sexe petit mais épais et tandis qu'il glissait ses doigts en elle et hors d'elle, de plus en plus vite, il continua à sucer son clitoris comme s'il s'agissait d'un téton, le prenant dans sa bouche et le léchant du bout de sa langue.

« Oh ! gémit-elle, oui, Alex, oui. » Sa tête tournait de droite à gauche et, avec ses doigts, elle pétrissait fébrilement les tétons de ses seins. « Oui ! cria-t-elle, encore, encore. » Cette fois, il lui en donna encore : il léchait de plus en plus fort, enfonçait ses doigts de plus en plus profond dans sa chair ruisselante jusqu'à ce qu'elle pousse un grand cri, attrape sa tête dans ses mains et le maintienne là, sa bouche contre elle, jusqu'à ce qu'elle jouisse, jusqu'à ce que les vagues de plaisir déferlent en elle.

Il ôta ses mains et leva sa tête, tandis que son corps était encore convulsé par l'orgasme. Le jus de son sexe brillait autour de sa bouche, il sourit en léchant ses lèvres. « Maintenant, à moi. » Il mit ses mains sur sa braguette et la déboutonna. Kate secoua la tête pour reprendre ses esprits et baissa son regard, soudain curieuse de savoir ce qu'il y avait sous son costume bien coupé. Elle se pencha en avant, attrapa son pantalon, le tira vers le bas et sourit en voyant son joli derrière moulé dans un petit caleçon noir. Son pénis était en érection. Le bout brillant, violet, de son sexe sortait de son caleçon. Une petite goutte brillait à son extrémité. Haletante, elle se pencha en avant pour la toucher de ses lèvres.

Elle fit descendre son caleçon pour libérer sa bite. Elle était belle, tendue, impatiente, chaude, douce et sèche sous ses doigts. Ses couilles aux poils doux étaient tendues par l'érection de son pénis. Elle avait envie de prendre ce membre dans sa bouche, le mouiller de son propre liquide, elle voulait en connaître le goût. Elle ouvrit ses lèvres pour l'accueillir mais il lui attrapa les cheveux et lui tira la tête en arrière. « Non, dit-il. J'ai envie de te prendre.

— Moi aussi, j'ai envie que tu me prennes », dit-elle en se laissant aller en arrière dans son fauteuil, jambes écartées. « J'ai envie de toi.

— Pas comme ça », dit Alex. Il la souleva du siège. Ses jambes ne la soutenaient plus, elle s'agrippa à lui, sentant la chaleur de sa bite en érection. « Pas comme ça. J'ai envie de te prendre sur ton bureau, j'adore ça. » D'un bras, il balaya tout ce qui traînait sur le bureau : papiers, mémos, stylos roulèrent au sol. « La politique du vide », murmura-t-il. Puis, il l'allongea sur la surface en bois, les jambes suspendues dans le vide, cuisses ouvertes, accueillantes.

« Oh ! J'attends ça depuis mon premier jour ici », souffla-t-il. Maintenant, il était penché sur elle, approchant sa bouche de la sienne. Leurs lèvres se rencontrèrent et elle sentit sa langue agile pénétrer sa bouche ouverte. Elle avait un goût de sel, de sexe, elle avait le même goût que ses doigts à elle quand elle se masturbait. Il mit ses mains sur ses seins. Ses beaux ongles carrés, blancs, grattaient doucement ses tétons. Elle était submergée de plaisir, elle avait envie de le sentir à l'intérieur d'elle, qu'il la pénètre : mais il semblait à présent vouloir prendre son temps. Il fit glisser sa main le long de son corps, jusqu'au petit désordre de sa jupe, puis remonta entre ses jambes. « Tu es tellement mouillée, murmura-t-il, tellement mouillée. Je veux t'entendre dire que tu as envie de moi.

— J'ai envie de toi », répondit-elle, obéissante, relevant ses hanches vers son sexe en érection. « J'ai envie de toi… Alex, prends-moi, je t'en supplie.

— Oh oui, je vais te prendre », souffla-t-il, et elle sentit le bout de son gland venir se nicher entre les lèvres de son sexe en feu, doux comme du satin. « Oh, Kate, je vais te baiser. » Sa voix était comme voilée par le désir et elle sentit un frisson de plaisir lui parcourir le corps à l'idée qu'il allait la pénétrer. Il avait les mains sur ses fesses, il les retenait serrées, la tenait immobile, offerte. Puis, dans un mouvement doux, il planta son sexe bien dur au fond d'elle, la remplissant si bien qu'elle put sentir ses couilles toutes douces cogner contre son petit derrière. Elle poussa un gémissement de plaisir et d'agonie. Il se retira en soupirant avant de la pénétrer à nouveau, s'enfonçant jusqu'au bout pour mieux la posséder.

« Ah, que c'est bon… » fit-il dans un soupir. Il ferma les yeux, comme s'il était submergé par la délicieuse surprise de pouvoir la prendre enfin. « Ô, mon Dieu. C'est donc vrai. Je suis en train de te prendre, je suis enfin en train de te prendre. Mon Dieu, Kate, Kate. »

Kate se cambra et poussa des soupirs en sentant son sexe si dur et pourtant si doux aller et venir en elle, et son corps s'entrechoquer contre le sien, à chaque coup de bite. Elle ouvrit les yeux pour le regarder faire. Son visage était transfiguré de désir, elle n'avait jamais rien vu d'aussi beau. Le plaisir l'envahissait par vagues, grimpant toujours plus à mesure qu'il remuait en elle. « Je vais jouir, murmura-t-elle, en regardant fixement son visage. Je vais jouir. Ne t'arrête pas. » Il la baisa encore plus fort, jusqu'à ce que l'orgasme l'envahisse et que son corps tout entier se mette à vibrer de plaisir. Excité par les spasmes de sa jouissance, il finit lui aussi par jouir, dans un cri. Elle le sentit, tremblant et frémissant au fond de son sexe convulsé.

Kate se tordait sur sa chaise. Elle caressait son clitoris de plus en plus vite avec le majeur de sa main droite tandis qu'elle faisait aller et venir deux doigts de l'autre main dans son vagin humide. Elle soupirait, tournait sa tête de droite à gauche. La peau de ses cuisses et de son estomac palpitaient à mesure qu'approchait son orgasme. Elle imaginait le membre viril d'Alex en elle, elle imaginait ce bonheur d'avoir encore et encore le gland chaud de son pénis en érection se glisser entre les lèvres de sa vulve, pour la pénétrer. Et elle se mit à jouir, son corps délicieusement chaviré par l'orgasme.

Au bout d'un certain temps, elle poussa un gros soupir et se redressa sur sa chaise. Personne n'avait frappé à la porte, personne à la fenêtre, c'était comme un désenchantement après sa vision érotique. Elle lécha ses doigts, en savourant leur goût musqué puis les glissa à nouveau à l'intérieur de ses cuisses. Un fantasme ! Et qu'avait-elle fait pour le réaliser, ce fantasme ? Rien. « Peut-être, pensa-t-elle, que la semaine prochaine je pourrai faire quelque chose avec lui, si j'arrive à trouver le courage. Il ne peut pas être accro à Tina au point de ne rien avoir à me donner. »

Soudain, quelqu'un cogna brutalement à la porte, essayant de l'ouvrir. « Kate, s'écria une voix féminine, Kate, tu es là ? »

« Merde ! » s'exclama Kate. Elle repoussa sa jupe, se réajustant à la hâte, et traversa le bureau en courant. Au-dessus du col échancré de son T-shirt en soie, sa peau était tachée de foutre. Elle mit la main sur sa poitrine pour cacher la tache et ouvrit la porte.

C'était Bryony, plantée là avec un document et une grosse enveloppe. Elle avait l'air furieuse. C'était une petite bonne femme, plutôt jolie, pas très grande. Kate avait à peine quelques centimètres de plus qu'elle mais elle baissa quand même les yeux pour la regarder, malgré les talons aiguilles de sa patronne. Bryony avait un physique typiquement celte : une peau très claire, des cheveux roux et, malgré sa petite taille, elle était très, très déterminée. Kate la comparait souvent à une belette, une petite boule de nerfs, féroce et qui n'avait peur de rien. « Pourquoi la porte était-elle fermée à clé ? demanda Bryony.

— Je travaillais sur les rapports de l'équipe, répondit tranquillement Kate. Je savais qu'Alex était là et j'avais pas envie de le voir débarquer.

— Emmène-les chez toi, si tu veux les lire en privé, répondit sèchement Bryony. Bon, jette un coup d'œil là-dessus, veux-tu ? »

Et elle lui mit un document sous le nez. C'était une note interne. En voyant le nom inscrit en haut de la page, Kate se pinça les lèvres et se dit : « Aïe, c'est de la part du gros bonnet, le patron de Bryony. »

« Une formation en techniques d'influence a été programmée pour la semaine prochaine, dit Bryony. Mais le formateur s'est désisté et ils s'apprêtent à l'annuler. Bob m'a écrit parce qu'il sait que tu t'es déjà chargée de ce type de formation. Je veux que tu t'occupes de celle-ci.

— La semaine prochaine... », répéta Kate. Elle rendit la note à Bryony, se sentant d'humeur rebelle. « Bryony, pas plus tard que mardi, tu m'as dit que tu voulais que je fasse moins de formation interne et que je me concentre sur les dossiers clients. Et aujourd'hui tu me demandes de tout lâcher pour m'occuper d'une formation interne ?

— Bob a demandé que ce soit toi », répondit Bryony, en s'adressant à Kate d'une petite voix douce et patiente comme si elle était idiote, et en soulignant de son doigt parfaitement manucuré la signature de la note. « C'est le plus grand responsable de notre division, Kate. Un de ses protégés va suivre cette formation, un de ses petits chouchous surdiplômés. T'as envie de le contrarier ? Moi, personnellement, c'est sûr que non.

— J'ai beaucoup de dossiers en cours », dit Kate. Et c'était vrai.

« Aucune importance. Quelqu'un te couvrira. J'y veillerai. » Bryony serra les lèvres sévèrement et mit l'enveloppe kraft dans les mains de Kate. « Voilà, dit-elle, les infos sur les participants et les commentaires. Je vais appeler Bob tout de suite pour lui dire que tu es enchantée de le faire. » Elle lui jeta un rapide coup d'œil avant de partir : « Tu as l'air toute rouge, dit-elle d'un ton accusateur. Que se passe-t-il ?

— Rien », dit Kate, l'air innocent. Bryony la dévisagea en fronçant les sourcils puis lui tourna le dos et s'éloigna.

Et, de l'autre côté de l'open space, Bryony claqua bruyamment sa porte. Kate regarda l'enveloppe kraft entre ses doigts et murmura quelques injures.

Alex leva le regard de son bureau : « Eh ben, dit-il avec des yeux amusés, c'est quand même une opportunité qu'il serait dommage de rater. Allez, avoue que ça te fait trop plaisir de te décarcasser pour les beaux yeux de madame Barracuda ?

— Très drôle, dit Kate. Il manquait plus que ça ! J'ai trois projets énormes à traiter cette semaine et il faudrait que je lâche tout pour m'occuper du petit chouchou du directeur.

— Allez, tu vas t'éclater, lui dit Alex. C'est clair, que tu vas t'éclater ! Ça ne peut pas être pire qu'ici, de toute façon. Et puis, le petit chouchou du directeur, tu vas peut-être l'apprécier.

— Ouais... » Kate secoua la tête, tout en balançant la grosse enveloppe kraft. Elle se sentait triste. Avec une audace soudaine, elle lui demanda : « Et toi ? Tu vas survivre ici sans moi ?

— Je ne sais pas, répondit Alex avec un sourire. Ça, je ne sais pas. »

Pendant un instant, elle crut qu'il le disait sérieusement. Elle hésita. Elle brûlait de lui dire qu'elle le trouvait terriblement troublant et qu'elle voulait qu'il vienne dans son bureau s'asseoir sur ses genoux pour prendre des notes. Mais elle n'eut pas le cran. Elle n'avait jamais le cran.

« Tu vas y arriver », finit-elle par lui dire avant de battre en retraite dans son bureau, en se demandant si Bryony avait détecté la légère mais évidente odeur de son foutre.

« Ce soir, se dit-elle, j'ai besoin de compagnie. » Elle réfléchit en fronçant les sourcils, puis décrocha le téléphone et appuya sur un bouton ligne directe. Au bout de quelques sonneries, le son d'un répondeur.

« Dommage », dit Kate. Le répondeur disait : « Désolé mais je ne suis pas là pour le moment. Laissez-moi un message après le bip et je vous rappellerai dès que possible. »

« David, dit Kate, en entendant sa propre voix morne résonner dans la machine. C'est Kate. Dommage que tu ne sois pas là. Je... »

« Kate ! » Elle fit un bond et regarda le téléphone. C'était la voix de David, chaude et joyeuse, décontractée. « Alors, comment ça va ? Tu m'as encore chopé en double appel !

— David, je suis contente que tu sois là. Écoute... » Maintenant qu'elle l'avait au téléphone, elle se sentait un peu bête, mais elle continua : « Écoute, j'ai eu une journée de boulot horrible et je me demandais... Ça ne te dérangerait pas trop si je passais m'incruster à dîner chez toi ? J'ai pas envie de rentrer chez moi et de ruminer toute seule. Mais si tu n'es pas libre, tu me le dis et...

— Mais non ! Génial. » Son enthousiasme semblait sincère et Kate se sentit tout à coup joyeuse, le cœur tout réchauffé. « Je suis hyper content de te voir. J'ai des nouvelles photos, tu me diras ce que tu en penses. Tu arrives à quelle heure à peu près ?

— Je ne sais pas, dans une demi-heure ? Je peux venir direct en voiture. Tu veux que je m'arrête quelque part pour acheter quelque chose à dîner ?

— Non, non, pas question. Je passerai chez l'épicier, je trouverai quelque chose, pas de problème. »

Kate sourit. Ce devait être merveilleux d'avoir un boulot qui vous laisse le temps et l'énergie de cuisiner un vendredi soir. « Ça me paraît génial, dit-elle. À tout de suite.

— À tout'. Ciao, bella. »

Kate raccrocha le téléphone. Elle se sentait mieux. Elle attrapa sa veste et fourra l'enveloppe kraft dans son sac, avec un soupir. Elle se dirigea vers la porte. Hésita. Puis, retourna rapidement à son bureau, ouvrit un tiroir et en sortit le *Times*. Elle balança le journal dans la poubelle et garda les petites annonces.

« Bonne nuit », dit Alex tandis qu'elle fermait la porte de son bureau et se dirigeait vers l'ascenseur. Kate s'arrêta, tentant de rassembler son courage pour lui dire qu'à son retour, elle aimerait vraiment l'inviter à déjeuner. Mais, comme d'habitude, elle secoua la tête en soupirant et répondit simplement : « Bonne nuit. Et bon week-end ! »

Chapitre 2

Kate savait que David leur cuisinerait quelque chose d'exotique pour le dîner. Du temps où ils vivaient ensemble, il se piquait toujours de lui faire des surprises culinaires, et maintenant que leurs chemins s'étaient séparés, il avait encore plus envie de se dépasser pour la séduire à nouveau, l'impressionner. Elle ne voulait pas arriver les mains vides et, sur le chemin de Docklands, elle s'arrêta dans une cave à vins qui possédait de bons champagnes gardés au frais justement pour ce genre d'occasion.

« Bonsoir, fit le patron qui la connaissait assez bien. Champagne, comme d'habitude ? Lequel vous ferait plaisir ce soir ?

— Ce soir, je crois que je vais prendre un Perrier-Jouët, dit Kate. Deux bouteilles, s'il vous plaît. Fraîches. Et si vous pouviez me les emballer pour qu'elles ne se réchauffent pas dans la voiture. »

Le caviste sortit les bouteilles du frigo et Kate soupira en se regardant dans le reflet de la vitre. Elle avait l'air fatigué, marqué : le stress de ce boulot commençait vraiment à se voir. Elle ramena une mèche de cheveux derrière son oreille et releva son visage, s'examinant d'un regard critique sous les néons violents de la boutique. « Au moins, se dit-elle, je porte le genre de vêtements qui plaisent à David. » Il était si bohème que ça l'excitait de la voir habillée en tailleur. Sa tenue d'aujourd'hui, un T-shirt crème en soie sous un ensemble Ralph Lauren, avec jupe et veste assorties, lui plairait certainement.

« Ça ne vous dérange pas ? » demanda-t-elle tout en fouillant dans son sac à la recherche d'un miroir de poche et d'un tube de mascara. Elle se regarda dans le miroir et vit ses sourcils froncés. Ses yeux étaient intenses, profonds et brillants, passant du vert au gris selon la lumière et son humeur. Ce soir, comme par hasard, ils étaient plutôt gris. Elle passa le mascara sur ses longs cils et humecta ses lèvres avec sa langue.

« Une fête ? » demanda le caviste, tout en lui tendant les bouteilles emballées en échange de sa carte de crédit.

« Non, rien de spécial, je vais juste rendre visite à un vieil ami.

— Eh bien, passez une excellente soirée madame, et à très bientôt. »

Elle conduisit un peu trop vite en prenant des risques, en écoutant *Don Giovanni* à fond. Les chœurs sublimes et menaçants de l'ouverture convenaient à son humeur triste. Elle se gara, juste un peu avant vingt et une heures, dans le parking de l'immeuble de David. Le gardien lui sourit, elle se dirigea vers l'ascenseur et il lui demanda : « Dois-je prévenir monsieur que vous arrivez ?

— Oui, s'il vous plaît », répondit Kate. Les portes de l'ascenseur se refermèrent, elle monta les six étages menant au duplex de David, en se remémorant l'époque où cet appartement était aussi le sien. Leur couple avait cassé parce que leurs vies étaient trop différentes : elle, avec sa vie de bureau, ses contraintes horaires, ses rendez-vous, et lui qui pouvait travailler quand il le voulait, avec des gens pour qui le rapport au temps était aussi un peu flou. Maintenant elle avait un endroit à elle et c'était beaucoup mieux – elle se sentait plus heureuse depuis qu'elle était vraiment indépendante et sa vie de célibataire lui plaisait vraiment. Mais à chaque fois qu'elle revenait à Docklands, elle avait un petit pincement au cœur en pensant aux six mois de bonheur qu'ils avaient passés ici ensemble.

« Pas de regrets », se dit-elle. L'ascenseur arrivait, les portes s'ouvrirent. Derrière le hall, la grande porte blanche donnant sur le duplex était entrouverte. Elle la poussa et entra, en appelant : « Chéri, je suis là. »

Le grand salon était vide. Sur les murs en brique du salon étaient suspendues les photos de David, ainsi que des toiles modernes. Kate avait emporté sa modeste collection d'aquarelles victoriennes en déménageant. Les volets étaient ouverts et, par la grande fenêtre, on pouvait voir la Tamise briller dans la pénombre de l'été et, non loin, les lumières de la City, le quartier d'affaires de Londres. Kate jeta un œil dans la chambre : vide également. « David ? appela-t-elle.

— Dans la cuisine ! » répondit la voix de David.

Kate posa son sac et son portable sur le carrelage et fit une entrée théâtrale dans la vaste cuisine. David lui souriait depuis le plan de travail en marbre où il était occupé à couper quelque chose, habillé d'un peignoir bleu et or. David était un homme plutôt petit, il était à peine plus grand que Kate. Quand elle l'avait rencontré, elle ne l'avait pas du tout vu comme pouvant être son type d'homme. En général, elle préférait les grands ténébreux, élancés, plutôt que les trapus... Elle ne se serait jamais imaginée capable de tomber amoureuse de quelqu'un qui avait des épaules de footballeur américain et des cheveux frisés couleur crinière de lion. David était vraiment chevelu. Ses cheveux étaient assez longs pour qu'il les attache en queue-de-cheval quand il travaillait, ce qui lui donnait, d'après Kate, un charme très XVIIIe siècle. Sa poitrine, son ventre, son sexe étaient également couverts de poils. Au soleil, ses poils étaient dorés et il ressemblait à un ange tout doré... Elle avait du mal aujourd'hui à se souvenir de l'époque où elle avait cessé de le trouver séduisant, parce qu'à chaque fois qu'elle le regardait, son corps lui rappelait tout le plaisir que David lui avait donné, son cerveau lui rappelait à quel point David était gentil, imaginatif, plein d'humour, à quel point ils s'adoraient tous les deux.

Elle le regardait fixement. Il lui souriait. « Tu le trouves comment mon nouveau look ? demanda-t-il, en faisant glisser son peignoir d'une épaule dans une parodie de strip-tease. T'as jamais rien vu d'aussi beau, pas vrai ? Attends deux secondes, et je suis à toi. » Il désigna la nourriture sur le plan de travail. « Asperges, dit-il, et homard. Le homard est prêt. Il n'y a qu'un vendredi par semaine pour les gens comme toi, qui bossent dix heures par jour. Tiens, tu n'as pas apporté de champagne ?

— Si, si… Je te connais trop bien ! » répondit Kate, en posant doucement le sac avec les bouteilles sur le plan de travail.

David lui jeta un regard ourlé de cils blond-roux tout en retirant une première bouteille de son emballage et en commençant à la déboucher. Il était expert, la bouteille s'ouvrit avec un bruit à peine audible qui fut immédiatement accompagné d'une sublime odeur de bulles citronnées. Il prit deux flûtes dans un placard et servit le champagne, respirant l'odeur en connaisseur : « Voilà, dit-il, ça fera l'affaire. Bonne journée au bu-rrrrrr-eau, chérie ? Ça avait l'air d'aller moyen, quand tu as appelé.

— Affreux, dit Kate en buvant une grande gorgée de champagne. Enfin, frustrant. Après tout ce que me dit Bryony depuis quinze jours, elle me balance une nouvelle formation à assurer la semaine prochaine. J'en peux plus. Il faut que je trouve autre chose, sinon je vais vieillir prématurément. J'ai besoin de trouver un autre job. Je crois que je vais poser ma dem'.

— Frustrant, disais-tu ? » David était toujours assez prompt à noter les sous-entendus sexuels. « Frustrant comment ? Tu fantasmes encore sur les mecs de ton équipe ?

— Tu me connais, David. Je n'ai toujours pas eu le courage de dire au petit Alex qu'il est une bombe sexuelle.

— Tu devrais prendre des cours avec moi, dit David avec un sourire lascif, tout en retournant à la préparation de ses asperges. Je ne rate jamais une occasion.

— Les cordonniers ne sont pas toujours les mieux chaussés, dit Kate. Pour dire aux autres ce qu'il faut faire, ça va ! Mais moi, j'y arrive pas. J'ai même pas envie d'en parler, David. Change-moi les idées, dis-moi ce que tu deviens, toi. Tu ne m'as pas dit que tu avais les photos de ton nouveau spectacle ?

— Si, si. Tiens. » David sortit une grosse pile de photos et les posa à côté de son verre. « Regarde. Je pense que certaines vont te plaire. »

Kate reprit une gorgée de ce délicieux champagne et admira les photos. « Elles sont superbes, David, dit-elle. J'aime bien le noir et blanc, je trouve que ça fait ressortir ce qu'il y a de meilleur chez la personne. Quelques-unes me font penser aux vieux portraits d'Hollywood ou bien à des films policiers. À mon avis, tous les acteurs de ce pays feront bientôt la queue devant ta porte pour se faire photographier.

— Ça paie les factures, dit David, laissant tomber un moment ses asperges pour se pencher sur l'épaule de Kate. Regarde dans le cinquième tableau qui s'appelle Narcisse. Ce sont les meilleures. »

Son souffle chauffait doucement l'oreille de Kate. Elle sentait derrière elle son grand corps chaud et ferme. Elle connaissait tellement bien son odeur, ses sensations. C'était rassurant et tranquille de l'avoir tout près. Si elle se tournait vers lui maintenant et passait sa main sous le peignoir, elle savait comment il allait réagir, comment son corps musclé se tendrait et frémirait sous ses doigts, comment ses yeux se fermeraient sous le plaisir. Mais pas de précipitation. Elle retourna aux photos et les feuilleta jusqu'à tomber sur le cinquième tableau.

« David, dit-elle dans un souffle, elles sont magnifiques. Qui est ce modèle ? Je n'ai jamais vu cette fille. Elle ressemble à Lee Miller.

— Elle s'appelle Nathalie. Elle est géniale, non ? Quel que soit l'angle, je n'arrive pas à prendre une mauvaise photo d'elle. J'avais déjà fait des portraits d'elle avant, mais là, c'est spécial. »

Kate passa son doigt sur les pages brillantes. On voyait un modèle, une femme très mince allongée sur un lit face à un miroir, aussi élégante qu'une figurine Art déco, au corps élancé, presque masculin et parfaitement nu. Son regard n'était pas orienté vers l'objectif et n'était visible au spectateur que dans le reflet du miroir. La pose n'était pas provocante, mais quelque chose dans le visage étroit du modèle respirait l'érotisme. De lourdes paupières, à moitié closes, des lèvres rouges et brillantes, entrouvertes, une expression de désir en train de monter.

« On dirait qu'elle est en train de regarder son amant, dit Kate doucement, suivant la ligne des seins du modèle avec le bout de son doigt.

Oui ! dit David. Son amant, c'est elle-même, Narcisse... Je n'aurais pas pu rêver un meilleur modèle. Nathalie est la personne la plus égocentrique que je connaisse. Elle est convaincue d'être la plus belle femme du monde.

— Et prendre ces photos a été facile ? » demanda Kate. Le visage sensuel, langoureux du modèle la mettait mal à l'aise, et elle se sentait devenir toute chaude et humide entre les jambes.

« Je ne dirais pas que ça a été facile. Elle a beaucoup travaillé. Nous avons beaucoup travaillé.

— Et tu l'as aidée ? » Kate fixa David en plongeant son regard dans ses yeux d'or. « Tu l'as inspirée ? Comment tu t'y es pris, David ?

— Elle n'a pas eu besoin que je l'aide, répondit David avec un sourire. Un homme n'est qu'un accessoire pour elle. Elle s'excite toute seule.

— Donc, elle était excitée. » Kate contempla à nouveau ce visage aux lèvres ouvertes, aux yeux sombres. « C'est bien ce que je pensais.

— C'était une belle pose, dit David, songeur. Je la trouvais très bien. La lumière était super, mais elle avait une brillance sur le front. Et une autre là. » Il tendit la main et toucha Kate aux clavicules, juste au-dessus du col de son T-shirt. « Cette brillance aurait tout foutu par terre, donc j'ai pris un peu de poudre et je l'ai poudrée.

— Tu cherchais une excuse pour toucher ses seins, accusa Kate.

— Non ! protesta David. Non, c'est du travail. Comment aurais-je pu savoir qu'elle était aussi chaude ? Enfin, bref, je me rapproche d'elle avec mon poudrier et elle me dit de laisser tomber, que ce n'est pas la peine.

— Pourquoi ?

— Elle me dit que si j'essayais de la poudrer, elle continuerait à transpirer. » David sourit à Kate, un sourire de travers qui la chavira. « Quand est-ce que tu m'as vu suivre un conseil pareil ? Donc, moi j'ai répondu : " C'est juste pour essayer. " Et j'ai pris la poudre et j'ai poudré son front et puis je suis descendu, j'ai touché ses seins, mais très gentiment. Elle n'a pratiquement pas de poitrine, la pauvre. Mais tu ne trouves pas que ses seins sont incroyables ? » Il passa son doigt sur la photo. « Vraiment pointus et durs, comme le bout de ton petit doigt. Très photogéniques. Je n'étais pas sûr qu'ils seraient sensibles, mais ils l'étaient. Quand je les ai touchés, ils ont durci et elle a poussé un soupir, un long soupir et tout son corps s'est mis à onduler comme une étoffe qu'on froisse. »

Il se tenait toujours derrière Kate et elle sentait son corps s'animer sous son peignoir. Elle baissa les yeux sur l'image, imagina les mains de David, ses grosses mains fortes, toucher ces seins, imaginant le modèle haleter. « Et après ? demanda-t-elle doucement.

— J'ai levé les yeux vers elle mais elle ne me regardait pas. Elle avait la tête tournée, les yeux rivés à la glace et elle observait ce que j'étais en train de lui faire. Ma présence n'avait aucune importance pour elle, seule l'image dans le miroir semblait être la chose la plus magnifique qu'elle ait jamais vue. Ses yeux de chat n'étaient plus que deux fentes vertes et ses lèvres ouvertes lui donnaient cet air d'abandon qui trahit l'excitation d'une femme. Tu me connais, j'ai l'habitude des femmes nues, mais je sentais ma bite durcir rien qu'en la voyant se regarder dans le miroir pendant que je touchais ses seins. Elle respirait une telle sensualité. Il faisait chaud sous les lampes et je sentais que je commençais à transpirer, que mes couilles se remplissaient, se resserraient. J'ai continué à lui poudrer les seins et, au bout d'un moment, elle s'est mise à gémir. Je me suis agenouillé près d'elle en me penchant en avant et j'ai juste pris un téton dans ma bouche. Je l'ai sucé comme un bébé et elle s'est mise à gémir encore plus fort. Quand je levais les yeux, je voyais dans le miroir, ma bouche avalant son petit téton dur et ma main agrippée à son autre sein. Elle me regardait la regarder.

— Continue », souffla Kate. Elle retira sa veste et l'accrocha à un clou, remonta son T-shirt et fit glisser ses mains sur ses seins, dans son soutien-gorge, et promena ses doigts sur ses tétons. Elle mit ses doigts dans sa bouche, les lécha et retourna à ses seins, de sorte que les petits bouts roses se durcirent, au point de faire presque mal, en sentant la fraîcheur délicieuse de sa salive. « Continue. »

Les mains de David étaient de chaque côté d'elle, penchée sur le plan de travail. Elle laissa aller sa tête en arrière contre lui et continua à caresser ses seins tandis qu'il lui murmurait à l'oreille. « Je suis resté là des heures, à lécher ses seins, j'ai même cru qu'elle allait jouir tellement elle geignait et se tordait. Elle est vraiment devenue folle quand j'ai mis ma langue sur le petit bout de son téton, en le léchant comme si je voulais faire entrer ma langue à l'intérieur de son sein. Je sentais qu'elle avait très envie de jouir, ses poings s'ouvraient et se fermaient, elle bougeait ses hanches comme si elle avait envie d'être prise mais elle ne cessait pas de se regarder dans la glace, et me regarder embrasser sa poitrine. Elle était prête à faire n'importe quoi pour jouir. J'ai retiré ma main de son sein et je l'ai mise entre ses jambes. Elle était tellement mouillée. Tellement mouillée ! Elle a ouvert ses jambes pour qu'on puisse tout voir dans le miroir. Tu vois, elle est très blonde et elle n'a presque pas de poils, là, son sexe est presque blanc et là, il était rose et il était aussi juteux qu'une figue mûre. Je voyais son clitoris dans le miroir, en haut de sa fente, pointant comme une petite tige. J'ai glissé mes doigts en elle, elle était tellement mouillée et puis, j'ai posé un doigt sur son bouton, juste un doigt, j'ai frotté un petit peu et elle a crié comme si je l'assassinais. Alors, j'ai appuyé encore un peu et, tout en la touchant, je suçais son téton en poussant ma langue dans le petit creux et c'est comme ça qu'elle a joui. Son dos s'est cambré, elle a crié tout d'un coup, et après, son corps s'est mis à bouger dans tous les sens. Je crois que ça l'a surprise elle aussi, c'est arrivé tellement vite.

— Et après ? » murmura Kate. Elle saisit la main de David derrière elle, releva sa jupe et plaça sa main sur sa cuisse nue, en se frottant à lui et en caressant toujours ses seins avec ses mains. « Et après ? »

David sourit. Il fit glisser sa main le long de la cuisse de Kate, puis entra dans sa culotte où ses doigts experts glissèrent le long de sa vulve. « Mais ! Tu mouilles ! feignant la surprise. Comment se fait-il que tu mouilles aussi vite ? Tu t'es encore masturbée au bureau ?

— Élémentaire, mon cher Watson ! dit Kate, frottant son sexe contre les doigts fouineurs de David. Raconte-moi tout, ne t'arrête pas. Je veux savoir ce qui s'est passé après. » Elle poussa un petit soupir au moment où il glissa un doigt au fond d'elle et se mit à aller et venir.

« Bon, murmura David. D'accord. Elle était alanguie et ce miroir focalisait toute son attention. Elle ne voulait rien faire qui puisse l'empêcher de se regarder dans la glace. Alors, je lui ai demandé ce qu'elle voulait bien faire pour moi et elle a répondu qu'elle ferait n'importe quoi, du moment qu'elle n'avait pas à changer de position ! J'aurais pu venir entre ses jambes et la prendre, mais cela aurait été un peu triste. Donc, je me suis déshabillé et elle ne m'a même pas regardé ! » David semblait un peu vexé. Il savait qu'il avait un beau corps et il aimait bien qu'on l'admire. « Elle ne m'a même pas jeté un regard ! Alors, je me suis avancé et j'ai dit : " Viens voir par ici, toi ! " Et j'ai pris sa tête dans mes mains et je lui ai fourré ma bite dans la bouche. J'en avais vraiment besoin, je me sentais géant, mes couilles me faisaient mal tellement elles étaient pleines et tendues. Après tout, elle avait joui et pas moi, c'était pas juste. Elle a eu l'air un peu surprise mais ses lèvres étaient entrouvertes et j'ai appuyé mes mains derrière sa tête. Et puis, j'ai tout simplement poussé ma bite dans sa bouche, aussi loin que j'ai pu. Je l'ai sentie d'abord s'étouffer un peu avec et puis, elle a commencé à me sucer, à passer sa langue sur le gland et sur les couilles, tu vois, là où ça me touche vraiment. Et j'avais tellement envie de jouir que je m'accrochais à ses cheveux et je lui baisais la bouche comme si c'était sa fente, je la lui fourrais bien profond, tu vois. »

Kate fixa du regard la photo et imagina la belle fille mince allongée et David à genoux au-dessus d'elle sur le lit, ses jambes poilues et musclées serrant son visage, son gros sexe se glissant au fond de sa bouche fragile et douce. Ses doigts pinçaient et tiraient sur le bout de ses seins et elle se cambra sous le doigt de David enfoncé dans son sexe. « Mmmm… encore, murmura-t-elle.

— Crois-moi si tu veux, continua David, mais quand j'ai baissé les yeux, j'ai vu qu'elle était encore en train de se regarder. Et dans le miroir, je la voyais, les yeux grands ouverts, à contempler ma bite toute rouge aller et venir entre ses lèvres. C'était joli à voir, ma grosse bite en train de lui fourrer la bouche, j'aurais bien voulu avoir mon appareil pour faire une photo, mais ce sera pour une autre fois. Elle gémissait maintenant, à chaque fois que le bout de ma queue touchait le fond de sa gorge. J'avais envie de la tenir comme ça, j'avais envie de sentir son visage tout contre moi pour que je puisse bien lui remplir la bouche, de tout mon poids, j'avais envie qu'elle s'étouffe avec ma bite, et qu'elle regarde tout. Mais en même temps, j'avais envie que ça dure. Quand j'ai senti que j'allais jouir, je suis sorti de sa bouche et je suis resté un moment à genoux, à reprendre mon souffle, et elle a sorti sa langue rose et s'est mise à lécher ma bite de bas en haut. Pendant un moment, je l'ai laissée faire et puis j'ai dit : " Du moment que tu n'as pas à changer de position, hein..." et j'ai glissé le long de son corps, j'ai soulevé ses jambes, je les ai placées sur mes épaules et je me suis penché en avant, très en avant, sur elle. Elle était souple : quand je l'ai pliée, elle n'a pas bronché, elle m'a laissé pousser et, dans le miroir, j'ai vu sa petite fente s'ouvrir, attendant que je la remplisse. Je l'ai poussée sur le lit et sa tête est retombée en arrière sur le bord : j'aime voir la gorge d'une femme qui se fait prendre, j'aime la voir bouger la tête de droite et de gauche, son cou se tourner, entendre ses petits soupirs et ses petits gémissements. J'ai vu que ses yeux, dans la glace, étaient rivés à ma bite, qui attendait à l'orifice de son sexe. J'ai rentré un peu mon gland et j'ai attendu. J'avais envie qu'elle me réponde, j'avais envie qu'elle me supplie. Je me suis penché en avant, j'ai embrassé son cou, je l'ai mordue, elle a gémi et frémi mais elle n'a rien dit. J'ai donc attendu.

— Salaud, souffla Kate, se tordant au bout du doigt de David qui allait et venait en elle, t'es vraiment un salaud.

— Elle a adoré », dit David. Son pénis émergeait de son peignoir. Il était en pleine érection, épais comme le poignet de Kate, et réclamait son attention. Elle ne put résister : elle prit la grosse queue dans sa main et donna des petits coups de haut en bas. « Elle a adoré. Elle avait juste envie de voir ma bite là, à l'orifice de son sexe. À la fin, je n'en pouvais plus d'attendre et je l'ai pénétrée. Ses yeux se sont grands ouverts pour me regarder faire et je suis entré en elle, d'un coup. Je l'avais empalée, j'étais tout au fond d'elle et elle ne pouvait plus m'échapper maintenant. Puis, je me suis retiré un peu et on s'est regardés tous les deux dans la glace, son sexe rose qui s'agrippait à ma bite luisante comme si elle ne voulait pas me laisser partir. Je l'ai encore mordue, elle a étouffé un petit cri et s'est rapprochée de moi et je l'ai pénétrée à nouveau. J'avais les dents plantées dans son cou, les mains sur ses seins et ma bite au fond d'elle et je sentais que je ne tarderais pas à jouir. Je ne savais pas où elle en était de son plaisir mais elle a finalement joui avant moi. Elle s'est raidie et s'est mise à gémir et j'ai senti ses spasmes autour de ma queue, j'ai poussé de plus en plus fort jusqu'à ce que je jouisse à mon tour. Mais même là, elle continuait à se regarder dans cette putain de glace. Elle s'est regardée jouir, je te jure. »

Kate soupira et gémit, tandis que David continuait à faire aller et venir ses doigts au fond d'elle. Ses seins se gonflaient et elle sentait son orgasme se tapir au fond de son abdomen, presque douloureux d'impatience. « David, susurra-t-elle, fais-moi jouir. » David se pressa contre elle et souleva son menton, tournant son visage vers lui pour l'embrasser. Ses lèvres traînèrent sur les siennes, puis se glissèrent dans sa bouche et il l'embrassa violemment, en passant sa langue à l'intérieur et à l'extérieur de sa bouche, tandis que son doigt allait et venait dans son sexe, et son pouce caressait son clitoris. Kate se massa brutalement les seins, son corps tordu de plaisir. Elle se mit à gémir. Il passa la main dans ses cheveux et tira sa tête en arrière. Il embrassa sa gorge et trouva son rythme. Ses doigts allaient et venaient, son pouce caressait son clitoris et elle cria : « Oui, oui, je vais jouir ! » Et elle retomba sur lui, sans force, consumée de plaisir.

David retira ses doigts, les lécha avec approbation. « Attends-moi là », dit-il en se tournant vers la cuisinière. Il prit la poêle avec les asperges, renversa son contenu dans l'évier et fit couler de l'eau. « J'ai toujours eu envie d'essayer ça, depuis qu'on a vu *Neuf semaines et demie* en vidéo. » Kate reprit son souffle et glissa au sol : ses jambes ne la portaient plus. « Écarte les cuisses », dit David. Elle obéit en fermant les yeux. Elle poussa un cri de surprise quand il glissa une grosse asperge en elle : elle la sentait brûlante à l'intérieur et froide à l'extérieur, là où l'eau l'avait rafraîchie.

« Mmhh ! dit David en retirant l'asperge et en la goûtant. C'est meilleur que tout, c'est meilleur qu'une sauce hollandaise, je ne veux rien d'autre pour assaisonner mes asperges ! C'était chaud ?

— Oui », pleurnicha Kate. David attrapa son verre de champagne, en prit une gorgée, se pencha et plaça ses lèvres contre le sexe de Kate, propulsant le liquide gazeux au fond d'elle. Elle poussa un petit cri et lui, sans même prendre sa respiration, suça et glissa sa langue tout au fond d'elle. Puis, il reprit une asperge. Il la mangea, petit bout par petit bout, trempant le délicieux légume dans son jus et le glissant ensuite dans sa bouche. Il lui fit goûter, c'était doux et salé à la fois. Quand il eut assez mangé, il s'assit devant ses cuisses ouvertes et dit : « Et moi, Kate ? »

Kate se rassit. Elle avait repris ses esprits. « Pourquoi devrais-je faire quelque chose pour toi ? le taquina-t-elle. Tu t'es sûrement déjà envoyé en l'air avec quelqu'un aujourd'hui.

— Parce que c'est de toi dont j'ai envie », lui répondit David en ouvrant son peignoir. Son corps était musclé et puissant, sa poitrine couverte de poils roux, courant le long de son ventre plat, jusqu'aux parties plus sombres de son aine. Son sexe était fièrement tendu le long de ses couilles. « J'ai envie de toi.

— Tu as abusé de Nathalie, protesta Kate. Je crois qu'on peut qualifier ça de harcèlement sexuel. Tu devrais avoir une punition.

— Ce que tu veux, dit David, cambrant le dos. Je suis à toi.

— Alors fais ce que je te dis », lui ordonna Kate. Elle effleura son gros pénis, le sentant qui enflait et qui vibrait sous ses doigts. Elle s'en empara, titilla le petit bout de peau autour de son gland et David ferma les yeux, soufflant doucement entre ses dents. « Fais ce que je te dis. » Elle se baissa et dégrafa sa jupe, la rejeta au loin et enleva son T-shirt. Elle retira ses bas et les garda dans une main, tandis qu'avec l'autre, elle s'accrocha à la crinière blonde de David et lui plaqua la tête contre le rebord de la table. C'était une grande table en marbre avec des pieds en fer, dressée pour leur dîner de homard au champagne, avec couverts en argent, verres en cristal et chandelles. Elle prit ses bas et les enroula autour des poignets robustes de David. Elle les enchaîna chacun aux pieds de la table, de sorte qu'il soit assis par terre, les mains attachées en arrière, avec son sexe en érection pointé en l'air comme un petit arbre. « Est-ce que tu peux bouger ? » demanda-t-elle.

David se tourna, essayant de se défaire et répondit en fronçant les sourcils : « Non, dut-il reconnaître au bout d'un moment. Bon, répondit Kate et elle se pencha en avant, embrassa le bout de son sexe et savoura la petite goutte qui restait là. Je trouve que tu n'as pas été très professionnel avec Nathalie, dit-elle. Tu vas le payer cher. » Elle retira sa culotte et avança ses hanches près de la bouche de David en poussant son sexe contre lui. « Lèche-moi », dit-elle.

Obéissant, David mit sa bouche sur son sexe et se mit à lécher, à sucer. Elle plaça ses mains derrière sa tête et frotta son sexe contre le visage de son ami. Cela l'excitait d'avoir David à sa merci. Il était très fort, avec ses grandes épaules, les muscles épais de ses bras et de son torse, et ça l'excitait de le voir soumis à elle, enchaîné, forcé à la lécher. Ses yeux se promenaient sur la table et une idée lui vint soudain. Elle dit en retirant une chandelle de son bougeoir : « Ferme tes yeux. »

David obéit, mais sa langue continuait à lécher le sexe de Kate. Elle recula un peu et, avec un frisson, elle enfonça la bougie entre les lèvres de son sexe et poussa bien au fond. La bougie n'était pas aussi large que la bite de David mais c'était bon. Elle la retira. Elle était mouillée, glissante, elle reluisait de son jus. Elle la cacha derrière elle et se mit à genoux à côté de David, qui avait toujours les yeux fermés. Elle pencha ses lèvres jusqu'au pénis en érection et effleura le bout avec sa langue. David gémit et frémit. Elle dit : « Il faut que tu te soulèves si tu veux que je la suce. »

« Ohhhh… gémit David, soulevant ses hanches vers le visage de Kate. Je t'en supplie, Kate, lèche-la. » Kate donna un petit coup de langue sur sa bite, la titilla, en le forçant à se soulever du sol. Sa main prit un peu de son jus et en caressa ses couilles et les replis secrets de ses fesses, tout en lui léchant la bite. Il poussa un cri et elle fit tourner son doigt humide dans le petit trou plissé de son cul, le cajola un peu avant de glisser son doigt à l'intérieur, tout en suçant doucement le bout de son pénis. Il se tordit, sentant avec plaisir son doigt qui le pénétrait, et poussa un soupir tout en s'avançant vers la bouche de Kate. Celle-ci s'empara de la bougie ruisselante de son foutre et, sans prévenir, la fit entrer dans l'anus de David, le perçant de part en part.

Il poussa un grand cri et elle laissa descendre ses lèvres sur son sexe, puis leva la tête et s'accroupit devant lui, guidant son pénis le long des lèvres mouillées de son sexe, de sorte qu'à chaque fois qu'elle descendait sur sa bite, son corps soit poussé vers le bas et que la bougie s'enfonce un peu plus.

« Oh ! » cria David, entre plaisir et souffrance. Kate chevauchait sa bite turgescente, excitée au-delà du possible à l'idée que ce soit elle qui soit en train de prendre et de posséder David et pas le contraire, pour une fois. Pendant qu'elle allait et venait, se donnant du plaisir avec sa bite puissante, il se laissait pénétrer, incapable de l'arrêter, baisé comme une femme, et elle le contrôlait, se propulsant sur lui, écartant ses fesses, le prenant. Elle ne l'avait jamais vu subir de pénétration anale et elle en tremblait maintenant de plaisir. Elle aurait voulu avoir une grosse bite à elle pour pouvoir le retourner et pénétrer son petit cul vierge, pour qu'il sente à quel point il est merveilleux d'être pénétré par une grosse bite, de se sentir rempli par quelque chose de chaud et dur, qui bouge à l'intérieur de vous. Il gémissait pendant qu'elle le chevauchait, il tournait sa tête dans tous les sens et sentant son orgasme approcher, il commença à se soulever, à soulever ses hanches, acceptant enfin de sentir la bougie aller et venir en lui, se laissant aller à la sensation d'être baisé par Kate, lui qui l'avait baisée si souvent. Il poussa une série de petits cris, tordit ses poignets dans les collants qui le retenaient à la table. Kate sentit son pénis palpiter en elle au moment de l'éjaculation et elle s'appuya sur lui en frottant son clitoris contre son corps, sentant à son tour l'orgasme l'emporter.

Après un long moment, elle défit ses liens et ils roulèrent tous deux sur le sol. Elle retira tout doucement la bougie et embrassa ses fesses.

« Mon Dieu…, dit-il après avoir repris son souffle. Où as-tu trouvé cette idée ? »

Kate haussa les épaules : « Je sais pas. » Elle alla chercher leurs verres, ainsi que la bouteille et vint se rasseoir près de lui sur le sol. « Je me sens tellement mieux, dit-elle, tu me fais du bien, David. »

Ils mangèrent les restes du dîner à même le sol, tout nus, tout rouges. David lui demanda, après avoir dévoré les homards et ouvert la deuxième bouteille de champagne : « Tu ne veux pas me dire ce qui te préoccupe à ton boulot ? »

Kate secoua la tête : « J'en ai marre. Je vais donner ma dem'. Je vais venir vivre avec toi, je serai ton assistante.

— Déconne pas, dit-il en l'embrassant gentiment. Tu sais que tu aimes ce boulot.

— Non, je suis sérieuse, insista Kate. J'en ai vraiment marre. Je commence à regarder les petites annonces. Je vais démissionner. »

David leva ses cils dorés : « C'est quoi, le problème ? Une mauvaise passe ?

— À part le fait que ma patronne me fasse profondément chier, dit Kate, fatiguée, je dois encore m'occuper d'une formation en techniques d'influence, la semaine prochaine et je n'arrive pas à faire face.

— Les techniques d'influence, murmura David, mais je croyais que tu aimais bien donner ce genre de formation, Kate.

— Oui, ça me plaît, dit Kate. Tu sais bien que ça me plaît. Mais hier, on me dit qu'il faut que j'arrête de faire des formations. Et aujourd'hui, on me demande d'en diriger une.

— Rappelle-moi ce qu'on y fait ? »

Kate soupira : « Ça dure quatre jours, dit-elle, je suis supposée amener les participants à être davantage conscients de leur pouvoir d'influence et leur donner une possibilité de le mettre en pratique. On fait du *bridging*, c'est-à-dire que je leur apprends à mieux écouter l'autre, à décrypter ce qu'il pense, à anticiper ses désirs. On travaille aussi sur la persuasion et l'assertivité ou l'affirmation de soi si tu préfères. Un formateur, quatre participants.

— Ça se passe au bureau ?

— Non, dans un hôtel. C'est important de les sortir de leur environnement. Ça facilite l'accès à de nouvelles expériences. » Kate se leva et traversa le salon pour prendre son sac. Elle en sortit une enveloppe. « J'ai le portrait des participants, ici, dit-elle, il y en a un, c'est un as, c'est le chouchou du directeur. Bryony m'a demandé de faire très attention avec lui.

— Regarde-toi », s'écria David avec tendresse, en allant la rejoindre, toute nue, se donnant en spectacle à toute la ville. « Exhibitionniste, va ! »

Kate regarda par la fenêtre et sourit tout à coup, soulevant ses bras au-dessus de sa tête et tournant sur elle comme une danseuse. Elle se voyait dans la glace. Rond et opulent, son corps était une symphonie de courbes et sa taille était fine. Contemporaine et anachronique, cette silhouette faisait penser à la fois aux canons de beauté du XIXe siècle et à celle d'une femme libérée des années 1990. La première fois qu'elle avait dormi avec David, elle avait eu peur qu'un photographe habitué à fréquenter des top models ne la trouve trop ronde à son goût, mais non. David avait toujours adoré sa chair juteuse comme celle d'un fruit mûr. Elle se tenait debout, les bras levés, les pointes des seins dressées, la lumière des spots illuminant la peau blanche de sa taille et de ses hanches.

« Tu peux parler ! » répondit-elle. David était tout nu à côté d'elle.

« Choquons-les, alors ! » s'écria-t-il en riant. Il posa ses mains sur ses hanches et l'attira à lui, baissant sa bouche pour l'embrasser. Ses lèvres étaient charnues et sensuelles et il embrassait très bien. Kate passa ses doigts dans ses cheveux bouclés et soupira de plaisir, sentant les muscles de son corps puissant se presser contre elle.

« Bon, dit David, et qui sont donc ces participants ? »

Ils s'assirent sur un gros canapé et ouvrirent le dossier, étalant les papiers sur le sol. En haut de chaque page, le nom et la photo.

« Trois hommes et une femme, commenta David, les photos sont un peu austères. Mais les mecs sont plutôt mignons.

— Qu'est-ce que ça change ? dit Kate, agacée. Je ne vais passer que quatre jours avec eux, et après je ne les revois plus… et tout ça rien que pour une formation ennuyeuse. Si je devais les former au sexe ou leur apprendre le *Kama-sutra*, d'accord, qu'ils soient mignons… c'est un plus mais bon…

— Dans ce cas, ne le fais pas, dit David. N'y va pas.

— T'es con. Bryony me vire direct.

— Et alors ? De toute façon, tu veux démissionner !

— Si je me fais virer, dit Kate, autant le faire pour une bonne raison : sortir avec la tête haute, en claquant la porte, mais pas en pleurnichant. » Elle allait dire autre chose mais soudain, elle s'arrêta, s'assit au fond du canapé et se mit à réfléchir, une main posée sur ses lèvres.

« À quoi tu penses ? demanda gentiment David.

— À quelque chose… », lui répondit Kate tout doucement. Elle prit une des photos et la regarda. C'était un visage d'homme, émacié, l'air féroce, avec des sourcils noirs et des yeux déterminés. « Je pense à…, continua-t-elle, je me dis que dans n'importe quel cas de figure, je me fais avoir. Donc, je me dis que peut-être je devrais, pour une fois… peut-être leur apprendre vraiment ce que je veux. À chaque fois que je dirige ces formations, je passe mon temps à essayer d'aider les participants à résoudre leurs problèmes, faire face à leurs difficultés. Mais cette fois-ci, j'ai envie de penser à moi d'abord. Cette fois-ci, je serai égoïste. Ils sont effectivement tous plutôt mignons. Je leur donnerai des cours d'érotisme !

— Mais c'est un cours sur les techniques d'influence, lui répondit David, un peu surpris.

— Et alors ? Je le relierai au sexe. On passera ces quatre jours au lit les uns avec les autres. Moi, je prendrai mon pied, au moins, et eux… on verra bien. Et s'ils se plaignent, je me ferai virer, mais comme tu disais, qu'est-ce que j'en ai à foutre ? »

David hocha la tête en souriant. « Tu ne peux pas les forcer à faire n'importe quoi sans leur consentement.

— Mais si, je peux. En tant que formatrice, je fais un rapport écrit sur chacun d'entre eux à la fin, ce qu'ils ont appris pendant le stage et s'ils se sont suffisamment investis. Oh, je peux leur faire faire ce que je veux. Sans problème.

— Kate, ma chérie, tu peux essayer, dit David, la regardant droit dans les yeux, mais je ne suis pas sûr que ça marchera comme tu veux parce que justement tu n'es peut-être pas assez égocentrique.

— Quoi ? Mais tu es tout le temps en train de me dire que je suis une frimeuse.

— Oh, tu aimes les projecteurs, ça, je sais. Mais ce qui t'a toujours plu dans ces formations c'est de transmettre ton savoir à tes élèves. Tu veux les aider. Je te vois mal les manipuler pendant quatre jours pour ton propre plaisir. »

Kate regarda David, le regard pétillant : « Ah, tu me connais mal. Ou est-ce que tu me lances un sorte de… défi ? » Elle posa ses mains au-dessus de sa tête, écartant ses doigts. « J'ai hâte ! s'exclama-t-elle. Ce sera peut-être mon chant du cygne ou la chance de ma vie de vivre quelque chose de réellement fort, quelque chose d'ultime. Et puis, t'inquiète, je leur apprendrai *aussi* les techniques d'influence. » Elle attrapa David par le menton et se pencha pour l'embrasser voluptueusement. « Allez, viens, dit-elle en sautant sur ses pieds, viens, on va se coucher et on va réviser la leçon. »

Chapitre 3

L'hôtel au moins était nickel. Kate préférait donner ses formations dans des endroits de luxe, ils étaient toujours plus propices à la concentration et, cette fois, les administrateurs avaient bien fait les choses. L'hôtel était une vieille maison, confortable et intime, avec des salles de travail qui ressemblaient un peu aux salles de recueillement des presbytères victoriens. Les chambres étaient assez petites, mais nombreuses. C'était aussi très discret, ce qui convenait bien à ses plans.

Le directeur de l'hôtel l'emmena à l'espace sport et santé. « Nous avons beaucoup investi ici, lui dit-il, comme vous pouvez le constater, nous mettons à la disposition de nos clients : jacuzzi, sauna, hammam, une salle de gym équipée et une pièce réservée à l'aérobic. Tout ce dont vos stagiaires auront besoin. »

« Il manque quelques accessoires, se dit Kate en souriant, mais je les ai apportés avec moi. » Elle hocha la tête vers le directeur et dit : « Pouvez-vous faire en sorte que je puisse avoir un usage exclusif de la salle ?

— Je pense que oui, approuva-t-il.

— Dans ce cas, merci de nous la réserver pour mardi. C'est le dernier jour de la formation. »

Elle laissa le directeur et monta dans sa chambre. Tous les participants étaient arrivés et Kate les avait rencontrés à la réception et les avait rapidement briefés. Ils étaient attendus à dix-huit heures au bar pour une présentation informelle. Elle avait juste le temps de réviser un peu leur profil avant que la formation ne démarre… avant le début des hostilités…

Kate était tendue, ce qui était inhabituel chez elle. Tout était planifié et elle était sûre, mais vraiment sûre, que tout allait bien se passer. Au bout d'un moment, elle réalisa que cette sensation de trac qui bouillonnait au fond de son estomac n'était pas seulement due à l'angoisse, mais aussi à l'excitation. Elle retira son sweat-shirt ample et déboutonna son pantalon : c'était l'heure de s'habiller. Son pantalon genre militaire lui donnait un bon look, pas trop guindé, mais un peu trop décontracté et, ce soir, elle voulait porter quelque chose de plus distingué. Elle voulait imposer le respect, qu'on sente que c'était elle la chef.

Elle choisit une robe en lin, dans les tons neutres, et des sandales à petits talons. Une tenue à la fois confortable et chic. Elle voulut remonter ses cheveux, fit un essai, regarda l'effet et, finalement, décida de les laisser libres, sur les épaules. Elle voulait être féminine : elle voulait que les hommes la trouvent attirante. Puisqu'elle avait l'intention de coucher avec chacun d'entre eux au cours du stage, autant mettre le paquet. Elle se regarda dans la glace, satisfaite. Sa robe effleurait ses seins, soulignant leur galbe, une petite ceinture épousait sa taille fine. Sa robe s'évasait au-dessus de ses hanches généreuses, lui faisant une silhouette à taille de guêpe. Elle se savait désirable et ça l'excitait à mort. Sa peau était légèrement bronzée, ses joues roses et ses lèvres pulpeuses brillaient de manière provocante. Elle se fit un petit baiser dans le miroir et murmura : « Irrésistible. »

L'idée d'être attendue en bas par trois hommes qui ignoraient encore ce qu'elle leur réservait, la faisait frissonner. Elle prit sa petite valise près du lit, l'ouvrit, et en regarda le contenu, le souffle court. Ce week-end, David et elle avaient assemblé un « kit de formation », avec des accessoires tout à fait utiles. Des vêtements en soie et en dentelle, en cuir et en latex, pour homme et pour femme. Il y avait aussi un fouet avec un gros manche en cuir et une longue lanière, et un autre recouvert de velours. Sous les vêtements, des paires de menottes, une bonne longueur de chaînes, certaines recouvertes de tissu et d'autres en métal brillant. Et tout au fond, une sélection de livres érotiques, une petite bouteille d'huile parfumée, une série de phallus artificiels, de plusieurs tailles, en plastique et en bois et même un en pierre polie.

Kate hésita un instant avant de saisir un des plus gros phallus et de l'emmener vers le bureau, dans un coin de la chambre, là où elle avait étalé les profils des participants. Elle déboutonna sa robe et fit glisser la tête douce et froide du phallus en bois contre l'étoffe de sa culotte. Elle regardait chaque page tout en caressant doucement son clitoris qu'elle sentait durcir au contact du godemiché en bois, respirant doucement entre ses dents.

La première photo était celle du protégé du directeur, le superdiplômé de MBA. C'était la photo qu'elle avait vue dans l'appartement de David, un visage fin, attirant, avec des pommettes saillantes, une peau bronzée et des yeux bleus brillant sous des sourcils noirs. Kate se souvint du visage rencontré brièvement dans le hall de l'hôtel : il était grand, mince mais musclé, vif et énergique dans ses mouvements. Elle regarda à nouveau la photo et mit un nom sur le visage : Nick. Il était très séduisant, à tel point qu'elle se sentit soudain devenir toute chaude et humide entre ses jambes. Elle fit glisser sa culotte jusqu'à ses chevilles et enfonça la tête bombée du phallus en bois entre les lèvres humides de son sexe. Il était gros et elle n'était pas tout à fait assez mouillée pour qu'il entre facilement. Elle revint titiller le petit bouton de son clitoris et retourna à la lecture des commentaires.

« Ne t'excite pas trop sur lui, se dit-elle à voix haute. Regarde-moi ce profil ! Est-ce qu'il a besoin d'une formation, lui ? » Elle lut les commentaires en secouant la tête : « Nick est quelqu'un qui atteint toujours ses objectifs. Il est intelligent, et capable d'entreprendre les projets les plus complexes. Cela dit, il tend à être un peu trop agressif, aussi bien avec l'équipe qu'avec les clients. Il a peu d'aptitudes à l'écoute et reste assez intolérant face au point de vue des autres. Traits de caractère qui l'empêchent de progresser. Nous en avons discuté avec lui mais il a rejeté la critique. J'attends de cette formation qu'elle le rende davantage conscient de la nécessité de s'améliorer. »

Sur la page « Attentes du participant », ce dernier avait simplement écrit : « Rien à foutre. »

« Mmmm... », murmura Kate, en pressant le haut du godemiché contre sa vulve excitée. Nick risquait d'être un véritable challenge pour elle. Mais il était tellement sexy. Elle se demandait comment pouvait être son corps : imberbe ou poilu ? Musclé ou mince ? Était-il un bon amant ? Les hommes égoïstes et agressifs se révèlent souvent performants, comme s'ils avaient toujours quelque chose à prouver. Mais ils pouvaient aussi n'être que de pauvres égoïstes décevants.

Elle passa à la feuille suivante. Sur la photo, elle vit un homme grand et large d'épaules, avec des cheveux fins coupés court, un regard ténébreux, que Kate trouva étrangement sensuel. « Christopher », pensa-t-elle. Elle essaya de se souvenir de lui : un physique avenant, une force tranquille et des yeux sombres, où couvait la passion. Il était étrangement troublant. En lisant les notes, elle remarqua que le patron de Christopher le trouvait difficile à manager, opaque, imprévisible. « Avec lui, on ne sait jamais où on en est, disaient les notes, un mystère dans une énigme. »

« Une énigme », pensa Kate. Eh bien, elle tenterait de savoir ce qui se cachait sous ces vêtements de luxe. S'il ne paraissait pas imposant, malgré sa grande taille, elle sentait qu'il avait tout à fait le potentiel pour devenir un homme d'influence. Elle se mit à penser au corps de cet homme musclé, entièrement nu et aux larges épaules, et son visage étrange et sensuel apparut. Si cet homme décidait de lui faire quoi que ce soit, elle ne serait pas capable de l'en empêcher. Cette pensée l'excita outre mesure et elle essaya à nouveau de faire entrer le godemiché en bois dans son vagin. Elle était à présent si mouillée qu'il se glissa facilement à l'intérieur de son sexe palpitant, la remplissant avec délice. Ses muscles internes se contractèrent contre le bois et elle se pencha un peu en arrière pour agacer son clitoris avec l'autre main. Elle imaginait le corps de Christopher pesant sur elle comme David sur Nathalie, ses cuisses serrant sa tête, tenant chacun de ses poignets d'une main pour qu'elle ne puisse pas se débattre. Elle donna des petits coups avec ses jambes et poussa des gémissements de protestation tandis que son gros pénis pénétrait sa bouche impuissante. Les images floues des autres participants lui traversaient l'esprit, deux d'entre eux se baissaient pour lui lécher les seins, et le beau et ténébreux Nick la tenait par les épaules et ouvrait grand ses cuisses, puis se penchait en avant pour la pénétrer avec son membre énorme. Tandis que le gros phallus en bois allait et venait, de plus en plus vite, Kate pouvait presque entendre le souffle de Nick en train de la prendre et sentir la peau du ventre de Christopher se durcir alors qu'il approchait de l'orgasme, son sexe entrant si profond dans sa bouche que ses couilles toutes douces frôlaient sa gorge. Comme elle sentait monter son orgasme, elle plongea le phallus en bois au fin fond de son vagin, tandis que ses doigts s'agitaient entre ses jambes. Au moment de l'orgasme, elle imagina Nick se tordre et gémir en éjaculant dans son corps, tandis que Christopher continuait à faire aller et venir son sexe entre ses lèvres avant de jouir, remplissant sa bouche d'un liquide salé et délicieux.

Après s'être donné du plaisir, elle retira doucement le phallus de son sexe et remit sa culotte, alla s'asseoir en frémissant et continua son travail. Elle sentait son foutre s'étaler en abondance sur sa culotte en soie. « Bon, se dit-elle, s'ils ont du nez, je ferai bonne impression. Autant commencer tout de suite. »

Le troisième participant semblait plus facile à cerner que Christopher. Il s'appelait Edmond et son visage était fin, racé, sa peau était claire, et ses yeux pétillants. Ses cheveux un peu plus longs que la normale lui tombaient sur les yeux, un peu comme un voile de mariée. Sur la photo, il souriait de travers et il avait une petite fossette sur sa joue gauche. Irrésistible. Quand Kate l'avait rencontré, il lui avait semblé courtois et doux, son accent trahissait ses origines aristocratiques et une très bonne éducation. C'était intéressant de voir ce que son manager disait de lui : « Il est tellement poli que les gens ne le respectent pas. Il n'arrive pas à faire son chemin, à faire passer ses idées. Quant à critiquer ses collègues, impossible : il trouverait ça trop vulgaire. »

« Bon, ça me va plutôt », pensa Kate. Elle regarda encore la photo d'Edmond. Il avait l'air intelligent, attentif, le genre de type qui se soucie vraiment de ce que pense une femme. Je parie qu'il a la langue bien pendue quand il veut et qu'il sait très bien la manier... Cette pensée la fit délicieusement frémir.

Elle parcourut les documents et se trouva face à la photo de la seule participante féminine. Sa bouche se crispa, mal à l'aise. Cette fille pouvait devenir un problème. Les hommes sont sensibles aux femmes, ils peuvent se laisser diriger, mais si cette Sophie décidait de lui mettre des bâtons dans les roues, Kate pouvait dire adieu à ses projets.

Elle se concentra sur la photo. Sophie ne semblait pas être une fille qui pourrait accueillir avec joie un cours sur le sexe. Elle avait l'air passive, en retrait. Elle avait un joli visage en forme de cœur, avec de grands yeux noirs sous un nuage de cheveux bruns frisés, mais elle semblait timide, renfermée, comme si elle avait peur que l'appareil photo ne la mange. En lisant les notes, Kate s'aperçut que Sophie avait aussi un comportement en retrait au travail. Son manager avait écrit : « Elle est intelligente, elle a de très bonnes idées, mais il faut toujours l'aider à accoucher de ces idées. Je ne l'ai jamais entendue faire ne serait-ce qu'une suggestion, ou juste exprimer une volonté quelconque. » Un manager homme, nota Kate.

Kate se pencha en arrière sur son fauteuil, les yeux rivés à la photo de Sophie. Pourquoi tant de femmes ont-elles tant de mal à dire ce qu'elles désirent ? Pourquoi se laissent-elles enfermer dans des rôles passifs, secondaires, dépassés, juste parce qu'elles n'arrivent pas à dire ce qu'elles pensent et n'osent pas se faire entendre ? Elle eut un peu pitié pour Sophie, un bon cerveau, une belle petite gueule, malheureusement étouffée par sa propre peur. Mais Kate s'inquiétait surtout du bon déroulement de sa formation. Si Sophie s'avérait trop prude, elle pouvait tout faire échouer. « Après tout, se dit-elle, cette formation n'est pas au bénéfice des participants mais pour mon plaisir. Et si Sophie s'avère être un frein, je réglerai le problème en la foutant dehors, et je dirai à ses boss qu'elle n'est simplement pas encore prête pour suivre ce type de formation. Comme ça, j'aurai les trois garçons pour moi toute seule. » Cette idée était délicieuse.

Sa montre indiquait six heures cinq. Il était temps de descendre et de commencer les hostilités. Elle aimait bien être un peu en retard, c'était une très bonne manière d'attirer l'attention sur soi. Elle rejeta ses cheveux en arrière, se sourit dans la glace et se dirigea vers la porte.

Comme elle l'avait pressenti, les participants l'attendaient déjà au bar, un verre à la main. Et elle nota rapidement ce qu'ils étaient en train de boire. Edmond, un Pimm's, Christopher, gin tonic, Nick, une bouteille de bière de luxe, Sophie, quelque chose qui ressemblait à de l'eau minérale. Des choix sans surprise. Edmond se leva poliment à son arrivée. Les autres eurent l'air un peu penauds puis le suivirent. Ils étaient tous habillés de manière assez formelle. Edmond et Nick portaient veste et cravate, et Kate sourit en voyant que la cravate d'Edmond était celle de son école, bleu marine avec des armoiries, tandis que Nick portait un costume Moschino. Christopher avait une jolie chemise bien coupée à col montant en coton gris foncé qui laissait deviner son torse musclé et lui donnait l'air d'un agent secret. Sophie portait une robe discrète, couleur olive, comme si elle cherchait à se fondre dans le décor.

« Je vous commande quelque chose ? » demanda Nick, juste avant Edmond. Kate lui sourit et dit : « Non, non, on va bientôt passer à table. Est-ce que quelqu'un veut autre chose ? » Ils secouèrent tous la tête. Ils faisaient attention, ils essayaient de bien se tenir, de donner une bonne impression d'eux-mêmes, comme tous les stagiaires faisaient à chaque début de formation. Kate commanda un spritzer au bar, un mélange de vin blanc sec et d'eau pétillante et l'apporta à table.

Le bar était calme, d'une opulence discrète. Kate promena son regard autour de la pièce et constata qu'il n'y avait personne pour les entendre. « Bien, dit-elle vivement, puisque nous sommes tous là, on pourrait commencer tout de suite, si vous êtes d'accord. »

Ils échangèrent des regards et Nick dit joyeusement : « On attaque, boss.

— Je ne suis pas votre boss », dit Kate, ravie d'avoir une opportunité de remettre tout de suite ce petit coq à sa place. « Je n'ai pas à vous donner d'ordres. Vous êtes tous ici parce que vous le voulez bien.

— Pas moi, répondit Nick, déterminé à ne pas se laisser mener par le bout du nez, c'est mon patron qui m'a envoyé. »

Les autres participants échangèrent des regards gênés. Ils ne s'attendaient pas à une confrontation aussi directe dès le début de la formation. Kate sourit un peu et leur demanda patiemment : « Bien, et que pensez-vous retirer de cette formation ?

— On va se faire chier, dit Nick avec brusquerie. Les techniques d'influence ? Je considère que j'ai déjà pas mal d'influence.

— Dans ce cas, comment se fait-il que vous n'ayez pas réussi à persuader votre boss que vous n'aviez pas besoin de venir ici ? » demanda Kate. Elle vit les visages des deux autres hommes aller et venir de Nick à elle, comme des spectateurs à Wimbledon, tandis que Sophie la regardait fixement, la bouche entrouverte, un peu choquée.

Nick eut une hésitation. Puis il dit, avec un peu plus d'entrain : « Je ne vois pas ce que la persuasion a à voir là-dedans. Je pensais qu'ici, on apprenait à trouver son propre chemin.

— C'est le cas, sourit Kate. Mais il y a plus d'une manière de trouver son propre chemin. Si tu es ici malgré toi – c'est que tu ne l'as pas trouvé. Tu vois ce que je veux dire ? »

Le visage de Nick se refrogna. « Oui, peut-être », dit-il de mauvaise grâce.

Les autres participants commençaient à se détendre et Kate leur sourit. Elle dit : « Souvenez-vous de la définition de l'influence. Vous êtes influents quand vous parvenez à changer le comportement d'une personne sans mettre en danger votre relation. Ce qu'il faut réussir à faire, c'est atteindre ses objectifs en insufflant confiance et coopération chez l'autre. »

Elle regarda leurs visages attentifs : « Écoutez… pour le moment, je n'ai pas envie d'entrer dans les détails, je voudrais juste fixer quelques règles de base avant de passer à l'introduction, une sorte de contrat avant la formation, si vous voulez. C'est ce qu'il faut que vous reteniez. » Elle se redressa dans son siège et se servit de ses mains pour souligner sa parole. « Ce cours est un environnement sans risque. Tout ce que vous direz restera confidentiel, je suis très sérieuse, absolument tout. Rien ne remonte à vos employeurs. J'écris un rapport sur vous, mais il ne comportera aucune information sur votre personnalité et votre comportement. Il dit juste si j'estime que vous vous êtes suffisamment impliqués, et le bénéfice que je considère que vous avez tiré de la formation. » Elle sourit en regardant chacun dans les yeux.

Ils la regardaient fixement, très sérieusement, et elle se sentit soudain très puissante. Ils étaient à elle pour quatre jours. Elle s'imagina tout à coup en train de déboutonner sa robe pour leur révéler son corps et crut voir ses quatre stagiaires s'agenouiller comme des mendiants devant une reine et tendre leurs mains pour la supplier d'être bonne avec eux. Cette pensée la remplit d'excitation, elle passa sa langue sur ses lèvres et avala sa salive.

« Mais, je veux que vous me promettiez tous une chose..., continua-t-elle, que jamais vous ne divulguerez à personne ce que vous aurez appris ici. » Elle fit une pause. Un silence. Sentant que Nick attendait qu'elle s'adresse à lui, elle se tourna vers Edmond : « Edmond ?

— Oui, bien sûr. » Sa voix, légère, sonnait juste.

« Sophie ?

— Oui, promis.

— Nick ? » Elle n'allait pas non plus s'adresser à lui en dernier.

« Bon, OK », dit Nick, toujours à contrecœur. Il avait un comportement gamin, mais sa réaction agressive était typiquement celle d'une personne qui sent qu'elle n'a pas le contrôle.

« Christopher ?

— Même pas en rêve.

— Bien ! » Kate se cala dans son siège et laissa ses gestes s'exprimer. « Donc, comme je disais, rien ne sortira d'ici. Très bien. Vous pourrez faire ce que vous voudrez. Essayez des choses qui pourraient être mal vues au boulot et vous serez surpris de voir à quel point ces choses peuvent fonctionner. Je vais donner le ton au début, le temps que vous vous habituiez, mais vous devrez vous sentir libres de ne pas être d'accord avec moi, de me faire des suggestions. Essayez de m'influencer. Utilisez votre imagination.

— Mon imagination pourrait vous surprendre ! » dit Nick, gonflé, et il éclata de rire. Sophie et Edmond ne semblaient pas concernés par son cabotinage mais Christopher se mit à rire comme lui, d'un petit rire bref et cynique.

« Il faudra vous montrer créatif pour pouvoir me surprendre, Nick », répondit Kate avec douceur. Elle le regarda dans les yeux et leva un sourcil. Elle sentit soudain une énergie passer entre eux deux, comme une décharge électrique.

« Ça ressemble à un défi ! commenta Christopher.

— C'en est un », reconnut Kate. Elle prit une gorgée de sa boisson. « Maintenant, la façon dont nous allons structurer le cours ? Bon, nous avons quatre jours pendant lesquels nous allons explorer trois niveaux d'influence : le premier est le *bridging*, c'est-à-dire chercher à identifier ce que l'autre pense et désire, le deuxième, la persuasion, soit convaincre les autres, et enfin l'assertivité, l'affirmation de soi dans le respect d'autrui. Nous travaillerons chaque jour spécifiquement sur un de ces trois niveaux d'influence. Nous commencerons par un peu de théorie, puis vous passerez à la pratique en mettant vos connaissances à l'épreuve via différents exercices, mises en situation, jeux de rôle. Le quatrième jour, vous utiliserez toutes les techniques d'influence acquises durant cette formation et nous ferons un bilan. C'est pas plus compliqué que ça. Mais ça implique beaucoup de pratique. Pensez à toutes les situations qui vous semblent complexes, difficiles, et nous les mettrons en pratique.

— On nous avait demandé de réfléchir à des situations difficiles, avant de venir ici, lui répondit Sophie de sa voix calme, … à des situations auxquelles nous sommes confrontés au quotidien.

— Très bien. Cela vous fera gagner un peu de temps. Mais vous aurez peut-être envie d'en aborder de nouvelles. J'ai quelques idées peu orthodoxes pour cette formation. Et je suis sûre que vous allez les apprécier. » Ils eurent l'air intrigué. Kate allait en dire plus mais un employé de l'hôtel vint les prévenir : « Veuillez m'excuser, mais votre table est prête. »

« Pendant ce dîner, dit Kate alors qu'ils s'asseyaient, je suggère que nous nous présentions les uns aux autres. Comme vous le savez, moi, je suis Kate, du service formation et développement. Ce que je voudrais, c'est que vous discutiez cinq minutes avec votre voisin et que vous nous disiez quelque chose de lui ou d'elle. Pas forcément professionnellement : sur ce qu'il aime faire en dehors du travail. Et puis, à partir de maintenant, on peut peut-être se tutoyer. »

Elle s'assit tranquillement et resta sans rien dire pendant cinq minutes en regardant les quatre autres essayer d'engager la conversation. Christopher discutait avec Nick, Edmond avec Sophie. Elle ne fut pas surprise de voir que Nick monopolisait la parole, tandis que Sophie et Edmond semblaient bien s'entendre et discutaient tranquillement à voix basse.

« Christopher, dit Kate, veux-tu commencer ?

— OK. » La voix de Christopher était en accord avec son allure générale, forte mais retenue, douce et sombre : une voix légèrement voilée. Il paraissait presque intimidé, mais quelque chose dans son visage indiqua à Kate que ce n'était pas la timidité qui lui donnait cette réserve. Il fit un grand geste de la main vers Nick. « Donc, voilà Nick. C'est un jeune homme très occupé, il travaille comme un fou mais il trouve le temps de faire beaucoup d'autres choses. Il joue au squash et au football le week-end. Il aime les voitures de sport, il est venu ici en Porsche, et à ce qu'il dit, il pratique aussi les femmes… comme un sport. » Le ton de la voix de Christopher était sec et désapprobateur. « À l'en croire, il a couché avec toutes les femmes de son bureau et quelques autres à l'extérieur. »

Nick eut un sourire satisfait et Kate souleva un sourcil. « Je crois qu'on peut commencer par dire que sur ce dernier point, il s'est un peu surestimé », dit-elle, et l'expression suffisante de Nick fit place à la colère. « Merci, Christopher. Excellente esquisse. Nick, qu'as-tu découvert à propos de Christopher ? »

Nick ouvrit la bouche et resta silencieux. Après une seconde, il dit : « Euh… Christopher. Il travaille dans le service des consultants en informatique. Et euh… c'est tout ce que je sais. »

Kate haussa les sourcils. « J'avais dit pas sur le travail.

— Désolé, dit Nick, renfrogné.

— Bon, dit Kate, ça ne fait rien. Sophie, veux-tu nous parler d'Edmond ?

— Edmond, dit Sophie d'une voix qui sonna immédiatement douce et attirante, a l'air d'avoir une vie formidable. Il habite à la campagne, dans une petite maison, avec un grand jardin. Il y a un cours d'eau dans ce jardin. Il passe beaucoup de temps à lire et à écouter de la musique. Et quand il est à Londres, il va beaucoup au théâtre. » Elle jeta un regard circulaire et ajouta, un peu timide : « Nous nous sommes aperçus que nous avions quelques points communs. »

Edmond prit la parole : « Oui, Sophie aime le théâtre et l'opéra, elle aussi. Et puis, elle aime marcher dans la campagne donc nous avons beaucoup en commun. » Il sourit à Kate, qui lui sourit en retour, ravie de voir que Sophie trouvait Edmond attirant et que le sentiment était réciproque. S'ils s'intéressaient l'un à l'autre, peut-être que Sophie serait plus facile à sortir de sa coquille.

« J'aime bien cette façon de se présenter les uns aux autres, poursuivit Edmond. J'ajoute que Sophie pratique beaucoup le saut en parachute.

— Quoi ? fit Nick, visiblement surpris.

— Du saut en parachute. Elle en fait depuis plusieurs années. Je suis très impressionné. »

Nick fit un grand sourire à Sophie. « Alors là, dit-il, jamais j'aurais deviné. Et alors, Sophie, est-ce que c'est vraiment encore mieux que le sexe ? »

Sophie rougit et détourna le regard. Elle ne répondit pas et Nick se lança aussitôt dans une anecdote parlant d'un copain qui avait essayé le saut à l'élastique et qui avait trouvé que c'était mieux que le sexe. Il monopolisait toute la table, mais l'histoire était bien racontée, divertissante et personne ne semblait avoir envie de l'interrompre.

« Est-ce que je vais le laisser faire ? se demandait Kate. Qu'est-ce que je fais ? Si je ne fais rien, il risque de me ruiner le groupe, avec son arrogance… »

Mais il était tellement séduisant. Il avait des paupières longues et lourdes, des cils sombres et allongés, des yeux qui ressemblaient à des morceaux de ciel, le ciel clair d'un matin d'été et ses cheveux bruns étaient épais. Ils étaient soigneusement entretenus, nota Kate, et elle n'aurait pas été surprise de trouver un tube de gel dans la salle de bains de Nick : il n'avait pas l'air d'être du genre à rejeter les artifices.

Elle se retint de justesse de sursauter en sentant que quelque chose touchait sa jambe. Un instant, elle se demanda qui cela pouvait être mais elle comprit très vite en voyant luire les yeux de Nick. Elle sentait ses doigts de pieds qui caressaient son mollet nu : il avait dû retirer ses chaussures. Elle se souvint qu'il ne portait pas de chaussettes. Sa respiration s'accéléra en sentant ce pied nu glisser le long de sa jambe.

Nick continuait à raconter son histoire. C'était réellement drôle : Sophie avait surmonté sa timidité et riait, et même Edmond et Christopher écoutaient. Tout en parlant, Nick faisait grimper son pied sur la jambe de Kate et l'enfonçait sous sa robe, glissant doucement sur sa peau. « Combien de fois t'es-tu entraîné à raconter cette blague, pour la raconter sans même y penser ? » se demanda Kate. Elle sentait ses seins durcir sous sa robe en lin, à mesure que Nick montait vers son entrejambe et elle ne résista pas quand ses cuisses s'entrouvrirent.

L'histoire prit fin et tout le monde riait. Edmond commença à dire : « Ça me rappelle… » et Nick se renfonça dans sa chaise, en regardant Kate. Ses yeux aux paupières lourdes et sensuelles la regardaient de façon aiguë, sous les cils. Son pied glissa entre ses cuisses et tout doucement, le doigt de pied vint se glisser le long de sa culotte. Il tortillait ce doigt d'une manière experte et Kate retint un soupir. Nick serra sa lèvre inférieure entre ses dents et sourit comme s'il appréciait l'histoire d'Edmond et se mit doucement à frotter son pied contre Kate, massant sa chair excitée à travers l'étoffe qui la recouvrait. Elle haleta et essaya de contrôler sa respiration. Sa lourde chevelure chauffait soudain sa nuque. C'était comme s'il devinait comment la faire bondir et lui faire serrer ses fesses de plaisir. Il glissa son doigt de pied sur son clitoris et le remua doucement, sûrement, par petits cercles.

Kate n'en pouvait plus. S'il continuait, elle allait jouir. Son visage, sa gorge, ses épaules rougiraient de manière explicite, sa respiration allait s'accélérer et tout le monde serait au courant. Elle recula sa chaise, s'éloignant de lui, et dit en souriant : « Excusez-moi, j'en ai pour une minute. » Elle se dirigea vers le long couloir qui conduisait aux toilettes des dames, secouant la tête et soulevant ses cheveux entre ses doigts.

Les toilettes des dames se trouvaient dans une pièce vaste et luxueuse, tapissée d'une épaisse moquette, avec de nombreux miroirs, des piles de serviettes soigneusement rangées et des savons parfumés sur les tablettes. Elle s'assit en face du miroir et se regarda, puis s'aspergea le visage. « C'était limite », se dit-elle dans le miroir.

La porte s'ouvrit. Kate jeta un regard et eut le souffle coupé en voyant Nick s'avancer vers elle. Sa mâchoire mince était serrée avec détermination. « Nick ! haleta Kate. Tu n'as pas le droit de venir ici.

— Mais j'y suis, n'est-ce pas ? rétorqua Nick. Et toi, Kate, tu viens avec moi. » Il lui prit le bras et l'attira dans la dernière cabine de la rangée. « Tu es fou ! » siffla-t-elle. Mais il referma violemment la porte de la cabine étroite et se tourna vers elle.

« Je t'ai vue me regarder, dit-il, tu avais envie de moi. Pourquoi es-tu partie alors qu'on était sur le point d'arriver à quelque chose ?

— Parce que tu m'as l'air d'être un petit connard prétentieux qui pourrait en profiter si je le laissais faire », répliqua-t-elle, furieuse.

« Mais tu étais tout excitée », dit Nick en s'approchant d'elle. Ta culotte était toute mouillée. À croire que tu t'étais déjà fait baiser ce soir. Fais-moi voir. » Sans lui laisser le temps de réagir, il prit Kate par les épaules et l'embrassa. Et avec sa langue dure, il explora l'intérieur de sa bouche. Elle haleta et répondit à son baiser. La bouche de Nick avait un goût de vin, c'était à la fois doux et fort.

Il la poussa contre le mur et se mit à déboutonner sa robe jusqu'à la taille puis la fit glisser pour qu'apparaisse son soutien-gorge en dentelle. Sans un mot, il fit passer sa main dans le soutien-gorge, prenant le sein, saisissant le téton entre ses doigts et le serrant très fort. Un plaisir exquis envahit Kate. Elle eut le souffle coupé, elle attrapa sa tête dans ses mains et poussa sa bouche vers la sienne, de plus en plus fort. Elle savait qu'il vaudrait mieux qu'elle se refuse à lui. Il était déjà assez insupportable comme ça. Si elle se laissait prendre, ce serait encore pire. Mais elle avait tellement envie de lui. Elle sentait son pénis gonfler à l'intérieur de son pantalon, chaude pulsation, tremblant d'impatience de la prendre et elle ne pouvait résister. Elle avait autant envie de lui que lui avait envie d'elle.

Ils entendirent la porte des toilettes des dames s'ouvrir et tous deux se reculèrent en tremblant, regardant avec angoisse la porte de leur cabine. Des pas traversèrent la pièce et entrèrent dans la cabine juste à côté. Ils entendirent le bruissement de vêtements que l'on ôte et l'urine couler contre la céramique. Un sourire impatient traversa le visage de Nick. Il se pencha et embrassa encore Kate, doucement, lascivement, tout en pinçant son sein d'une main, tandis que, de l'autre, il continuait à déboutonner sa robe. La femme d'à côté soupira, tira la chasse d'eau et sortit, tandis que la main de Nick glissait et parcourait maintenant ses cuisses. Nick eut un sourire coquin, puis il tira sur sa culotte et glissa un doigt à l'intérieur.

« Tu es mouillée, lui chuchota-t-il à l'oreille, tu es toute mouillée. » Son doigt glissa entre les lèvres humides de son sexe, les caressant doucement dans la longueur, et termina devant, juste sous le triangle de son pubis, caressant et stimulant son clitoris. Kate se sentit traversée par des bouffées de brûlantes sensations et ses jambes se mirent à trembler : elle poussa un soupir de désir.

La porte se referma à nouveau. « Ô, mon Dieu, éclata Kate, viens, Nick ! » Il desserra sa cravate et ouvrit son col, elle chercha sa braguette, l'ouvrit et passa sa main à l'intérieur, pour sentir sa bite. Et elle la toucha, chaude et dure sous ses doigts, un superbe membre. Elle retira sa bouche de la sienne et regarda ce beau désordre : sa robe à moitié ouverte et glissant de son épaule, un sein dénudé travaillé d'une main par Nick, ses jambes écartées, sa culotte baissée pour permettre à son doigt de bien passer dans son sexe en chaleur, la cravate de Nick de travers, son pantalon ouvert et sa grosse bite dure frémissant dans sa main. Elle était tellement excitée qu'elle tenait à peine debout.

« Prends-moi », dit-elle. Nick se pencha rapidement et baissa sa culotte jusqu'aux jambes. Elle l'ôta et il avança entre ses cuisses, la pressant contre le mur froid et carrelé. Pas de préliminaires : en souriant, il introduisit le bout chaud de sa bite entre les lèvres de son sexe, et s'enfonça en grognant de plaisir.

« Oh ! » Kate gémit en sentant la grosse bite entrer en elle. « Mon Dieu ! » Nick gémit alors que tout son sexe entrait en elle. Il reprit ses seins et pressa les bouts de plus en plus fort, puis il enfouit sa tête dans l'épaule de Kate, tandis que sa bite allait et venait. Elle mit ses mains sur ses fesses, sentant ses muscles se contracter et se relâcher. Du sexe simple, direct, cru : c'était tellement bon. Il bougeait doucement, poussait profondément, la partie poilue de son sexe frottait son clitoris frémissant à chaque coup, et tandis qu'il pinçait ses seins et mordait son épaule, elle sentit qu'elle allait jouir. Elle gémit en renversant la tête, sans force, et Nick colla sa bouche sur la sienne pour l'apaiser mais elle fut prise de convulsions de plaisir, sa langue frémissait dans sa bouche, ses lèvres s'avançaient vers lui en vain.

« C'est ça », murmura Nick entre ses lèvres ouvertes. « C'est ça, viens, viens, sens-moi. J'ai envie de te sentir jouir. »

Kate rejeta sa tête en arrière et se cogna contre le mur. Elle n'y prêta aucune attention : l'orgasme était en train de la remplir, de l'inonder d'un plaisir merveilleux, vibrant. Nick gémit et lui mordit la gorge. Il se mit à bouger plus vite, entrait et sortait, et elle s'accrocha encore plus à son magnifique cul. Chaque pénétration était un bonheur, son plaisir semblait se prolonger à l'infini. Il serra très fort le bout de ses seins, ses petits seins durs pris entre ses doigts robustes, et emmena son sexe puissant au fond d'elle comme s'il voulait la clouer au mur. « Ooh, murmura-t-il, je jouis, je jouis. » Il poussa un long soupir étouffé et ferma les yeux, elle le sentit frémir, emporté par l'ultime convulsion de son orgasme.

Ils restèrent silencieux, pantelants. Nick laissa sa tête retomber sur la gorge de Kate, elle passa la main dans ses cheveux, sentant son pénis encore excité au fond de sa chair. Puis, ils firent un bond : on frappait timidement à la porte de la cabine et une voix d'âge mûr dit avec hésitation : « Est-ce que ça va ? »

Kate se retint de rire. « Oui, oui, tout va bien, s'écria-t-elle, désolée pour le bruit. Un peu de constipation. Je vais aller prendre un médicament.

— Ma pauvre petite, dit la voix, je sais ce que c'est. Vous êtes sûre que ça va aller ? »

Nick riait, imitant un bruit de pet sur l'épaule de Kate. « Non, non, tout va bien, je vous assure, répondit Kate, merci !

— Bon, alors je vous laisse », dit la voix.

La porte des toilettes s'ouvrit et se referma, et Nick éclata de rire. Il en tomba presque. « Et très persuasive ! » dit-il en se retirant doucement de Kate. « T'es plutôt vive, toi et t'as une assez bonne repartie… ça, je te l'accorde !

— Ne jamais perdre son calme, dit Kate avec aplomb.

— J'ai finalement peut-être des choses à apprendre de toi », lui répondit Nick avant de s'étirer et de passer une main dans ses cheveux.

— Pourquoi, toi, tu aurais dit quoi ? » demanda Kate en s'essuyant et se rhabillant.

« Je lui aurais dit d'aller se faire foutre et de s'occuper de son cul », dit Nick, en remontant sa braguette. Il redressa la tête et admit, avec un sourire ironique : « Je n'aurais peut-être pas été aussi efficace. »

Kate lui sourit, se baissa pour enfiler sa culotte. « Eh oui, dit-elle, mais je t'apprendrai d'autres petites choses comme ça, je te promets. Mais il faudra être bien sage n'est-ce pas, mon petit Nick ?

— Tant que tu es généreuse », répondit Nick. Il souriait toujours, mais il y avait du défi dans son regard.

Sans attendre de réponse, il ouvrit la porte des toilettes et sortit. Kate le vit passer sa tête par la porte, regarder des deux côtés, puis partir en flânant comme si rien ne s'était passé. Elle se regarda dans le miroir. Oui, écarlate de la gorge à la poitrine. « Oh, se dit-elle, ça devait arriver. Alors autant commencer tout de suite. »

Chapitre 4

Le lendemain matin, Kate ne vint pas se joindre aux autres pour le petit déjeuner. Elle voulait les surprendre en faisant son entrée dans la salle de travail, plutôt que de se retrouver encore autour d'une table et d'avoir à les écouter parler de son comportement de la veille au soir. Après le départ de Nick, elle était restée pendant un moment dans les toilettes des dames, le temps qu'il aille se rasseoir, tout en sachant très bien que les autres ne seraient pas dupes et d'ailleurs, ni Christopher, ni Edmond, ni Sophie ne l'avaient été. Ils avaient très bien deviné ce qui s'était passé.

« Eh bien, pensa-t-elle en tournant la poignée de la porte, un de moins, il ne m'en reste plus que deux. » Ou trois ? Elle n'arrivait pas à savoir si elle voulait que ce soit un des hommes qui s'occupe de Sophie ou si elle voulait s'en charger personnellement.

La salle de travail était chaude, baignée de soleil. C'était un lieu agréable pour travailler, un bel espace, bien décoré, dans les tons jaunes et verts. Un bloc de feuilles et un projecteur étaient fournis mais ils avaient été astucieusement rangés dans un coin, de sorte qu'on pouvait s'imaginer que c'était juste une salle d'attente. Mais si l'endroit respirait le confort, les gens qui s'y trouvaient ne semblaient ni à l'aise ni confortables, hormis Nick. Il était étendu seul sur le canapé, vêtu d'un jean et d'un T-shirt, son corps élancé, étendu mollement au milieu des coussins, prenant presque toute la place. Les autres semblaient mal assis sur des chaises posées un peu n'importe où dans la pièce et leur gêne contrastait de manière presque risible avec la nonchalance de Nick. En entrant, Kate sentit leurs regards se poser sur elle, des regards fascinés, pleins de ressentiment.

« Bonjour », dit-elle vivement. Un ou deux lui répondirent. Et elle continua : « Alors, comment ça va ? Vous avez hâte de commencer ? »

Personne ne répondit, mais Nick fit un sourire paresseux dans sa direction et s'étira sur le canapé. Elle le dévisagea de haut en bas, en se disant qu'elle avait peut-être eu sa bite au fond d'elle, mais qu'elle ne savait toujours pas comment son corps était fait : il avait juste descendu sa braguette pour la pénétrer, il ne s'était pas déshabillé. Elle fronça les sourcils, un peu agacée par cette idée. Quoi qu'elle ait fait, cela ne comptait pas puisqu'elle n'avait pas vu son corps nu.

« Ce matin, dit-elle d'un ton chaleureux, « nous allons nous intéresser à ce qui s'appelle le *bridging*, c'est-à-dire les techniques d'écoute qui étendent votre influence. Nous travaillerons ainsi sur votre capacité à décrypter ce que pense la personne qui est en face de vous et ce qu'elle désire. Est-ce que l'un d'entre vous aimerait commencer à travailler sur les différentes stratégies à mettre en place pour mieux comprendre les pensées de son interlocuteur ? »

Il y eut un drôle de silence. Puis, Edmond dit avec hésitation : « Qu'entendez-vous précisément par là ?

— Par comprendre ce que pense l'autre, j'entends réussir à percevoir le genre de questions qu'il peut se poser, expliqua Kate, par exemple, en observant les changements de ton dans une voix, l'expression du visage, les messages que son corps vous exprime, s'il est nerveux, réticent ou plutôt accueillant, chaleureux. »

Il y eut à nouveau un silence. Nick bâilla ostensiblement, s'étira, suggérant qu'il savait déjà tout ça, qu'il avait mieux à faire. Sophie lui jeta un coup d'œil rapide avant de dire nerveusement : « Comme par exemple, donner l'impression qu'on s'intéresse au sujet.

— Tout à fait », Kate nota la suggestion sur le tableau. Sophie se redressa sur sa chaise, contente d'avoir dit quelque chose de bien et sourit à Edmond. Tous deux étaient clairement en train de faire alliance. « Et comment donnerais-tu l'impression que tu t'intéresses au sujet, Sophie ? »

Sophie rougit un peu et détourna le regard, serrant ses mains autour de ses genoux. Elle était vêtue de façon si discrète qu'elle en devenait presque invisible. Son joli petit corps disparaissait entièrement dans son chemisier blanc boutonné jusqu'au cou, son pantalon marron clair et sa veste assortie. « Elle pourrait pourtant être charmante, se disait Kate, si elle ne passait pas son temps à baisser les yeux, à s'habiller comme une petite souris plutôt qu'une femme. Sophie semblait incapable de répondre. » Puis elle sentit le regard d'Edmond, ce qui sembla lui donner un peu de courage. « Je donnerais l'impression que je m'intéresse au sujet, en ayant une voix chaleureuse, dit-elle, et encourageante. Et les autres se mettraient alors à vous écouter sincèrement.

— Très bien. » Ils discutèrent un peu sur le ton de la voix. Christopher et Edmond finirent par prendre part à la conversation, mais Nick semblait s'ennuyer ferme. Kate alla noter les mots suivants sur le tableau : « Chaleur, douceur, générosité, gentillesse », et se retourna. « C'est avec ces mots que j'aimerais qu'un homme pose sa bouche sur mon sexe », se dit-elle, en se souriant.

« Tu aurais l'air de t'intéresser au sujet si…, s'aventura Edmond.

— Oui, dis-moi ? l'encouragea Kate.

— … en t'asseyant tranquillement et en ayant l'air attentif.

— En croisant de temps en temps le regard de la personne avec qui tu parles, ajouta Sophie, et en approuvant de la tête pour montrer que tu écoutes vraiment.

— En gros, rajouta Christopher avec une pointe d'énervement dans la voix, tu ne te comportes pas comme le fait Nick en ce moment. »

Nick releva la tête, l'air vexé, et les autres participants éclatèrent de rire. Kate ne disait rien, cela ne semblait pas nécessaire, mais elle était contente que Christopher ait remis Nick à sa place.

« Quant aux questions ? poursuivit-elle, ouvrant les mains. Quel genre de questions poseriez-vous ? »

Il y eut encore un silence et Christopher dit : « Des questions auxquelles on ne peut pas répondre que par oui ou par non mais plutôt des questions ouvertes. » Sa voix était posée, lente et basse. Il avait un charisme incroyable : quand il parlait, personne ne l'interrompait et tout le monde le regardait. Kate se surprit encore en train de se demander qui il était vraiment et ce qu'il pouvait bien dissimuler sous cette force tranquille. « Il est peut-être comme Superman, se dit-elle : un homme capable d'être terriblement doux et violent à la fois. »

Elle se força à se concentrer sur son travail. « Des exemples de questions ? demanda-t-elle.

— Quoi ? suggéra Edmond, comment ?

— Qui ? Pourquoi ? proposa Sophie.

— Quand ? dit Nick, qui semblait se sentir obligé de dire quelque chose.

— “ Quand ? ” est une question ouverte, reconnut Kate, mais c'est la plus facile. L'autre n'a plus qu'à répondre : hier ou demain, et c'est bon. Il me semble que les autres questions sont meilleures. »

Nick semblait cassé, Sophie et Edmond rayonnaient. Kate comprit qu'ils s'étaient imaginé qu'elle allait favoriser Nick, le chouchouter parce qu'il lui avait fait l'amour. Christopher ne semblait pas surpris et Kate était contente que lui, au moins, ne l'ait pas mésestimée.

« En revanche, c'est toujours mieux de ne pas poser trop de questions, poursuit Kate, poser une question à la fois, sans quoi certaines restent sans réponse. Qu'est-ce qu'on peut faire d'autre, pour montrer qu'on a bien écouté ?

— Résumer, répondit Edmond, comme une évidence.

— Edmond, c'est excellent », dit Kate, et elle vit les joues pâles d'Edmond rougir de plaisir. « Tu as tout à fait raison. Si tu peux faire un petit résumé à ton interlocuteur, tu lui montres vraiment que tu l'as écouté attentivement. C'est très flatteur pour la personne qui a parlé et ça l'encourage à te faire confiance. »

Nick bâilla à nouveau, glissant ses pieds sur le couvre-lit du canapé. Il trouvait manifestement ce discours mièvre et sans intérêt. « Je croyais, fit-il en bâillant, que ce cours était en rapport avec les techniques d'influence.

— Oui, c'est le cas, répondit Kate en haussant les sourcils, où est le problème ?

— Tout ce que tu viens de nous raconter là consiste à deviner ce que les autres pensent, répondit Nick, qu'est-ce que ça a à voir avec l'influence ?

— Souviens-toi de la définition de l'influence, dit Kate. Il s'agit d'atteindre des objectifs en insufflant chez l'autre la confiance et la coopération, Nick. J'ai l'impression que tu confonds influencer et gagner. Ce n'est pas la même chose.

— Ah bon ? » Nick semblait sceptique.

« Non, ce n'est pas la même chose et tu vas t'en apercevoir. » Elle le laissa y réfléchir et se tourna vers les autres pour dire : « J'ai l'impression que vous, en revanche, avez très bien saisi ce principe. » La louange était méritée. « Mettons-le à présent à exécution et voyons si vous le comprenez entièrement. » Son cœur se mit à battre très fort. C'était le moment crucial de cette formation, celui qui allait décider de son sort et il fallait prendre le risque. Si ça fonctionnait comme elle voulait, elle aurait toutes les chances de gagner. Elle releva la tête et leur annonça : « Ce que je voudrais, c'est que l'un d'entre vous devine ce que j'ai en tête. Posez-moi des questions pour savoir de quoi j'aurais envie de parler. Souvenez-vous de tout ce que nous avons écrit au tableau sur le ton de la voix, les questions ouvertes, le résumé et de tout ce dont nous avons discuté jusqu'ici. » Ils eurent l'air de pâlir, comme si cette demande leur coûtait. « Qui commence ? »

Elle ne fut pas surprise de voir Nick s'asseoir sur le canapé et s'écrier le premier : « Moi, je vais le faire. » C'était le genre de mec qui se portait toujours volontaire pour tout parce qu'il avait une inébranlable confiance en lui.

Les autres remuèrent sur leur chaise, l'air maussade. Kate les regarda, mais personne ne semblait prêt à relever le défi lancé par Nick.

« OK, dit-elle finalement, je te donne quelques minutes juste pour faire la démonstration, Nick. Souviens-toi des différentes techniques dont nous venons de discuter.

— OK. » Nick se mit face à Kate sur le canapé, en la regardant avec un air de défi. « Je vais donc commencer avec une question ouverte. De quoi as-tu envie de discuter ? »

Kate avala sa salive et contrôla sa voix. Elle ne voulait surtout pas avoir l'air tendu. « De fantasmes sexuels », répondit-elle calmement.

Nick eut l'air abasourdi. Edmond regarda Sophie comme s'il voulait la protéger d'une terrible menace et Christopher se renfonça dans sa chaise, levant les sourcils avec un sourire. Après un bref silence, Nick s'éclaircit la gorge et regarda autour de lui, puis dit d'un air de bravade : « OK, les fantasmes sexuels. Euh... Et tu en as beaucoup ? »

Kate sourit. Elle savait que Nick trouvait déjà l'exercice difficile. Elle répondit juste : « Oui. »

Nick fit une drôle de tête. « OK, d'accord, désolé, c'était une question fermée. Je voulais dire, est-ce qu'il existe un fantasme que tu préfères parmi les autres ?

— Oui », répondit encore Kate, sans pouvoir s'empêcher de sourire, et les autres se regardèrent et échangèrent également un sourire, ravis de voir Nick se débattre ainsi.

« Est-ce que tu... », Nick recommença, puis il s'arrêta et eut l'air de réfléchir pour la première fois. Il prit sa respiration et finit par dire : « Est-ce que tu voudrais bien me parler de ton fantasme préféré ?

— Non, pas vraiment », dit Kate, méchante, et Sophie se mit à rire bêtement.

Nick eut pendant un moment l'air de vouloir tout abandonner, mais il vit que les autres le regardaient tranquillement et serra les lèvres. Kate le vit consulter la liste des questions ouvertes répertoriées au tableau. Finalement, il dit avec précaution : « Kate, qu'est-ce qui se passe dans ton fantasme ? »

Kate eut l'impression qu'elle devrait le féliciter pour avoir enfin compris, mais il n'avait pas vraiment besoin d'encouragements. Elle lui lança donc simplement un sourire et dit : « C'est assez flou. Tu sais, comme beaucoup de fantasmes. Il y a une chambre, un genre de prison et trois personnes à l'intérieur, deux hommes et une femme.

— Et ils font une partie à trois ? demanda Nick avec avidité.

— Quoi ? » dit Kate d'une voix blanche, comme si elle était choquée. Nick la regarda fixement, jura en silence et reformula sa phrase. « Désolé, dit-il rapidement, je veux dire, qui sont-ils ? Qu'est-ce qu'ils font à cette femme ?

— À quelle question veux-tu que je réponde ?

— Oh, putain ! Mais je sais pas ! ? »

Kate prit sa respiration et regarda dans le vide. « Il y a un méchant et deux gentils. Le méchant a dans les quarante ans. Il est grand, fort et il a des cheveux foncés, grisonnants sur les tempes. Sa voix est douce comme du velours. Les deux autres sont ses prisonniers, un jeune homme et une fille.

— Comment sont-ils ?

— Le jeune homme, oh, je dirais qu'il te ressemble un peu, Nick. » C'était vrai, mais c'était aussi un piège qu'elle tendait à Nick.

« Il me ressemble un peu ? » Nick se pencha en avant, excité, les yeux luisants. « Tu veux dire que ton fantasme concerne quelqu'un qui me ressemble ?

— Un peu », répéta Kate sur la défensive avant de rester silencieuse.

Pendant un moment, personne ne dit rien. Puis, Nick eut un visage honteux, comme s'il avait compris qu'il venait de se fourvoyer un peu et dit : « D'accord, désolé. Peux-tu me dire à quoi ressemble la fille ?

— Elle est jeune, dit Kate. Les cheveux blonds, fine comme une baguette, pas du tout comme moi. L'héroïne romantique typique. Elle est amoureuse du jeune homme, ils sont fiancés. J'ai l'impression que ça se passe au dix-huitième siècle. C'est une jeune fille candide, vierge, et son fiancé est amoureux d'elle et la désire terriblement mais il ne veut pas lui faire l'amour avant le mariage, pour qu'elle reste vierge et pure. »

Nick remuait sur le canapé. « Et il se passe quoi ? demanda-t-il. Qu'est-ce qui leur arrive ? »

En fermant les yeux, Kate laissa ces images familières défiler derrière ses paupières comme un film muet, sentant l'excitation sexuelle venir de ses reins. « Le méchant les tient prisonniers, dit-elle doucement, je ne sais pas pourquoi il veut les torturer. Il a attaché le jeune homme et a menotté la fille, il la déshabille et après il la tient mains derrière le dos, elle est toute nue, elle se débat, mais elle ne peut rien faire, elle ne peut pas lui échapper. » Elle ouvrit les yeux et vit tous les autres qui la regardaient, excités, fascinés. Elle continua son récit sans que Nick n'ait à lui poser la moindre question. « Il la maintient devant le jeune homme, murmura-t-elle, et elle essaie de fuir. Elle lui résiste et se cambre, ses petits seins pointent un peu plus à chaque fois qu'il tire ses bras vers l'arrière. » Kate se cambra inconsciemment, s'imaginant à la place de la fille, exposée au regard impuissant de son amoureux.

« Et après ? demanda Nick, presque en chuchotant.

— Après, le méchant pose ses grosses mains sur son corps et le caresse brutalement. Elle a peur de lui, et malgré cela, la pointe de ses seins se fait toute dure, comme si ça l'excitait et elle en a honte. Il prend ses seins dans ses mains, les soupèse, tire ses épaules en arrière et penche son corps en avant afin d'écarter ses cuisses et de mieux voir ses petits poils blonds et les petites lèvres délicates de son sexe. Il dit au jeune homme : " Regarde comme elle est mignonne, t'aurais envie de l'avoir rien que pour toi ? T'aurais envie de sentir ta bite pénétrer sa petite chatte bien serrée, pas vrai ? " Le jeune est furieux, il se débat en hurlant, traite l'homme de bâtard et de lâche.

— Je ne comprends pas », dit Nick, l'air sincèrement surpris. « Pourquoi tu trouves ça excitant ?

— Oh, dit Kate, pour beaucoup de raisons. C'est l'impuissance de la fille, le fait qu'elle ne puisse rien faire quand cet homme affreux pose ses mains sur elle et la touche. Sa honte. Et le combat de son pauvre amoureux avec lui-même. Tu vois... Et voilà ce qui se passe après : le méchant prend la fille et l'attache sur un genre de lit. Elle est comme écartelée, ses mains au-dessus de la tête, les jambes ouvertes. Et là, il dit au jeune homme : " Quel joli petit morceau de femme. J'aimerais bien lui fourrer sa bouche de vierge." Le jeune l'insulte, le menace de le tuer s'il ose la toucher. » Kate regardait toujours la scène défiler devant ses yeux et reprit sa respiration avant de continuer : « Le méchant se met à rire en disant au jeune homme que, s'il ne voulait pas que sa bien-aimée perde sa virginité avec un autre, il fallait qu'il la prenne lui-même. »

Nick fronça les sourcils. « Rien d'extraordinaire... Il aurait dû se lever et...

— Tu ne comprends pas », dit Kate sèchement. Elle aurait dû laisser Nick patauger, mais elle était lancée dans son récit vicieux et elle ne voulait plus s'arrêter. « Tu ne comprends pas. C'est important pour lui qu'elle soit vierge, c'est comme ça que ça doit se passer, c'est un garçon bien. Oh, il a connu des femmes, mais jamais des filles de la classe de celle-ci, seulement des prostituées. Sa fiancée est pour lui comme quelque chose de sacré, de parfait. Il ne supporte pas l'idée de la prendre avant de l'épouser. Mais voilà qu'elle lui est présentée, impuissante, attachée, il peut voir ses seins et la chair secrète entre ses jambes et il a envie d'elle. Dans son slip, son sexe est dur, dur comme de la pierre, et il ne veut pas admettre qu'il la désire parce qu'il ne veut pas l'assimiler à une prostituée. Il ne veut pas l'humilier, il veut qu'elle reste pure. »

Nick prit sa respiration et demanda enfin : « Et après ?

— Oh, dit Kate, c'est le méchant qui gagne. Le pauvre jeune homme est libéré, il s'agenouille devant la fille, presque en pleurs, parce qu'il a eu peur qu'elle ne soit blessée et qu'il sait qu'il prendra peut-être du plaisir à lui faire ce qu'il doit lui faire sous le regard de cet horrible individu. Il est forcé à lui prendre sa virginité, même si elle a peur, même si elle a honte. Il l'embrasse et elle voit qu'il est en larmes et bien qu'elle ait peur et qu'elle soit horrifiée, elle sait qu'il l'aime. Il l'embrasse avec beaucoup de douceur. » Kate se tourna sur le côté, ses lèvres entrouvertes, brûlant de désir : « Il est si prévenant, si aimant, mais il ne peut pas s'arrêter : il faut qu'il l'ait.

— Est-ce qu'elle aime ça ? demanda Nick, le souffle coupé.

— Tout est là, dit Kate, serrant les poings. Quand elle le sent lui toucher les seins et quand elle sent son corps tout chaud se coller au sien, ça l'excite, malgré elle. Ça lui fait mal quand il la pénètre…

— Parce qu'il en a une grosse ? » demanda Nick, brutalement.

Kate vit Sophie tressaillir. « Non, répliqua-t-elle froidement, c'est parce qu'elle est vierge et qu'elle a peur. Mais il est si patient, si doux, qu'à la fin, elle crie de plaisir. Ce n'est pas du tout ce que voulait le méchant. Il est furieux. »

Nick la regarda dans les yeux et passa sa langue sur ses lèvres. « Et toi ? À quel moment tu jouis dans cette histoire ? » finit-il par demander, le visage tendu et sérieux.

Kate lança un regard autour de la salle et constata qu'ils avaient tous les yeux rivés sur elle, haletants, et qu'ils partageaient son excitation. « Au moment où le jeune homme se met à jouir, souffla-t-elle, il est allongé sur elle, il entre et sort sa bite du sexe de cette jeune fille attachée qui est si belle et si offerte. Il sent qu'elle essaie de se libérer et qu'elle lève aussi ses hanches vers lui et l'idée qu'il est enfin en train de lui donner du plaisir le submerge de bonheur, et il jouit. Et c'est là que je jouis, moi aussi, finit-elle simplement.

— Eh ! Ben ! » fit Nick. Il y eut un long silence, puis il regarda les autres et haussa les épaules. « Merci », s'écria-t-il maladroitement.

Kate se redressa, sentant que sa gorge et sa poitrine étaient encore toutes rouges. Elle avala sa salive puis parvint à dire d'une voix posée : « Merci à toi, Nick. Bon, si tu devais refaire l'exercice, quels seraient les points à améliorer, d'après toi ? »

Nick pâlit, un peu surpris qu'elle ait changé de sujet aussi rapidement, passant de l'érotisme au business. « Eh bien…», commença-t-il par répondre, quand il comprit qu'elle attendait vraiment une réponse : « Je, euh, je poserais plus de questions ouvertes. »

« D'autres suggestions pour Nick ? » demanda Kate, se tournant vers les autres participants.

Il y eut un bref silence. Et Sophie finit par répondre : « Il n'a pas fait de résumé.

— Sophie, tu devrais t'adresser directement à Nick, tu devrais lui dire à lui, pas à moi », lui répondit Kate, avec gentillesse mais fermeté.

« Nick, tu l'as interrompue, dit Christopher, et puis, tu as fait des affirmations péremptoires.

— Des affirmations péremptoires ? répéta Nick, mécontent. Mais tu crois que c'est facile ? Vas-y, essaie, toi !

— Peut-être que tu pourras mieux comprendre en te mettant à ma place, Nick, suggéra doucement Kate.

— Moi je veux bien essayer », dit Sophie tranquillement.

Kate était étonnée, mais elle se tourna vers Sophie avec un sourire ravi. « Sophie, c'est formidable, dit-elle avec chaleur. Allons-y. Et pourquoi pas rester sur le même sujet ? »

Sophie sembla un peu déconcertée, mais déterminée. Elle finit par lui demander : « Quel est ton fantasme sexuel préféré, Nick ? »

Nick était sur la défensive, furieux. « Les hommes n'ont pas besoin de fantasmes sexuels, répondit-il brutalement, ce sont les femmes qui ont besoin de tout ça. Les hommes peuvent se satisfaire de l'acte, pourquoi penser à autre chose ? »

Sophie haussa les sourcils, mais continua, sans se laisser faire. « Dans ce cas, dit-elle, à quoi penses-tu quand tu fais l'amour ?

— Je regarde la femme avec qui je suis, c'est tout, dit Nick en souriant. Si elle est sexy, je n'ai pas besoin d'autre chose. » Il jeta un regard de défi vers Kate et sourit, comme pour faire comprendre à quiconque n'avait pas encore compris qu'il considérait Kate comme l'une de ses conquêtes.

Sophie hocha la tête. « Je comprends, dit-elle gentiment, je vois ce que tu veux dire. Mais les autres fois ? Quand tu es seul ? Qu'est-ce que tu fais quand tu es seul ? »

Nick la regarda droit dans les yeux, en essayant de l'effrayer avec ses sourcils froncés. « Tu veux savoir si je me branle ? »

Sophie haussa les épaules. « Je ne sais pas si tu le fais ou pas. Mais si tu le faisais, à quoi penserais-tu ? »

Ses grands yeux noirs fixaient le regard bleu vif de Nick. Des yeux noirs attentifs, sérieux et qui dégageaient une vraie sincérité. Elle était très attentive. Elle avait l'air d'être réellement touchée. Nick sembla soudain oublier les autres personnes dans la pièce et se pencha vers Sophie, en tenant ses mains l'une contre l'autre. « Il y a bien eu quelque chose, répondit-il, mais, mais, je n'y pense pas. Je veux dire, je n'aime pas m'avouer que j'y pense.

— Raconte-moi, je t'en prie, dit doucement Sophie, en le regardant toujours dans les yeux. Dis-moi ce que c'est ? »

Nick posa sa main sur sa gorge, comme s'il avait du mal à respirer. « Je… », il s'arrêta, puis reprit : « J'ai vu un dessin quand j'étais petit dans un des livres d'art de mes parents. Ce dessin s'appelait : *Brenn et sa part du butin.*

— Un dessin ? » Sophie parlait presque à voix basse. « Et qu'est-ce qui se passe dans ce dessin ?

— C'est une pièce, une grande pièce, répondit Nick, les yeux plongés dans ceux de Sophie, dans une villa romaine, je crois. Je ne sais pas. Tout est sombre. Il y a un grand tas d'or dans un coin, de l'or, des statues en marbre, de la soie, des tas de trucs et il y a un esclave noir qui est occupé à tout empiler et… » Il s'interrompit et avala sa salive. « Et en haut du tas d'or et d'argent, il y a des femmes, quatre femmes. Elles sont belles, voluptueuses. Deux d'entre elles sont entièrement nues, et les vêtements des deux autres sont en lambeaux. Leurs mains sont attachées derrière leur dos, ce qui fait ressortir leurs seins. Elles sont impuissantes et terrifiées. Et l'une d'elles a le corps tourné vers la porte. Et la porte vient de s'ouvrir. Elle est nue et ses mains sont attachées derrière son dos et je me souviens qu'elle a un bracelet en or juste au-dessus du coude. Elle a des yeux noirs immenses, des lèvres douces et ses yeux sont grands ouverts parce qu'elle a peur. Elle est belle.

— Qui entre dans la pièce ? demanda gentiment Sophie.

— Un homme. Brenn. Un Viking, un Goth, quelque chose comme ça. Il a de longs cheveux blonds, il porte une tunique en métal et il tient une lance dans sa main. Sa lance est pointée vers le ciel, très phallique, et ses chaussures ruissellent de sang. Il a tué les hommes à qui ces femmes appartenaient. Et maintenant, il vient prendre sa part du butin et il rit de voir ces quatre femmes, que tout cet or et tout ça, c'est pour lui, il peut en faire ce qu'il veut.

— Qu'est-ce qu'il a envie de faire ? »

Les yeux brillants, les poings serrés, Nick continua presque à voix basse : « Il entre dans la pièce. Il enlève sa tunique et en dessous, il a une bite énorme, tendue au maximum et dure comme la pierre. Les femmes la voient et gémissent de peur, se tordent sur le sol, elles veulent lui échapper. Il se penche et en attrape une, celle aux yeux noirs, et il la retourne pour qu'elle soit face à lui, ses jolies petites fesses en l'air. Elle est maintenant allongée sur l'une des autres femmes, allongée en travers de son corps, et Brenn peut voir entre ses jambes. Elle est ouverte, elle ne peut pas l'empêcher de faire d'elle ce qu'il veut. Il peut la prendre, il pourrait prendre n'importe laquelle, elles lui appartiennent toutes. Il tient sa bite et la caresse, juste pour vérifier qu'elle est bien dure, et puis, il pose ses mains sur les cuisses blanches de la fille terrifiée, sur l'intérieur de ses cuisses. Elle frissonne et crie d'horreur. Il tâte un peu ses cuisses, juste pour sentir sa peau douce et soyeuse. Ses mains sont pleines de sang et quand il la touche, sa peau blanche est souillée de rouge. Il glisse sa main jusqu'à son sexe. Et ses lèvres se contractent comme pour se défendre, mais il glisse ses gros doigts pour l'ouvrir. Il regarde son tunnel sombre, qui l'attend. Elle se débat mais elle ne peut rien faire. Et il s'introduit en elle, au plus profond d'elle, et elle hurle comme s'il était en train de la poignarder. Puis, grognant comme une bête il la prend furieusement, en faisant aller et venir son énorme bite encore plus profondément en elle. Sa bite est si grosse qu'il la déchire. Il la baise avec tellement de force qu'on entend ses couilles frapper contre son corps. Elle gémit et se tord sous lui, cherchant à lui échapper et c'est tellement bon qu'en quelques coups, il éjacule comme une locomotive à vapeur. »

Il y eut un long silence. Sophie avait un peu rougi et ses yeux brillaient. Elle ne regardait personne dans la pièce. « Nick, dit-elle, qu'est-ce qui t'excite dans ce dessin ? »

Il était clair que Nick était excité. On pouvait voir qu'à l'intérieur de son jean serré, son sexe était en érection, pressé contre son ventre et tremblant, comme s'il voulait s'échapper. Kate parcourut la pièce du regard et vit que la description de Nick avait eu un effet sur les autres. Edmond regardait Sophie et bougeait les fesses sur sa chaise, mal à l'aise, essayant de faire baisser la pression de son propre sexe gonflé. Christopher était penché en avant et Kate ne pouvait pas voir s'il bandait, mais son visage était fasciné, excité, et il regardait Nick comme s'il avait envie de le manger. Sophie elle-même se tordait sur son siège, serrant les cuisses comme si elle avait envie de se masturber.

« C'est la puissance de cet homme, je crois, dit Nick avec hésitation, regardant toujours Sophie dans les yeux, et le fait que ce soit si facile. Il n'a pas à se soucier d'elles, il n'a pas à leur donner du plaisir, elles sont juste là au service de son désir. Il fait ce qu'il veut. Parfois, j'imagine que quand il est à l'intérieur d'une fille, il lui tire les cheveux en arrière pour qu'elle ouvre la bouche. Elle gémit, et il fait un geste vers l'esclave noir, qui vient et qui glisse sa grosse bite noire dans la bouche de la fille et la baise par là, pendant que Brenn s'occupe de sa chatte. Ou parfois, j'imagine qu'il veut voir le visage de la fille et alors il la retourne sur le dos et peut-être qu'il demande à l'esclave de tenir ses chevilles écartées pour qu'elle ne puisse plus se débattre et, du coup, il peut la prendre de face, voir son visage pendant que sa grosse bite la pénètre. Mais il n'est pas obligé. Il a le pouvoir. Il fait ce qu'il veut. »

Encore un long silence. Sophie frissonna en serrant ses petits seins dans ses bras, comme pour se bercer. Puis, elle dit : « Nick, merci de nous avoir fait partager cela. Tu ne fantasmes pas souvent mais quand ça t'arrive, tu te mets à penser au dessin d'un barbare qui se prépare à profiter de ses belles prisonnières, tu te mets à imaginer ce qu'il va leur faire…

— Oui, c'est ça », dit Nick, presque sous le choc.

Après un autre silence, Kate sourit un peu et demanda : « Nick, comment t'es-tu senti pendant que Sophie te *bridgeait* ? »

Nick ne répondit pas tout de suite, mais finit par répondre : « Elle le fait très bien, non ?

— Oui, reconnut Kate. Tu as senti son écoute, la manière dont elle manifestait son attention, comme elle a semblé vraiment s'intéresser à ton récit, et la façon dont elle n'a jamais posé de jugement sur ce que tu disais. Comment t'es-tu senti, Nick ?

— C'était divin, répondit Nick brusquement, comme si elle s'intéressait vraiment à ce que je disais. » Il fronça les sourcils, puis, avant que Kate ne puisse dire autre chose, il ajouta rapidement : « Je sais que de mon côté je ne l'ai pas bien fait la fois d'avant. Je vois bien que j'ai besoin de m'entraîner. Est-ce que je peux essayer encore ? Est-ce que je peux *bridger* une autre personne ? »

Kate était très contente de voir que Nick puisse reconnaître l'importance de cet exercice. « Si quelqu'un d'autre veut le faire avec toi, Nick, bien sûr », dit-elle en regardant les autres.

Sophie baissa les yeux, rougissante : elle n'était manifestement pas prête à échanger ses pensées intimes avec Nick ou les autres. Christopher croisa le regard de Kate, mais son visage restait insondable. Qu'est-ce qu'il en pensait ? se demandait Kate. Elle se tourna vers Edmond qui souriait un peu timidement et lui dit : « Moi, je veux bien essayer avec Nick. »

Nick hocha la tête, l'air impatient, concentré, les sourcils baissés. « OK, merci, Edmond », dit-il, et Kate sourit de voir qu'il essayait de mettre un peu de chaleur et d'empathie dans sa voix. « Maintenant, qu'est-ce que tu voudrais nous raconter sur ton fantasme préféré ? »

Edmond rougit légèrement. « Bon, commença-t-il, ce n'est pas vraiment comme les deux qu'on vient d'entendre. Ils étaient un peu historiques, je dirais, mais le mien est basé sur une expérience réelle.

— Quelle expérience ? demanda Nick.

— Il y a à peu près un an, je suis allé rendre visite à un ami chez ses parents. Une très jolie maison de campagne, avec un grand jardin, beaucoup d'espace, pas de vis-à-vis. En arrivant, j'ai d'abord cru qu'il n'y avait personne, mais j'ai entendu des voix qui venaient du fond du jardin. Je me suis dirigé en direction des voix. Mon ami n'y était pas, il y avait juste sa petite sœur et une amie à elle qui jouaient au tennis. » Edmond leva la tête vers Nick, qui ne dit rien, mais qui se pencha en avant, les mains ouvertes. « C'étaient des jeunes filles, de dix-neuf ans peut-être et c'était comme un tableau de Jonathan Betjeman : tu vois, des cheveux brillants, de longues jambes moulées dans des petits shorts, de jolis visages, des bras bronzés. Elles m'ont vu arriver et elles se sont toutes les deux arrêtées pour me regarder, et puis après, elles se sont remises à jouer. Je les ai regardées un moment. Elles étaient vraiment mignonnes. En faisant leurs services, on pouvait voir leurs seins se soulever, et leurs shorts moulaient tellement leurs jambes que c'était comme si elles étaient nues. J'étais très troublé et j'ai eu l'impression que c'était mal, que ça ne se faisait pas. Je veux dire, l'une d'entre elles était la sœur de mon ami. Donc, je suis retourné à la maison et j'ai traversé les baies vitrées jusqu'à la salle principale. Il n'y avait personne et je me suis assis sur un canapé, et il était si moelleux, si tiède que je me suis plus ou moins endormi. »

« En quoi ce fantasme diffère-t-il de ce qui s'est réellement passé ? demanda Nick.

— Jusqu'à présent, c'est la vérité. Et ce qui est arrivé ensuite est vrai aussi. La sœur de mon ami est apparue par la baie vitrée et elle est entrée. Elle était rouge, il faisait chaud, elles avaient joué pendant un bon moment, et elle est venue jusqu'à moi et j'ai senti son corps chaud, les petites gouttes de sueur sur ses lèvres et sur sa poitrine. Elle se penchait vers moi comme si j'étais la Belle au bois dormant et elle m'a embrassé.

— Qu'est-ce que tu as fait ?

— Dans la vraie vie, dit Edmond avec un petit sourire forcé, j'ai fait un bond et j'ai commencé à parler du beau temps et de mon voyage. Elle était jeune, elle avait dix ans de moins que moi et je ne voulais pas abuser d'elle. » Le visage de Nick indiqua qu'il n'aurait pas eu autant de scrupules, mais il demeura silencieux. Edmond sourit, avec chaleur cette fois. « Dans mon fantasme, dit-il, je lui rends son baiser. Je glisse ma langue dans sa bouche en me redressant un peu sur le canapé. Elle recule, enlève son T-shirt et m'offre ses seins nus et son beau corps d'athlète. Ses seins sont magnifiques et les petits bouts roses de ses tétons sont déjà dressés. Elle s'avance vers moi et se penche en avant, sans dire un mot, et je prends son téton dans ma bouche. Je le suce et je le sens durcir sous ma langue, elle soupire et commence à déboutonner ma chemise, mon pantalon et je me retrouve complètement nu et mon… mon sexe est dur, il se dresse entre mes jambes. Elle se met doucement à genoux devant moi et elle défait lentement son petit short blanc et mes yeux se posent sur le plus beau pubis que j'ai jamais vu, avec des petits poils blonds, de jolies lèvres roses et son sexe paraît tout doux et tout serré. Elle est déjà toute mouillée, elle sent bon. Toujours sans rien dire, elle se tourne et se baisse lentement pour que je puisse voir sa chatte. Je l'attrape par les hanches, je l'attire vers moi et je prends ses seins dans mes mains, je pince ses tétons et je me baisse pour la lécher. Elle a un goût merveilleux et je me sens comme assoiffé. Je pousse ma langue aussi loin que possible et elle laisse échapper un petit cri en serrant ma langue entre les lèvres de son sexe mouillé. Elle glisse sa bouche autour de ma bite tandis que je lèche son clitoris excité. Elle gémit et pompe ma bite dans sa bouche et je sais que je n'ai jamais rien ressenti d'aussi fort. Elle se met à gémir avec intensité et je prends son clitoris dans ma bouche et passe ma langue le long de cette petite tige en érection, tout en continuant à caresser ses seins. Je sens son vagin se contracter, mes couilles sont chaudes, tendues, pleines et je plante ma bite dans sa bouche et puis soudain, on entend les baies vitrées s'ouvrir, et on se regarde, haletants.

— Merde, dit Nick tout bas, et c'était qui ?

— C'est sa copine », lui répondit Edmond. Son visage était tout rouge et des gouttes de sueur commençaient à perler sur son front. « C'est la fille qui jouait au tennis avec elle. Elle nous voit sur le canapé, en train de nous embrasser et elle nous regarde fixement. »

Kate promena son regard autour de la pièce. Christopher était enfoncé dans sa chaise et sa grande main frottait son pantalon là où son pénis était gonflé. Il se masturbait légèrement en regardant Sophie qui paraissait très excitée par le fantasme d'Edmond et le dévorait des yeux tout en caressant la pointe d'un de ses seins sous sa chemise, et sa chatte à travers l'étoffe de son pantalon. Elle avait l'air extatique. « Si j'étais un homme, pensa Kate, je mettrais tout de suite le bout de ma queue entre ses lèvres. »

Edmond poursuivit : « On est restés pendant un moment comme ça, sans bouger, jusqu'à ce que l'autre fille s'avance vers nous. Elle est brune, pas blonde, et quand elle retire son T-shirt, elle a des seins énormes et fermes, avec de longs tétons. Elle passe ses doigts sur ses seins, se les pince et se caresse le contour des tétons. Elle est nue quand elle nous rejoint sur le canapé. Elle se penche et prend les cheveux blonds de sa copine et lui tire la tête vers le haut et elles s'embrassent avec volupté, leurs langues entrant et sortant de leurs bouches, et elles se caressent. Elles se retournent vers moi. J'en crois pas mes yeux, d'être allongé là, avec ces jolies créatures toutes nues qui se tiennent à genoux devant moi et qui me regardent avec des yeux gourmands. La sœur de mon copain se recule un peu et se penche pour embrasser sa copine entre les jambes. Je vois sa langue rose s'enfoncer dans la fourrure noire, léchant les lèvres froncées et elle suce le clitoris de sa copine, et la fille brune se met à trembler et à gémir. Ensuite, la blonde soulève sa copine et la place au-dessus de ma bite, elle tient ma bite dans sa main douce et la guide jusqu'à son sexe. Elle est serrée, très serrée et je halète en sentant les parois de soie qui se pressent contre ma bite. La sœur de mon copain s'agenouille sur mon visage et se presse sur ma bouche, très fort. Je la lèche, je la suce, je pousse ma langue au fond d'elle et je lève mes hanches vers la brune qui est empalée sur ma bite. Elles s'embrassent, elles se pressent les seins en gémissant et je leur donne du plaisir avec ma bouche et avec mon sexe, et nous nous soulevons en soupirant tous ensemble et je sens qu'elles jouissent : d'abord celle qui a ma queue en elle, ensuite sa copine, et enfin moi. Je sens qu'à mon tour, je vais venir et c'est comme un double orgasme ce plaisir que je leur ai donné à toutes les deux et à moi-même. »

Il s'arrêta de parler et mit sa main devant sa bouche, respirant avec effort. Les autres participants arrêtèrent de se caresser et s'agitèrent un peu sur leurs chaises, s'évitant du regard.

« Bien, dit Nick. Ouah ! Merci, Edmond.

— De rien », répondit froidement Edmond.

« Nick, s'écria Kate, bridant sa propre excitation et tâchant de se remettre au travail. Tu as encore oublié le résumé.

— Oh, désolé », répondit Nick, pas très à l'aise, en tirant sur une de ses oreilles et en regardant Sophie de manière lascive.

« Bon », fit Kate. Parfait : ils étaient prêts. Le jour suivant, ils seraient mûrs pour de nouveaux défis. « Maintenant, on va passer à une approche adaptée au cadre professionnel. » Elle lut la déception se dessiner sur leurs visages. « Excellent, se dit-elle, l'attente stimule le désir. » Elle fit glisser une mèche de cheveux derrière son oreille et dit tranquillement : « Maintenant, voyons un peu comment vous pourriez appliquer cette technique d'influence dans un contexte professionnel. »

Chapitre 5

Ils employèrent la journée à travailler sur des situations professionnelles dans lesquelles le *bridging* pouvait se révéler utile. Nick était certainement celui qui semblait tirer le plus de profit de cette journée. Étant très ambitieux et très déterminé, il avait très vite compris que cerner les pensées et les sentiments des autres lui permettait de mieux atteindre ses objectifs. Au dîner, il exposa avec passion les différents usages qu'il comptait faire de cette nouvelle technique : pour résoudre les problèmes au sein de son équipe, comprendre pourquoi certains clients remettaient toujours en cause son travail et pour neutraliser les conflits. « Ça valait le coup de venir à cette formation, rien que pour ça », dit-il, avec un sourire en direction des autres, à table. « Et puis j'ai découvert des choses intéressantes concernant Kate et Edmond…

— Et nous te concernant », ajouta Edmond, adressant à Nick un sourire d'amitié, fruit d'une expérience partagée.

« Mais sur toi, Christopher, nous n'avons encore rien découvert », sourit Nick.

Pendant un moment, Christopher ne répondit pas. Puis, il dit doucement : « Eh non… », et retourna à son dessert.

Nick se sentit repoussé. Kate crut pendant un instant qu'il allait forcer Christopher à lui répondre, mais avant de réagir trop vite, il sembla prendre en compte la force physique de Christopher et son assurance et finit par se retourner vers Sophie. « Et toi, Sophie ? demanda-t-il, tu m'as tout demandé sur moi, mais tu ne nous as rien dit sur toi.

— Oh, répondit Sophie, en rougissant et en baissant les yeux, moi, je n'ai rien à raconter. »

« Oh, non… Sophie, pensa Kate, dis-lui plutôt que tu n'as pas envie d'en parler. N'essaie pas de te faire passer pour un être asexué. Je t'ai vue te caresser quand Edmond parlait. Tu as sûrement des fantasmes. »

« Rien à raconter ? insista Nick. Allez, Sophie, il doit bien y avoir quelque chose. Même les vierges ont des fantasmes. Et même des fantasmes très chauds, paraît-il. »

Sophie fit un petit son inarticulé pour protester et se détourna, comme si elle allait quitter la table. Kate s'écria : « Sophie, ne t'en va pas », et Edmond répondit sèchement à Nick : « Nick ! Arrête de l'agresser. Pour qui tu te prends ?

— OK, je m'excuse, ça va. » Nick leva la main, en signe de paix. « Je ne voulais fâcher personne. Sophie, ça va ? Tu m'excuses ?

— Oui, répondit Sophie en refusant de le regarder.

— Allons prendre le café dans le salon, suggéra Nick, on a besoin de se relaxer. Kate nous a fait bosser dur cet après-midi. J'ai vu que dans le salon ils avaient des billards américains, ça fait des années que j'y ai pas joué. Quelqu'un a envie de jouer ?

— Je joue contre toi, dit Edmond, si Sophie est d'accord. »

Sophie eut un sourire. « Je suis d'accord. Je vais regarder et je vais compter les points, si vous voulez, je fais ça bien.

— Super. » Sophie, Nick et Edmond se levèrent de table. Edmond hésita puis demanda poliment : « Kate, Christopher, ça vous dit de venir ? »

Christopher ne répondit pas. Kate le regarda avec tension et répondit : « On viendra peut-être vous rejoindre. Allez, amusez-vous bien. »

Tous trois s'éloignèrent en discutant joyeusement. Sophie semblait avoir décidé de ne pas en vouloir à Nick. Kate remarqua qu'Edmond ouvrait la porte du salon à Sophie et qu'il passait le bras derrière elle pour la diriger, d'un geste presque possessif. Kate s'enfonça dans sa chaise et retira sa serviette de ses genoux, la reposant sur la table. Il y avait quelques miettes sur sa jupe et elle les balaya d'un geste. « Bon, dit-elle, je pense qu'Edmond et Sophie sont en train de former un axe. »

Christopher se pencha en arrière et leva les sourcils. Il retira les petites lunettes qu'il portait pour travailler, les replia et les rangea dans la poche de sa veste. Ses yeux noirs regardaient Kate avec intensité, et sa grande bouche ne bougeait plus. Il recula encore et s'étira, passant ses mains dans ses cheveux frisés et courts. Kate vit les muscles de son torse bouger sous son T-shirt en coton. Il lui sourit et elle pensa un moment que ce sourire était condescendant. « Bon, finit-il par dire, et moi, ça me laisse quoi ?

— Je me le demandais moi-même, dit Kate franchement. Tu es la seule personne qui ne se soit pas présentée ni pour *bridger*, ni pour être *bridgé*. Honnêtement, ça m'inquiète. Je ne sais pas ce que tu vas retirer du cours si tu ne t'y investis pas. »

Christopher allait répondre, mais un serveur s'approcha et demanda s'il pouvait débarrasser la table. Kate lui fit signe que oui en continuant à s'adresser à Christopher : « Il faut vraiment qu'on en parle, Christopher. Tu as un problème avec ce stage, ou avec moi, il faudrait résoudre ça tout de suite.

— Moi, je suis pour résoudre les problèmes quand ils se présentent », dit Christopher, en se levant. Son corps immense surplombait à présent Kate et elle eut presque peur de lui. Puis, elle se reprit.

« On peut aller dans ma chambre, suggéra-t-elle, les autres seront au bar.

— Dans ta chambre ? » Christopher semblait avoir une appréhension. « Le faut-il vraiment ?

— Tous mes dossiers sont dans ma chambre », expliqua Kate. Elle regarda son visage ténébreux et sentit une résistance. « Allez, ne t'inquiète pas, répondit-elle, c'est une suite, avec salon et chambre. Ce n'est pas une proposition malhonnête, je te promets. » Puis, elle fronça les sourcils devant l'étrangeté de la situation : une femme qui rassure un homme, un homme grand comme ça, qui n'avait rien à craindre d'elle.

Il la regarda droit dans les yeux, d'un regard scrutateur qui lui donna froid dans le dos. Puis il dit : « OK. Je te suis », et fit un geste de la main lui demandant de montrer le chemin.

Elle le guida jusqu'au grand escalier qui menait à sa chambre, en se demandant de quoi il pouvait bien avoir peur. Qu'est-ce qu'il cachait ? Pourquoi était-il si réservé ? Avec Sophie, c'était facile à comprendre, elle avait peur de tout, mais quelqu'un de fort et d'intelligent comme Christopher n'avait rien à craindre dans ce monde. Était-il possible qu'il ait peur des femmes ? Non, ce ne pouvait pas être ça, parce qu'elle l'avait vu le matin se caresser le pénis à travers son pantalon et c'est Sophie qu'il regardait tandis qu'elle se caressait entre les jambes d'une petite main timide. Non, pas des femmes. Mais peut-être avait-il un problème avec les femmes quand elles étaient en position d'autorité. Elle savait que c'était le cas pour certains hommes, mais elle n'aurait pas attendu cela d'un homme qui dégageait une telle assurance.

Ils arrivèrent à la chambre de Kate, elle ouvrit la porte et montra le chemin. Elle désigna à Christopher un des grands sièges du salon et alla au mini-bar. « Tu veux boire quelque chose ? demanda-t-elle.

— Oui, merci. Un gin tonic. » Christopher s'assit sur le rebord du siège, promenant son regard autour de lui. À travers l'arche séparant la pièce principale de la chambre à coucher, il put voir les grands piliers du lit, il détourna très vite son regard en se mordant la lèvre supérieure, croisa les jambes et attendit que Kate lui donne son verre.

Kate prépara le gin tonic, trouva de la glace, une tranche de citron et le posa dans sa main. Ses doigts étaient souples. Sur le dos de la main, il avait des petits poils qui paraissaient tout dorés à la lumière de la chambre. Il était si fort et si calme que Kate sentit le désir monter au creux de ses reins.

Comme une sale gosse, elle voulait toujours ce qu'elle ne pouvait pas avoir. Il ne semblait pas du tout s'intéresser à elle, et elle allait tout faire pour que ça change.

« Maintenant, dit-elle en se servant un verre de vin et en s'asseyant dans un siège en face de Christopher, discutons un peu. Je voudrais savoir si cette formation te pose un problème. »

Christopher fit un petit sourire en regardant les glaçons qu'il faisait tourner dans son verre en cristal. « Un problème avec cette formation…, répondit-il songeur. Ça dépend. Ça dépend de ce que tu as l'intention de faire de cette formation. Et surtout de ce que tu as l'intention de faire de nous. »

Il leva la tête et ses yeux sombres pénétrèrent à nouveau ceux de Kate. Il semblait la jauger, de manière détachée. Comme elle ne répondit rien, il détourna son regard. « Est-ce que j'ai raison de penser…, dit-il, que tu as dirigé ce stage d'une manière plutôt peu orthodoxe jusqu'à présent ? »

« Dans un moment, pensa Kate, il va me demander si j'ai l'habitude de coucher avec mes stagiaires dès le premier soir. » Elle répliqua doucement : « Tu as raison, le cours de ce matin était exceptionnel. Le reste est plutôt normal.

— Et j'imagine, dit Christopher, toujours sans la regarder, « que tu as le même genre d'intentions pour le reste de la formation. Aujourd'hui, c'était juste une façon de nous mettre à l'aise, non ?

— Tu n'es pas bête, dis-moi, dit Kate, avec une touche d'admiration dans la voix.

— Non, non, je ne suis pas bête. J'aimerais vraiment savoir pourquoi tu crois que tu vas t'en sortir, quand même. Je pourrais appeler ton directeur demain, lui dire ce que tu es en train de faire et tu serais dans la merde. »

Il la défiait. Elle se redressa dans sa chaise et se retint de se lécher les lèvres nerveusement. « Qu'est-ce qui te fait croire que cela me gênerait ? » répondit-elle avec précaution.

Christopher la regardait maintenant, ses grandes lèvres fendues d'un sourire. « J'ai compris, dit-il, je vois, maintenant. Est-ce que tu n'es pas en train d'utiliser cette formation à des fins strictement personnelles ?

— Plus ou moins, reconnut Kate.

— Et tu veux que ce soit un stage sexuel ? C'est ça, ton projet ? »

Son visage ne trahissait aucune émotion. Comment un homme pouvait-il lui dire tout ça en restant aussi imperturbable, comme s'il n'était même pas concerné ? « Oui, j'avais envie d'en profiter, oui », dit finalement Kate. Et elle sentait la honte commencer à la ronger.

« Très bien », répondit Christopher qui regardait son verre, puis l'avala d'un trait. Il se leva et dit : « Dans ce cas, je ne fais plus partie de ton programme. Je pars demain.

— Quoi ? s'exclama Kate, se levant de son siège. Quoi ? Attends, tu ne peux pas…

— Je n'ai aucune intention de rester là pour que tu m'utilises comme un jouet. » Christopher posa le verre sur la table à côté de son siège. « Désolé de contrarier tes projets. »

C'était la dernière chose que Kate avait imaginée. Que Sophie se soit plainte, ait voulu s'enfuir, elle aurait compris et elle s'en serait probablement foutue. Mais perdre Christopher, cette grande silhouette qui se déplaçait comme une panthère, serait un vrai désastre. Elle courut à la porte et lui bloqua le passage en écartant les bras pour l'empêcher de sortir. Elle se sentait un peu ridicule de se comporter ainsi devant un homme deux fois plus grand qu'elle. S'il le voulait, il pouvait la soulever et l'écarter de son chemin en la jetant dans un coin de la pièce comme une poupée. « Christopher, répondit-elle, je serais vraiment déçue si tu t'en allais. Je crois que tu as quelque chose à apprendre de cette formation, quel qu'en soit le sujet. Tu as vu comme Nick a bien progressé aujourd'hui et, de tous les participants, tu es celui qui peut le plus l'aider. Edmond et Sophie ont peur de lui, ils ne supportent pas l'agressivité. S'il te plaît, réfléchis encore à ton idée de partir.

— Je ne pense pas que tu puisses m'apprendre quoi que ce soit », répondit Christopher. Il s'approcha, se tint devant elle, la regardant dans les yeux. « Maintenant, s'il te plaît, laisse-moi passer.

— Non, non, écoute ! » Kate secoua la tête, réfléchissant rapidement. « Christopher, dis-moi quel est le problème. C'est moi ? C'est moi qui pose un problème ? »

Il leva les sourcils et la regarda de haut en bas, l'appréciant comme un peintre. Elle se sentit frissonner d'impatience. « Non, finit-il par dire, avec toi, il n'y a pas de problème. Physiquement, du moins. Tu es plutôt attirante.

— Dis-moi, alors, dit Kate rapidement, dis-moi ce que tu voudrais retirer de cette formation. Sois honnête avec moi, Christopher. Tu ne m'as pas dit une seule fois ce que tu pensais. Pourquoi es-tu si réservé ? » Christopher la regarda avec méfiance et elle ajouta très vite : « N'oublie pas, tout ceci est confidentiel. C'est entre toi et moi. »

Il y eut un long silence. Puis, Christopher se détourna d'elle, pinçant les lèvres. « Confidentiel, murmura-t-il, d'accord. Je vais te dire la vérité. Ça ne me dérangerait pas de coucher avec toi, Kate. Tu es séduisante. J'aimerais bien te toucher. » Kate se sentit fondre en écoutant sa voix nonchalante lui dire : « Mais entre toi et moi... ça ne pourra pas vraiment aller plus loin que des caresses. Tu vois, je préférerais faire l'amour avec Nick ou avec Edmond, Edmond en particulier, en fait. J'aime les hommes blonds. Et je ne suis pas sûr qu'il soit suffisamment ouvert d'esprit pour accepter ce genre de comportement. »

Kate poussa un long soupir. « C'est pour ça que tu ne voulais pas parler de tes fantasmes, dit-elle d'une voix douce.

— Tout à fait. Ceux que nous avons entendus étaient strictement hétérosexuels, non ? Un peu de violence, un peu de vice, mais rien de bien grave. Comment penses-tu que Nick réagirait si je lui sortais un fantasme dans lequel je lui suce la bite ? Il pèterait les plombs. »

Une image apparut soudain à l'esprit de Kate : celle de Christopher se penchant vers Nick, se baissant pour prendre le pénis de Nick dans sa bouche gourmande. Elle avala sa salive et dit : « J'aimerais bien entendre ce fantasme.

— Ah, bon ? Eh bien, les femmes sont plus ouvertes d'esprit. Je ne crois pas que Nick apprécierait. Je crois même qu'il ne supporterait pas. Je ne veux pas entrer dans ce genre de délire si je ne peux pas rester moi-même. Donc, si tu veux bien m'excuser, je pense que je ne participerai pas du tout à cette formation. »

Kate recula, fronça les sourcils en regardant Christopher. « Je suis étonnée, finit-elle par dire, je pensais que tu apprécierais le challenge. Après tout, c'est exactement cela le but de cette formation.

— Qu'est-ce que tu veux dire ? demanda-t-il avec suspicion.

— Cette formation est axée sur la façon d'influencer les gens, modifier leur comportement. Tu es un homme intelligent, Christopher. Ça devrait être dans tes cordes de persuader les autres de t'accepter comme tu es. Ils sont tous là pour apprendre quelque chose de nouveau. Regarde, Nick. On aurait dit que jamais il n'aurait pu changer, mais aujourd'hui, il a appris quelque chose. Pourquoi n'utiliserais-tu pas cette formation pour leur apprendre que tu as droit à la sexualité de ton choix ? Ou même, qu'ils pourraient apprécier d'élargir leurs horizons ? »

Il ne disait rien. Il la regardait avec ses yeux profonds, ténébreux. « Demain, nous travaillerons sur la persuasion. Écoute, Christopher, on peut faire de toi le sujet principal du jour, si tu veux. Tu pourras peut-être essayer de persuader Edmond de se laisser faire, je ne sais pas, lui proposer de coucher avec lui ou quelque chose comme ça. Tu voudrais essayer ? Les compétences mises en œuvre sont les mêmes, même s'il s'agit de sexe. »

Christopher serra ses lèvres pulpeuses. « Je n'ai aucune chance de gagner, dit-il, fatigué. J'imagine déjà la réaction de Nick. C'est même pas la peine.

— Ne t'inquiète pas. » Kate voulait vraiment le persuader de rester. Elle s'avança vers lui et posa sa main sur son bras, sentant sa force sous ses doigts. « Tu te souviens de ce contrat tacite que je vous ai demandé de conclure avec moi en début de formation. Tu sais, la promesse... Eh bien, demain matin, je vais élargir les termes de ce contrat. Interdiction de se moquer les uns des autres ou de refuser de participer. Je fais ça pour toi, Christopher.

— Je n'ai pas besoin de ta protection », dit-il avec un peu de colère dans la voix.

« Je ne le ferai pas si tu ne veux pas que je le fasse, répondit Kate, c'est toi qui vois. » Sa tête s'agitait. « De toute façon, je suis sûre que je peux te sortir Nick de la tête, de sorte qu'il n'aura aucune raison de désapprouver. S'il te plaît, Christopher, reste, allez. S'il te plaît.

— Tu te comportes comme une enfant qui fait un caprice, dit Christopher avec un sourire, d'accord, d'accord, Kate, je reste demain et je verrai comment ça se passe.

— Formidable ! Je suis vraiment soulagée. » Kate voulut se diriger vers le mini bar pour leur servir un autre verre mais Christopher attrapa son visage et le tourna vers lui. Elle l'autorisa à la toucher, sentant chaque centimètre de sa peau se réveiller à son contact, comme excitée à l'extrême.

« Tu es belle, lui dit Christopher, en regardant son visage, j'aime beaucoup ta bouche. J'ai toujours aimé les femmes aux lèvres pulpeuses. C'est comme une promesse.

— Je voudrais boire autre chose », dit Kate avec hésitation. Christopher était un homme étrange et même si elle avait envie de lui, elle préférait tout de même que les choses se passent comme elle le voulait. Elle essaya de dégager sa tête de son emprise mais il la tenait fermement par le menton, la faisant grimacer.

« Mais ne t'agite donc pas comme ça, dit-il, tu voulais te servir de cette formation uniquement pour ton plaisir personnel, pas vrai ? Eh bien, moi, je vais peut-être contrecarrer un peu tes projets.

— Arrête, dit Kate faiblement, tu me fais mal.

— Je te fais mal ? Tu sais que je peux te faire beaucoup plus mal que ça ?

— N'essaie pas de me faire peur, dit Kate, en se dégageant et en reculant de plusieurs pas. Christopher, tu dois faire une révision du cours pour demain. Je crois qu'il est temps que tu regagnes ta chambre.

— Une révision du cours ? Le même genre qu'avec Nick hier soir ? » Et en deux enjambées, Christopher était à nouveau tout près d'elle. Il l'attrapa par les deux mains et l'attira à lui, la soulevant presque du sol. « Qu'est-ce qu'il t'a fait ? siffla-t-il, tu sais, on a tous deviné. C'était assez évident. Sophie avait dit qu'elle était sûre qu'il te suivrait aux toilettes. C'est bien ce qu'il a fait ?

— Oui, murmura Kate, levant ses yeux vers le regard foudroyant de Christopher. Oui, il m'a suivie.

— Et il t'a prise là, dans les toilettes ? » Elle acquiesça sans un mot. « Eh ben, vas-y, qu'est-ce qu'il t'a fait ?

— Il est entré après moi et m'a poussée contre le mur, répondit Kate, le souffle coupé au souvenir de l'excitation de la veille. Ça a été très rapide. On en avait tous les deux envie. Il a ouvert ma robe et m'a pénétrée, et nous avons tous les deux joui très rapidement. Voilà, c'est tout.

— Salope ! » dit Christopher doucement. Mais sa bouche immense souriait, il n'avait pas l'air de désapprouver. « Dis-moi, continua-t-il au bout d'un moment, dis-moi pourquoi Nick a été si favorisé ? Qu'est-ce qui se serait passé, si c'était moi qui t'avais suivie ? Tu m'aurais envoyé me faire foutre ? »

Toujours suspendue par les mains, aussi impuissante qu'un chat attrapé par la peau du cou, Kate sentait un désir chaud et humide se propager à travers ses membres, un désir aigu qui lui faisait mal aux seins. « Je ne pense pas, non, chuchota-t-elle.

— Mais tu viens de me demander de partir, là. Pourquoi ? »

Parce que je veux garder le contrôle. Parce que je veux choisir les lieux et les moments où je vous aurai tous. Les mots ne sortaient pas. Kate ferma les yeux et secoua la tête. Elle avait vu qu'au moment où elle le rejetait, Christopher était devenu furieux et déterminé, comme si son refus, sa résistance l'avait enflammé. S'il fallait cela pour qu'il la désire, dans ce cas, il fallait qu'elle lui résiste. Elle se mit à geindre mollement : « Non, s'il te plaît, Christopher.

— Non, quoi ? Ne me touche pas ? Mais putain, tu avais la bite de Nick en toi hier soir et je peux te dire que ce soir, tu auras la mienne !

— Non. » Elle s'agita, tenta de se libérer, et sentit ses mains robustes la serrer encore plus fort. « Non, s'il te plaît, non.

— Tu n'as pas le choix, siffla-t-il, pas le choix. » Il tira ses bras en l'air, en tenant ses poignets d'une main, de sorte qu'elle se tenait sur la pointe des pieds, les bras au-dessus de la tête, incapable de faire le moindre mouvement. « Voilà qui est mieux », dit doucement Christopher et, avec son autre main, il attrapa les boutons de sa chemise.

« Non, ne fais pas ça, cria Kate, en se débattant, ne fais pas ça. »

Christopher réussit à défaire un des boutons, puis sembla perdre patience. Il gronda, montrant les dents, et arracha violemment le tissu de sa chemise. Les boutons sautèrent et la robe s'ouvrit sur le devant, laissant apparaître les seins blancs et pleins de Kate, qui pointaient d'une manière provocante sous l'étoffe d'un body orné de dentelle. Christopher eut un petit sourire. « Tu t'étais préparée pour moi, hein ? »

Kate ne dépensait pas son énergie à se débattre. Elle se défendait tranquillement. Elle sentait tout son corps enflammé de désir. Les mains puissantes de cet homme la tenaient prisonnière, et elle se sentait aussi impuissante que la femme captive dans le fantasme de Nick. Elle se tordit, se souleva, essayant de lui échapper, levant même un genou comme pour le frapper. Il rit et la tint à bout de bras, contemplant son corps se cambrer et remuer alors qu'elle se débattait. « Tu aimes ça… tu aimes te battre contre moi », dit-il doucement.

Kate se calma et le dévisagea. Ses yeux changeants étaient maintenant d'un vert brillant, ses lèvres étaient douces, molles, pleines de désir. Elle ne le nia pas. Sa folle excitation sautait aux yeux.

« Très bien, dit Christopher calmement, parce que moi aussi, j'aime ça. Donc, tu peux continuer. Mais d'abord… », il resserra soudain sa main sur ses poignets prisonniers, « d'abord, je veux que tu sois toute nue. »

Il la poussa en avant, tira brutalement sur les manches de sa chemise, en emprisonnant ses poignets. Avant qu'elle n'ait le temps de réagir, il la saisit par son poignet droit, tordant son bras derrière son dos. Elle réussit à dégager sa main et, tout en l'insultant, elle chercha à le griffer au visage et lui arracher les cheveux. Il riait tout en esquivant ses ongles et, avec sa main libre, dégrafa sa jupe et la lui retira. Elle ne portait plus que son body. Il baissa les yeux pour regarder ses fesses nues et sourit d'un air satisfait.

« Très joli », dit-il, en se penchant pour malaxer ses fesses, les écrasant entre ses gros doigts.

« Salaud ! cria Kate, essayant de retirer sa main. Cette chemise coûte très cher. »

Il ne fit pas attention à elle et continua à pousser ses doigts entre ses jambes, sûr de la trouver mouillée et consentante. « Salope, siffla-t-il, t'as envie de moi, hein ? Eh bien, tu vas devoir attendre. »

Il libéra son bras qu'il tenait jusqu'ici fermement derrière son dos, se pencha pour ramasser la chemise sur le sol, l'attrapa brutalement par le poignet et l'entraîna jusqu'à la chambre à coucher. Elle se débattait, le frappait, tentant de se soustraire à son emprise, mais il était plus fort qu'elle. Il plaça ses mains au-dessus de sa tête et les attacha au bout du lit avec ce qui restait de sa chemise. Elle essaya de se libérer mais les liens étaient très serrés. Elle était sa prisonnière, suspendue, impuissante avec ses petits pieds qui touchaient le sol.

« Bon, maintenant », dit Christopher en reculant, le souffle court. Il la contempla de la tête aux pieds, et remarqua que ses tétons étaient tout durs sous son body. Il sourit, s'avança et caressa la dentelle qui ornait sa poitrine, et tira dessus pour mieux voir ses tétons. Kate se mit à gémir en balançant désespérément sa tête de chaque côté, et en laissant glisser ses cheveux soyeux sur son beau visage. Christopher posa ses mains sur ses seins, prenant le galbe dans ses paumes, pétrissant avec douceur. Kate se mit à nouveau à gémir, en sentant la pointe de ses seins le supplier de les toucher, de les sucer.

Christopher recula, sourit de voir à quel point ses tétons étaient durs et dressés en avant, dans l'attente d'être embrassés. Il secoua la tête et Kate soupira de frustration. « Chaque chose en son temps », répondit-il.

Il retira sa veste et l'accrocha à la chaise, puis mit ses mains à sa ceinture. Kate, devenue soudain très calme, le regarda avec des yeux étincelants sous le voile de ses cheveux, pendant qu'il ouvrait sa ceinture et faisait descendre la fermeture Éclair de son pantalon. Le bas de sa chemise cachait son sexe mais ses jambes étaient aussi musclées qu'elle l'avait espéré, avec des cuisses comme des troncs d'arbres et des mollets fins. Il posa soigneusement son pantalon sur la chaise, sans se presser. Il aperçut la petite mallette d'accessoires près du lit, fronça les sourcils, se mit à genoux et l'ouvrit.

Kate entendit sa respiration siffler à travers ses dents tandis qu'il examinait le contenu. Puis, il se mit debout et se tourna vers elle. Il souriait et, dans sa main, il tenait une corde légère et un bâillon en cuir.

« Oh, non, supplia Kate. Pas le bâillon, non ! » Elle voulait pouvoir lui dire ce qu'elle voulait qu'il lui fasse. Une fois bâillonnée, elle n'aurait plus aucun pouvoir sur lui et serait entièrement soumise à son contrôle. Et c'était excitant et terrifiant à la fois.

« Tu as pensé à tout », dit Christopher, posant les accessoires sur la tablette. Il déboutonna sa chemise, la laissa ouverte négligemment, puis il tira sur son caleçon moulant et le retira. Kate sentit sa respiration s'accélérer, impatiente de voir son pénis. Il retira sa chemise et lui sourit en la regardant avec nonchalance, sans bouger.

Kate perdit presque son souffle quand elle le vit enfin nu. Son corps magnifique était merveilleusement sculpté, tout en muscles et en sensualité. Il paraissait aussi doux que de la soie, sauf entre ses jambes, où les poils étaient bruns et frisés. Les yeux de Kate restaient rivés là. Il avait le plus gros pénis qu'elle avait jamais vu. En harmonie parfaite avec la puissance de son corps élancé, son pénis luisant faisait la longueur de son avant-bras et était aussi gros que son poignet. Il frémissait en avançant dans la direction de Kate, comme s'il était pressé de la pénétrer. Elle recula sur l'oreiller du lit, sentant ses seins durcir, lui faire mal, sa bouche se dessécher de désir. Elle n'aurait jamais deviné qu'il puisse être si merveilleusement équipé. Elle avait envie de sentir cette grosse bite à l'intérieur d'elle, l'écarter, la remplir.

« Maintenant, Kate », dit Christopher doucement, ramassant la corde et le bâillon et s'approchant lentement d'elle. Et à chaque pas, sa bite dressée avançait plus près d'elle. Il se retrouva enfin tout près d'elle, et elle put sentir la chaleur de son érection massive effleurer son ventre, la chauffer et la faire fondre.

« Non », murmura-t-elle en gémissant, tandis qu'il fourrait le bâillon entre ses dents et le serrait fermement derrière sa tête. Puis, il se laissa doucement tomber sur un genou devant elle et elle sentit son pénis dur frôler le haut de ses cuisses. Il ouvrit la bouche et prit le bout dur de son sein gauche, le caressa et le suça avec sa grande langue. Elle cria, mais sa voix était étouffée par le bâillon. Elle voulait le supplier de le lui faire, de la pénétrer avec sa bite puissante, de la baiser jusqu'à ce qu'elle demande grâce, mais elle ne pouvait pas parler. Elle gémit de frustration et de plaisir, en tremblant sous sa bouche qui suçait ses tétons et ses mains qui caressaient ses cuisses.

Il resta encore debout un moment et Kate pensa qu'il allait la prendre, mais au lieu de cela, il libéra ses poignets. Elle baissa les bras, respira avec soulagement, et avant qu'elle ne bouge, il la prit dans ses bras et l'allongea sur le grand lit. Il se coucha près d'elle et elle sentit son corps chaud se presser contre le sien, son érection frottant contre ses jambes, là où le petit body moulant rentrait dans sa chair palpitante, si douloureuse et si mouillée. Elle essaya de parler, de lui demander qu'il la prenne, mais le bâillon lui emplissait la bouche, lui imposant le silence. Alors, elle souleva son corps vers le sien, cambrant son dos de sorte que ses seins s'offrent à sa bouche.

« Oh, non, murmura Christopher, tu avais dit que je pouvais faire ce que je voulais, Kate. Tu l'as dit... » Il la prit par les épaules et par sa taille fine et la retourna sur le ventre. Puis, il tira en avant ses bras et, avec la corde, il attacha son poignet à l'un des montants du lit. Elle se retrouva les genoux au-dessus de ses oreilles, les fesses tendues vers lui. Elle gémissait, soulevait ses hanches, sentant un peu d'air frais souffler entre ses cuisses. Le lit grinça quand il en descendit et elle essaya de voir ce qu'il faisait, en vain.

Il s'agenouilla derrière elle, frottant sa grosse queue dure contre la chair frissonnante entre ses cuisses. La dentelle de son body était à peine un obstacle. Elle se savait mouillée, elle l'attendait, et à chaque fois qu'elle sentait le bout de sa bite se frotter contre son sexe, elle se disait que c'était bon, que cette fois, il allait entrer en elle, planter sa bite dans sa chatte. Mais il ne le faisait pas. Elle gémit encore de frustration, remuant un peu ses fesses pour l'aider à se glisser dans son tunnel vide, trop vide.

« Tu penses vraiment à tout », dit une voix dans son oreille, elle fit un bond et sentit soudain une sensation de fraîcheur intense se glisser entre ses fesses. Puis, elle sentit ses doigts passer dans sa fente et étaler le froid doucement autour de son petit derrière, et elle réalisa que c'était l'huile parfumée de son « kit de formation » avec laquelle il était en train de lui hydrater le cul. Il avait donc bien fouillé dans sa mallette.

Elle réalisa soudain avec un choc qu'il s'apprêtait sûrement à lui faire quelque chose dont elle n'avait pas forcément envie et elle se tordit en essayant de crier pour protester. Sa bite était trop grosse ! Il allait la fendre en deux, il ne pourrait jamais, jamais faire entrer cette bite massive dans son petit trou. Elle gémit en guise de protestation, tira sur ses liens, se débattit en essayant de s'échapper. Mais ses poignets étaient fermement attachés et il avait posé ses grandes mains sur ses hanches, pour la maintenir immobile, pour l'ouvrir et elle sentit le bout de sa bite presser, presser contre son petit trou, en essayant de s'introduire.

« Non, non ! » grogna-t-elle, mais seuls des soupirs traversaient le bâillon. Christopher s'approchait d'elle, cambrant son grand corps tout contre elle et, d'un doigt, il vint caresser son petit clitoris enflammé de désir. Il le toucha et elle poussa un petit cri, jetant inconsciemment son sexe en direction de ses doigts qui la cherchaient, et là, il tenta sa chance et poussa pour introduire son sexe engorgé dans le petit trou de son anus. Elle eut un spasme de douleur quand il la pénétra et elle poussa un cri. Christopher respira et poussa doucement, jusqu'à ce que sa virilité tout entière soit enfoncée dans son cul.

Puis, pendant un long moment, il ne fit plus rien. Il ne bougea pas, il ne se retira pas, il restait à genoux derrière elle, la remplissant et caressant toujours son clitoris, du bout du doigt. C'était plus que Kate n'en pouvait supporter. La douleur s'était évaporée et un plaisir chaud et lourd s'installa dans ses reins, la remplissant d'un bonheur honteux, et elle tourna la tête, de sorte que ses cheveux s'étalent sur ses épaules. Le bâillon lui faisait mal, au coin de sa bouche. Elle était prisonnière, impuissante, pénétrée, à sa merci, et plus que tout, elle avait envie de sentir cette bite magnifique aller et venir en elle, la posséder. Pourtant, il ne bougeait toujours pas, et à la fin, elle gémit, baissa les épaules pour que ses seins puissent se frotter au couvre-lit, excitant ses tétons gorgés de plaisir. Elle soulevait ses hanches de façon obscène, se frottant au pieu qui la transperçait, essayant de l'encourager à s'enfoncer en elle.

« Tu aimes ça, hein », lui susurra-t-il à l'oreille. Il fit glisser une main sur ses seins, dont il se mit à caresser, soupeser, taquiner les petites pointes surexcitées. Puis il posa délibérément un doigt sur son clitoris gonflé, le frottant, tandis que son énorme pénis immobile était enfoui au fond d'elle, au fond de son petit trou interdit et fou d'anticipation.

Elle faisait aller et venir ses reins, au rythme sensuel de ce doigt qui affolait son clitoris. Elle sentait son orgasme monter, monter : elle allait bientôt jouir sans même qu'il ait eu à bouger. Ce n'était pas très élégant d'être ainsi excitée au plaisir. C'était comme s'il n'avait pas besoin d'elle, comme si elle était au service de ses désirs blasés. Elle voulait le supplier de bouger, de la prendre, mais cet affreux bâillon étouffait tous ses gémissements. Son corps se contracta et fut parcouru de frissons. Elle approchait de l'orgasme. Comme s'il le sentait, il enfonça deux doigts dans son vagin douloureux et creux, pendant que son pouce frottait le petit sexe érigé de son clitoris. Le plaisir l'envahit, la faisant se soulever, haleter et au moment où elle sentit son orgasme bouillonner, Christopher se mit à bouger en elle, retirant la splendide longueur de son sexe de son anus ouvert et l'enfonçant à nouveau, tandis qu'avec ses doigts, il caressait les lèvres humides de son sexe. Il la baisa puissamment, en cognant son corps contre le sien et, au deuxième coup, elle sentit un frisson de plaisir si extrême qu'elle frappa sa tête contre l'oreiller en mordant le bâillon. Des larmes de bonheur lui glissaient sur les joues. Et elle s'abandonna à lui en gémissant. Il l'attrapa par les hanches en grognant et lui donna des coups de bite profonds et rapides, poussant jusqu'à ce qu'il atteigne son propre orgasme. Elle sentit sa bite donner une grosse secousse au fond d'elle.

Il laissa son corps s'affaisser contre le sien, l'écrasant à moitié, et retira sa grosse bite de son petit cul. Puis il se pencha pour défaire ses liens. Elle poussa un soupir et retomba sur le lit, incapable de retirer elle-même le bâillon. Il lui enleva et l'attira dans ses bras puissants, la tenant ainsi fermement tandis que leurs corps étaient parcourus par des frissons de plaisir.

« J'ai cru que tu allais me fendre en deux », murmura-t-elle en s'accrochant à lui.

« Je ne t'ai pas fait mal ? » Il semblait soudain inquiet et tendre.

« Non, non. » Elle se pressa tout contre son torse musclé. C'était si réconfortant d'être dans ses bras après le combat passionnel qu'ils venaient de livrer. Elle glissa sa tête sur son épaule, il caressa ses cheveux, l'embrassa sur le front, et elle soupira de contentement en sentant ses bras l'entourer. Il la berçait doucement, comme une enfant, et caressait ses cheveux gentiment, en murmurant des mots apaisants. Elle ferma les yeux, ses doigts se détendirent tout doucement et elle s'endormit.

Chapitre 6

Quand Kate se réveilla, le lendemain matin, elle était seule. Elle s'étira sur le lit, en pensant à ce qui s'était passé la veille avec un plaisir alangui, et en espérant de manière fugitive que Christopher soit encore là, près d'elle. Cela aurait été vraiment délicieux de se réveiller à côté de son corps musclé et assoupi, de coller ses lèvres sur sa bite toute douce et la sentir grossir dans sa bouche, sous ses petits coups de langue agiles. Mais c'était logique qu'il soit parti : les autres pouvaient mal le prendre s'il descendait avec elle au petit déjeuner.

Dehors, la température semblait déjà très chaude. Kate prit une douche, sécha ses cheveux, enfila rapidement un body moulant, un T-shirt et une jupe en mousseline légère. Elle se dépêcha de descendre à la salle de travail. Il y avait des choses à mettre en place avant le début de la journée et elle voulait s'assurer que tout était en ordre.

La grande pièce était comme la veille, mais elle était maintenant équipée d'une caméra et d'un grand écran de télévision. La caméra était éteinte et sur l'écran, on voyait une autre pièce. Kate hocha la tête et descendit le couloir jusqu'à la salle suivante, dans laquelle le même équipement avait été installé. Dans la deuxième pièce, la caméra était en état de marche et l'écran éteint, de sorte que ceux qui seraient dans cette pièce pouvaient être observés mais sans voir leurs observateurs. Une télévision en circuit fermé : une manière facile de regarder les gens interagir sans interférences.

Une fois qu'elle eut tout installé comme elle le voulait, il était l'heure de commencer la formation. Les autres l'attendaient déjà, assis sur leurs chaises et la regardaient attentivement. Les hommes s'étaient visiblement détendus, à en juger par leur tenue vestimentaire… ils ne portaient plus ni de veste ni de cravate mais simplement des pantalons amples, confortables et des T-shirts à col ouvert. Elle remarqua qu'Edmond et Sophie étaient assis côte à côte sur le canapé, un peu plus proche que ne le seraient deux étrangers, et qu'elle souriait. Sophie était habillée comme la veille, mais elle avait dégrafé un bouton au cou. Nick parlait tranquillement boulot avec Christopher, mais quand Kate entra, il s'interrompit et leva les yeux, le visage comme imprégné d'obéissance.

« Bonjour, tout le monde, dit Kate, comment ça va aujourd'hui ? »

Ils avaient l'air d'aller tous plutôt bien. Ils semblaient alertes et curieux. Et Christopher est même allé jusqu'à dire avec un petit sourire : « J'ai hâte de voir ce que va nous apporter cette journée. » Nick le regarda de côté comme s'il le poussait du coude, un regard d'homme à homme, mais finalement, il ne dit rien.

« OK, dit Kate, on va commencer. Aujourd'hui, on va s'intéresser à la persuasion, c'est-à-dire votre capacité à convaincre, utiliser des approches gagnantes pour persuader l'autre à agir. Ce sera plus facile une fois que vous aurez réussi à cerner la personnalité de votre interlocuteur, et c'est pourquoi nous avons commencé hier avec le *bridging*. Demain, avec l'assertivité, nous explorerons la façon dont on peut vaincre des obstacles sans s'inquiéter de l'avis ou des réactions des autres. Aujourd'hui, il va s'agir d'utiliser des techniques d'approche pour convaincre l'autre.

— Ça peut être utile », dit Edmond en souriant.

« C'est utile. Je propose que nous commencions d'abord par appréhender quelques principes de base, et qu'ensuite, on passe à la pratique. C'est pour ça que j'ai fait installer un petit circuit vidéo : parce qu'il est plus facile, parfois, de faire des expériences sans être soumis au regard direct des autres. » Elle sentit les yeux noirs de Christopher se poser calmement sur elle. « Je vais commencer par récapituler un peu les règles de base de cette formation. Rappelez-vous que tout ce qui se passe ici restera entièrement confidentiel. Ça reste entre nous. Et j'aimerais ajouter autre chose. Je voudrais que vous gardiez l'esprit le plus ouvert possible durant tout le temps qui nous reste. Pas de préjugés, pas de critiques irréfléchies. Disons que c'est un objectif à atteindre. »

Elle vit comme un frisson passer sur leurs visages. Ils savaient qu'en disant cela, elle faisait référence au sexe et qu'ils iraient encore plus loin que la veille. Nick semblait impatient, Edmond sur sa réserve, Sophie retenue par une légère appréhension, et Christopher était assis très calmement, son visage ne laissait rien deviner.

« Voici le schéma classique de la persuasion. Afin que vous l'ayez bien en tête lorsque nous passerons à la pratique, dit Kate, en se dirigeant vers le tableau. Avant de commencer, réfléchissez à ce que vous cherchez vraiment à faire. Pensez aux différentes stratégies que vous pouvez appliquer. Cherchez à cerner les objectifs à atteindre. En gardant toujours à l'esprit le dépassement de soi. Une fois que vous aurez réussi à définir où se situe l'objectif le plus adapté, attaquez !

— C'est comme une stratégie militaire, s'écria Nick en haussant les épaules.

— Ce n'est pas tout à fait faux, Nick. Une fois que vous aurez réussi à identifier la meilleure stratégie, vous pourrez passer à l'étape finale : la persuasion. » Elle nota au tableau :

Patience et persévérance !

Faire une première proposition.

La soutenir par une ou deux bonnes raisons.

Ne jamais noyer le discours.

Rester à l'écoute des résistances de l'autre.

« Et si on vous envoie chier ? demanda Christopher, sèchement.

— Vous devez essayer de comprendre pourquoi la proposition n'a pas plu. Rester à l'écoute est essentiel, comme il est écrit ici. Une fois que vous connaissez les raisons du refus, vous avez les outils pour faire une contre-attaque. Et là, vous avez trois options. » Elle les écrivit sur le tableau tout en parlant : « Répétez votre première proposition ou reformulez-la en ayant au préalable pris en compte les raisons qui ont amené votre interlocuteur à refuser votre première proposition, ou bien, laissez tomber cette première proposition et trouvez-en une meilleure.

— Ce ne sont que des évidences », dit Nick, se rejetant en arrière dans son siège.

Kate leva le sourcil. « C'est exact. Mais hier, tout ne te semblait-il pas évident ? Même les choses évidentes peuvent être difficiles à accomplir. Souviens-toi la façon dont tu as dû t'entraîner pour poser des questions ouvertes, Nick. Mais si tu veux, on peut passer directement à la pratique. » Les quatre se regardèrent, hochèrent la tête et une fois de plus, Kate sentit un frisson d'excitation parcourir leurs corps. « Tout le monde est d'accord ? Très bien. Voilà ce que je pense : je vais vous séparer en deux groupes de deux. Je serai l'observatrice. Je pense que nous pourrions revenir au même thème qu'hier matin. »

Sophie prit une longue respiration, les hommes s'avancèrent au bord de leurs chaises, impatients. Kate sourit. « Vous aviez tous l'air si déçus hier, lorsque nous avons mis de côté la thématique sexuelle, donc, je propose que nous y retournions aujourd'hui. Est-ce que cette proposition satisfait tout le monde ? »

Edmond regarda Sophie avant d'acquiescer, mais Christopher et Nick étaient déjà d'accord. Sophie hésita, regarda Edmond et Christopher, et finit par dire : « Oui, je crois que ça ira. » Elle semblait inquiète. Kate nota son malaise mais n'en tint pas compte. Elle était focalisée sur Christopher.

« Bien. OK, alors, voilà. Dans chaque groupe, l'un des deux est candidat pour commencer. La personne qui essaie de mener le jeu demande à l'autre de faire quelque chose, quelque chose de sexuel. Voilà, c'est tout : choisissez votre cible. Cela peut être extrême ou modéré, comme vous voulez. Votre job est de persuader l'autre d'agir selon votre désir. Les exercices pratiques se feront en salle deux, avec le circuit télévisé qui permettra au reste de l'équipe de regarder d'ici. »

À ces mots, Nick, Christopher et Edmond se tournèrent vers Sophie, le regard pétillant. Sophie croisa le regard d'Edmond, ce qui sembla lui redonner confiance en elle. Puis, elle s'aperçut que Nick la regardait aussi et elle se referma sur elle-même, le regard rivé au sol, horrifié. Christopher regardait tranquillement Kate, sans ciller.

« Sophie, répondit Kate, soudain un peu brutale, je voudrais que tu ailles avec Nick dans l'autre salle, pour l'exercice.

— Avec Nick ? répéta Sophie, le visage blanc comme une feuille de papier. Mais je n'ai pas envie. Je ne peux pas y aller avec Edmond ? »

« Christopher m'a déjà demandé Edmond, pensa Kate, et il m'a sacrément dédommagée pour ça. » Elle secoua la tête. « Si tu vas avec quelqu'un de ton plein gré, cela ne fait pas vraiment appel à la persuasion, dit-elle.

— Mais… » rétorqua Sophie. Nick se frottait les mains et bondissait sur sa chaise, prêt à attraper Sophie par le bras pour la tirer du canapé. « Allez, viens, dit-il, on essaie. On n'a rien à perdre. »

Pendant un moment, Kate crut qu'Edmond allait bondir et empêcher Sophie de suivre Nick, mais finalement, il n'en fit rien. La porte se ferma et, dans l'écran de télévision, ils virent bientôt apparaître Nick qui entraînait Sophie dans la deuxième chambre. Il sourit à la caméra et dit : « Nous y voilà. »

« Il n'a pas l'air d'avoir beaucoup planifié », remarqua Edmond d'une petite voix.

« Vous remarquerez, commenta Kate, que Nick a dit que c'est lui qui allait incarner la persuasion. Mais je n'ai pas distribué les rôles.

— C'est ça, Nick, pour toi ? Une sorte de héros tout droit sorti de *Top Gun* ? demanda Christopher.

— Si c'est le cas, fit Kate, il faut s'attendre qu'il se crashe et brûle dans les flammes. »

Ils regardèrent l'écran de télévision pour voir Nick tirer Sophie par la main et l'entraîner de l'autre côté de la pièce dans le but de la faire asseoir sur le canapé. Elle s'assit, et demeura ainsi, toute tendue, les mains sur les genoux, sans le regarder. Il vint s'asseoir mollement près d'elle et dit avec un sourire : « Bon, c'est facile, Sophie. Tout ce que je veux, c'est que tu me laisses coucher avec toi. »

Sophie tourna la tête vers Nick et le dévisagea comme s'il avait parlé en chinois. « Quoi ? » demanda-t-elle, d'une petite voix pleine de mépris.

« Viens », Nick lui prit les mains. Elle les retira. « Oh, viens, Sophie, je suis un bon coup, n'importe qui peut te le dire. Demande à Kate, elle te dira, elle. » Il ricana vers la caméra avec une joyeuse insolence.

« On avait deviné », répondit froidement Sophie. Elle s'éloigna de Nick et serra les mâchoires en silence.

« Mmm, c'était bon, s'emballa Nick, debout contre le mur des toilettes des dames, avec une vieille chauve-souris à la con qui se demandait ce que c'était que ces bruits. Elle a joui comme une bombe, Sophie. Toi aussi, tu pourrais, tu sais. Alors ? Qu'en dis-tu ? »

Sophie se retourna pour regarder Nick. « Je pensais, dit-elle, que tu serais plutôt comme ton capitaine barbare, pas trop préoccupé par ce que ressentent les femmes. »

Nick accusa le coup, mais deux secondes après, il secoua la tête et revint à l'attaque. « Ne retourne pas ça contre moi, dit-il, c'est juste un fantasme. Je veux dire, si tu nous avais raconté tes fantasmes, peut-être qu'ils auraient été bizarres aussi. Peut-être que ton rêve, c'est de te faire violer par un mec exactement comme moi. Qui sait ? Allez, viens, Sophie, on le fait. Je te promets que tu vas t'éclater. »

Il essaya de l'attraper encore, prenant ses épaules frêles dans ses mains et elle se mit debout pour le repousser. « Ne me touche pas, répondit-elle, furieuse, je ne te laisserai pas coucher avec moi. Il faudra que tu me forces.

— Tu veux que je te force ? » demanda Nick, excité, et Sophie poussa un petit soupir d'exaspération et s'éloigna, manifestement agacée, en croisant les bras.

« Donc tu ne veux pas », dit Nick au bout d'un moment, et Sophie secoua la tête, et ses cheveux bouclés lui recouvrirent un peu le visage. Nick fit la gueule et leva ses sourcils avec regret vers son public invisible. « J'ai l'impression d'être arrivé à une impasse ! Et si je lui demandais de me tailler une pipe ?

— Mais merde ! » s'exclama Sophie, et elle marcha vers la porte et sortit. Elle réapparut au bout d'un moment dans la grande salle et retourna s'asseoir sur le canapé, regardant droit devant elle, les mâchoires serrées, le souffle haletant.

« Crashé et brûlé dans les flammes ! » s'écria Edmond, tout souriant, et il se pencha un peu pour toucher la main de Sophie. Elle fit un bond et le regarda, le visage toujours en colère, mais il lui sourit gentiment et, après une seconde, elle soupira et mit sa main sur celle d'Edmond.

Nick réapparut à la porte, le visage honteux, enragé. « C'est un exercice à la con, de toute façon, dit-il, personne n'aurait pu. C'est débile.

— Tu as déjà entendu parler de Casanova ? » demanda Christopher avec finesse.

« Je pense que Sophie devrait pouvoir te dire où ça s'est mal passé pour toi, Nick, dit Kate.

— Bien sûr. Elle est frigide, répondit Nick, d'un ton accusateur, pour la faire partir.

— Pour qui tu te prends ? cria Sophie, repoussant la main d'Edmond et sautant vers lui, folle de rage. Pour qui tu te prends ? Tu ne m'as même pas demandé une seule fois ce que j'avais envie de faire, moi. Tu ne m'as pas écoutée. Tu n'as rien fait pour comprendre les raisons de mon refus. Tu n'as même pas essayé de savoir ce que je voulais ! Et tu t'étonnes de n'avoir abouti à rien ?

Pour quelqu'un supposé être brillant, Nick, tu es vraiment un sombre connard ! »

Nick la regarda, abasourdi, comme si la colombe s'était transformée en aigle sous ses yeux. « Hé, ho, dit-il pour calmer le jeu, on se calme. »

— Merci, Sophie, dit Kate, hochant la tête pour leur indiquer à tous les deux d'aller se rasseoir. Elle était contente que Sophie se soit défendue, mais elle espérait que cela ne voulait pas dire qu'elle résisterait à toute autre tentative d'expérience sexuelle. La coopération de Sophie était nécessaire pour assurer celle d'Edmond, et Edmond était le seul homme à qui Kate n'avait pas encore goûté. « Mais ton résumé était un peu bref. Nick, quand quelqu'un n'est pas d'accord avec toi, ce n'est pas très intelligent de le forcer à l'être, ou de lui donner l'impression qu'il est bête parce qu'il n'est pas d'accord. Laisse tomber les insultes quand tu es face à quelqu'un qui n'est pas d'accord avec toi. Et, au passage, si je peux faire un commentaire purement personnel, accuser une femme d'être frigide parce qu'elle vous a éconduit, c'est vraiment nul. »

Nick se pinça les lèvres et se renfrogna. « Les deux autres n'ont qu'à essayer, dit-il. Ah ! Ou sinon, laisse-moi essayer avec toi, Kate.

— Edmond, Christopher, dit calmement Kate, sans tenir compte des enfantillages de Nick, vous sentez-vous prêts à essayer ? »

Edmond eut l'air soudain mal à l'aise, mais il ne fit pas d'objection. Il se leva et Christopher le suivit en se déplaçant avec la nonchalance d'un grand fauve. Ils quittèrent la pièce sans dire un mot.

« Dieu sait ce qu'ils vont réussir à faire », dit Nick, boudeur, en se laissant glisser dans son siège. Kate fronça les sourcils vers lui et regarda Sophie. Elle était assise, raide comme un piquet, les bras croisés, berçant ses petits seins tendres, et ses yeux étaient fixés sur l'écran avec une curiosité que Kate trouva presque choquante.

Les deux hommes apparurent à l'écran, toussant, jetant des regards furtifs vers la caméra, l'air un peu mal à l'aise. Edmond alla vérifier que la porte était bien fermée et revint d'un pas incertain vers le milieu de la pièce, en disant nerveusement : « Bon, je ne vois pas ce que Kate imagine que nous puissions faire !

— J'ai un objectif, Edmond, si cela ne te dérange pas », dit Christopher avec sa voix profonde. Il se tenait calmement debout, les bras le long du corps. En regardant sa grande charpente, Kate se souvint soudain de la nuit précédente, lorsqu'il s'était agenouillé derrière elle et avait introduit son immense pénis dans son anus. Elle frissonna.

Edmond resta sans rien dire pendant un moment. Il se tenait les bras croisés, sur la défensive, et finit par dire : « Vas-y alors. »

Christopher répondit calmement : « J'ai envie de sucer. Je crois que tu aimeras. On m'a dit que je faisais ça plutôt bien. »

Nick jura dans sa barbe et se leva, fixant l'écran, incrédule. Sophie prit sa lèvre inférieure entre ses dents et se pencha en avant, serrant sa poitrine encore plus fort dans ses bras. À l'écran, Edmond avait l'air de ne pas y croire et répondit au bout d'un moment : « Pardon ?

— J'ai envie de te lécher la bite, expliqua Christopher, toujours avec cette voix calme et posée.

— Mon Dieu, murmura Nick, je me disais bien qu'il était bizarre. Il est gay !

— Il n'est pas gay, dit Kate, qui eut soudain envie de défendre Christopher.

— Et comment tu peux le savoir ! ? » demanda Nick.

Kate n'avait pas l'intention de leur dire ce qui s'était passé entre elle et Christopher, mais elle en voulait à Nick et les mots lui échappèrent avant qu'elle ne puisse les retenir. « Il m'a fait l'amour hier soir. »

Pendant un moment, Nick et Sophie se tournèrent vers elle, muets. Puis, leurs yeux revinrent vers l'écran où Christopher parlait à nouveau : « Est-ce que tu veux bien me laisser essayer ? » demanda-t-il.

« Pauvre Edmond, pensa Kate, en se remémorant les commentaires que son patron avait faits sur lui. Il déteste dire non, il déteste être impoli… Mais là, il n'a vraiment pas l'air d'en avoir envie... Qu'est-ce qu'il va faire ? »

« Je pense, dit prudemment Edmond, que je ne préférerais pas. »

Christopher hocha la tête, se tenant toujours debout. « Je comprends ta réaction, dit-il, mais peux-tu m'en donner la raison ? »

Le regard d'Edmond vola vers la caméra. « Les gens vont…, commença-t-il avant de s'arrêter.

— C'est secret, répondit Christopher, personne ne saura. Aucun d'entre nous ne dira rien à personne. On a tous promis. »

Edmond recula d'un pas, comme effrayé. « Mais, c'est juste que je n'en ai pas très envie, dit-il enfin, tournant la tête.

— Tu as déjà essayé ? » demanda Christopher gentiment.

On put voir Edmond rougir, la peau blanche de ses pommettes vira au rouge. Il parut tout à coup très jeune et très vulnérable. « Non, pas vraiment, pas en tant que tel. Enfin, je veux dire… », il hésita, regarda la caméra et continua : « À l'école, tu sais, au pensionnat, ces choses-là arrivaient souvent dans les dortoirs et…

— Et tu as aimé ça, à l'époque ? demanda Christopher, quand il comprit qu'Edmond n'avait rien à ajouter.

— Euh… Oui. Mais on savait que c'était mal, que cela pouvait entraîner une expulsion et puis, c'était avant que j'aie une copine, tu vois, expliqua désespérément Edmond, en serrant ses mains.

— Tu veux que je te dise », dit Christopher. Il n'avait toujours pas bougé, comme s'il sentait qu'un pas vers Edmond pouvait être perçu comme une menace. « Tu veux que je te dise… Laisse-moi essayer. Juste quelques minutes… Et si tu n'aimes pas, j'arrête. Je te promets. Je ne veux pas te nuire. »

Edmond fronça les sourcils avec appréhension. « Je… », commença-t-il par dire, mais il sembla penser tout à coup à autre chose. Il jeta sa main élégante dans un grand geste théâtral, souriant d'un sourire soulagé. « Allez, tu peux essayer, dit-il enfin, mais ça ne marchera pas. Je veux dire, j'aime les femmes, pas les hommes. Je ne vais pas avoir d'érection.

— Ça, c'est mon problème », répondit Christopher. Sa voix était sombre et sensuelle.

« Assieds-toi là, suggéra-t-il, indiquant une chaise dans l'angle de la caméra. Mets-toi à l'aise. Ferme les yeux. »

Edmond hésita, puis haussa les épaules et vint s'asseoir, allongeant ses jambes et se penchant en arrière, les yeux clos. Christophe se tourna une fois vers la caméra, avec un regard brûlant qui fit frissonner Kate. Puis, il marcha doucement vers Edmond, s'agenouilla devant lui, de côté par rapport à la caméra, de sorte que le public ait une vue parfaite de la scène.

« Putain ! souffla Nick, incrédule. Putain, c'est pas vrai, il va le laisser faire ! Mais moi, je lui éclate la gueule avant...

— Nick, dit la voix calme de Sophie, tais-toi et regarde. » Kate regarda Sophie avec étonnement. Cette jeune femme faisait décidément preuve de détermination. Et c'était cette même détermination qui devait lui donner le courage de sauter en parachute. Sophie avait les yeux rivés sur l'écran et elle serrait les cuisses.

Christopher se mit à genoux devant Edmond et resta sans bouger pendant un long moment. Puis, il posa sa main sur la ceinture d'Edmond et défit la boucle, ouvrit la ceinture et le bouton de son pantalon. Sa fermeture Éclair fit un léger bruit en descendant. Edmond prit sa respiration et tourna la tête vers l'arrière de la chaise. Christopher ouvrit grande la braguette du pantalon d'Edmond et retira doucement son polo, révélant un abdomen nu, blanc, mince, aux muscles bombés. Il posa ses doigts sur la peau blanche au-dessous du nombril et les fit descendre doucement vers l'endroit où les poils blonds commençaient à s'épaissir. Puis, il mit lentement sa main sur le haut du caleçon en coton d'Edmond et se mit à le caresser. Ses lèvres s'ouvraient et les autres entendaient sa respiration siffler à travers ses dents, secouée par l'excitation.

« Oh », gémit Sophie. Elle s'avançait en avant, se léchant les lèvres avec la pointe de sa langue, se tortillant sur sa chaise. Kate voulut s'approcher d'elle pour lui proposer de la caresser, mais elle pensa que ce serait trop agressif. Nick était assis, les mains sur son visage, les doigts écartés pour ne pas voir, comme un enfant devant un film d'horreur. « Dans un moment, pensa Kate, il sera derrière le canapé. »

Elle entendit des halètements venir du poste de télévision et reposa ses yeux sur l'écran. Christopher avait glissé ses doigts sous le caleçon d'Edmond et le baissait, révélant son sexe, la fourrure douce et dorée de ses poils pubiens et son pénis au repos. Edmond gardait les bras croisés devant ses yeux comme pour se cacher d'une lumière éblouissante. Kate le vit soulever légèrement ses hanches, un petit mouvement innocent qui pouvait être interprété comme un encouragement ou une tentative d'évasion.

Christopher avança son visage tout près du sexe d'Edmond, et respira sa virilité, les yeux fermés, extatique. Il resta là, sans bouger, comme suspendu, en le regardant. Et Kate comprit soudain pourquoi. Dans son écrin de poils dorés, la bite d'Edmond, longue et fine, commençait à bander.

Sophie cachait sa bouche dans ses mains, les yeux écarquillés. Sa respiration s'accéléra au moment où Christopher ouvrit ses lèvres sensuelles. Il déroula sa longue langue et doucement, tout doucement, caressa le bout du phallus turgescent d'Edmond. Edmond poussa un petit gémissement et son sexe excité se dressait à présent dans toute sa fierté. Le gland se mit à gonfler, à prendre sa couleur violette et, avec un soupir d'extase, Christopher prit cette grande queue dans sa main et la tint toute droite pour mieux la prendre dans sa bouche. Ses joues se creusaient tandis qu'il suçait.

« Nom de Dieu ! murmura Nick, fermant ses doigts. Je ne peux pas voir ça. »

Edmond poussa un soupir. Christopher était maintenant en train de sucer le bout de sa queue du bout des lèvres, donnant parfois des petits coups de langue sur son gland. Ses mains caressaient voluptueusement les couilles d'Edmond qui durcissaient, stimulant son sexe à la racine. Edmond semblait ne pas vouloir bouger, ne pas exprimer de plaisir, se retenir. Mais, malgré lui, submergé d'extase, il finit par perdre bataille. Trop excité pour résister plus longtemps, il souleva ses hanches vers le visage de Christopher, poussant son sexe tout dur au fond de la bouche énergique de Christopher, en gémissant : « Oh oui, oh oui… »

« Éteignez ça ! demanda soudain Nick, le visage tourné à l'opposé de l'écran. Éteignez ça ! Je ne veux pas voir ça.

— Moi, j'ai envie de voir ! s'écria Kate, de manière agressive. Ne touche à rien ! C'est quoi, ton problème ?

— C'est dégoûtant, répondit Nick, furieux. Je pourrais comprendre, si on était en train de te filmer toi et Sophie en train de baiser, ce qui serait peut-être d'ailleurs plus logique, mais là, regarder une pédale essayer de pervertir un type normal, je trouve ça vraiment tordu, vraiment répugnant.

— Tu te trompes complètement, Nick, répondit sévèrement Kate. Ce qui excite les gens, ça les regarde, ce n'est ni bien ni mal. Edmond n'a pas été forcé à faire quoi que ce soit, à ce que je sache. » Nick se renfrogna et secoua la tête. « Et il prend son pied, on dirait, non ? »

Nick plongea à nouveau son regard sur l'écran. Edmond gémissait à présent très fort, sa tête renversée en arrière, les lèvres ouvertes, et il avait posé une main sur la tête de Christopher pour la maintenir tandis qu'il baisait sa bouche avec force. Christopher glissa une main entre les jambes d'Edmond et ses grands doigts semblaient à présent caresser le petit trou de plis caché derrière ses testicules, là où la peau est douce et chaude, sensible. Edmond grogna presque comme s'il avait mal et dit d'une voix épaissie par le désir : « Oh, oh, je sens que je vais jouir. »

« Il prend son pied », répéta Kate, se sentant elle-même chaude et humide entre les jambes. Elle était très excitée de voir Christopher faire une fellation à Edmond. « Et quel est le problème ? Pourquoi tu ne penses qu'à ton unique désir ?

— Je voudrais bien vous voir, toi et Sophie, répéta Nick, maussade.

— Tu peux toujours rêver, dit Sophie durement, je ne laisserai pas Kate me toucher, pas plus que toi, Nick. »

Ah, tiens. Kate se demandait. C'était comme un défi pour elle. Elle regarda le visage de Sophie : elle était écarlate et sa peau semblait perler de sueur sous son T-shirt blanc. Sophie remarqua le regard de Kate et elle la fixa droit dans les yeux pendant un moment. Jusqu'à ce qu'un halètement attire à nouveau son attention vers l'écran.

Nick descendit de sa chaise et vint s'agenouiller près de Kate en la suppliant des yeux. Sa tête de super-frimeur n'était plus qu'un souvenir. Il passait sa main dans ses cheveux noirs et fins. Ses yeux brillants bordés de longs cils étaient grands ouverts, anxieux. « Je n'ai vraiment pas envie de regarder ça », dit-il. Sa voix était presque effrayée.

« Mais moi, si, dit Kate. Et Sophie aussi.

— Ça ne peut pas vous exciter, quand même », protesta Nick, désespéré.

Pour toute réponse, Kate prit sa main et la guida à travers le tissu très fin de sa jupe, entre ses cuisses, glissant ses doigts dans l'ouverture de son sexe, de façon qu'il puisse sentir à quel point elle mouillait, à quel point son sexe était gorgé de jus, et pour qu'il sente son petit clitoris se dresser tout dur. Il caressa doucement sa chair humide et tremblante et dit doucement : « Mais oui, ça t'excite. Ça t'excite vraiment. Oh, merde. »

Pendant un moment, il resta silencieux à ses pieds, en la regardant tout en pressant délicatement sa petite tige de plaisir du bout du doigt. Puis, il se pencha en avant, souleva sa jupe et posa la joue sur la peau nue et douce à l'intérieur de ses cuisses et ferma les yeux. Il ne s'était pas rasé ce matin, il avait une barbe de trois jours : Kate frissonna et poussa un petit halètement en sentant les poils durs frotter contre sa peau tendre.

Derrière lui, à l'écran, Christopher venait de reculer, il sortait à présent de sa bouche le phallus en pleine érection d'Edmond. Il tenait son gros membre dans la main, le caressant doucement. Edmond fit un petit bruit de protestation et se tortilla au fond de son siège, tournant sa tête de droite et de gauche. Puis, d'une voix enrouée, il dit : « Christopher, je t'en supplie, ne t'arrête pas. »

Nick émit un petit bruit, presque comme un cri de douleur et cacha son visage entre les jambes de Kate, comme s'il voulait inhaler son parfum originel. Il resta ainsi, la bouche ouverte, les dents posées contre la chair de sa cuisse, en la léchant un peu, et Kate serrait les mâchoires en cambrant ses reins. « Kate, dit Nick très doucement, s'agenouillant là avec sa tête enfouie entre ses jambes, comme un enfant se cachant du grand méchant loup : Kate, Kate. »

Kate laissa retomber sa tête et jeta juste un regard vers la chaise où Sophie était assise. Elle avait toujours la main sur la bouche et regardait fixement Nick, puis l'écran. Ses seins se soulevaient et Kate entendait sa respiration s'accélérer. Mollement, celle-ci fit : « Fais ce que tu veux, Nick, du moment que je peux continuer à regarder. »

Nick resta longtemps immobile, à genoux entre ses cuisses écartées, son front posé sur sa cuisse, respirant avec difficulté, jetant des regards vers le joli mont de Vénus sous l'étoffe de son body. Kate sentit son souffle chaud caresser la peau soyeuse de sa cuisse. Elle avait très envie qu'il y pose sa bouche, qu'il calme son excitation avec sa langue, mais elle ne voulait surtout pas le lui demander. Au lieu de cela, elle fixa l'écran des yeux et posa les mains sur ses seins pour mieux en sentir les bouts durs se dresser fièrement sous l'étoffe douce et soyeuse de son body. Elle glissa ses doigts pour les exciter davantage et les sentit douloureux de désir.

À l'écran, Edmond regardait fixement Christopher, ses yeux étaient immenses et son visage tout excité par son orgasme imminent. Christopher le regarda et sourit puis dit doucement : « Edmond, j'aimerais bien essayer autre chose. »

Sa main vint sur le pénis gonflé d'Edmond, une caresse ferme et délibérée qui fit qu'Edmond serra les dents et poussa un gémissement. « Essayer quoi ? demanda-t-il désespérément, essayer quoi ? »

Christopher lâcha le pénis tendu d'Edmond, attrapa le bas de son T-shirt et le passa par la tête, révélant son torse nu et musclé. Il ressemblait à une statue d'Apollon, à un Michel-Ange. Il plongea sa tête en avant et prit le bout de velours de la bite d'Edmond entre ses lèvres, suçant avec une telle précision et une telle délicatesse qu'Edmond se mit à crier d'agonie et de plaisir. Christopher leva la tête, léchant ses lèvres charnues, et dit doucement : « Je pensais que tu aimerais peut-être me prendre. »

« Oh, putain, murmura Nick, la voix un peu étouffée par la cuisse de Kate. Oh, Edmond, non ! »

Edmond se redressa un peu dans son siège, regardant Christopher. Ses yeux étaient brillants de fièvre, comme s'il était malade. Après une seconde, il dit d'une voix tendue : « Tu veux dire, par-derrière ? »

Christopher releva la tête pour donner encore à son pénis une caresse langoureuse avec sa bouche. Puis, il se redressa, souriant, et dit : « Seulement si tu en as envie. »

Les deux pièces furent plongées dans le silence. Sophie était assise, très raide, et ses mains tremblantes glissaient de sa bouche à ses seins et s'enroulaient autour d'elle, à la fois pour se protéger et pour se toucher. Kate fixait l'écran, fascinée par le visage d'Edmond qui exprimait tout à la fois le choc, la peur, l'excitation, le dégoût et le désir. Christopher s'assit tranquillement, comme un chat, les yeux fixés sur sa proie, souriant du sourire subtil du sphinx. Tandis que Nick faisait l'autruche entre les cuisses de Kate, le visage enfoui, respirant le parfum de sa féminité, remuant sa tête comme un enfant qui refuse de vouloir comprendre quelque chose.

Soudain, Edmond se pencha en avant sur son siège. Et sans rien dire, il prit le visage de Christopher et l'embrassa d'un baiser furieux et possessif. Sophie sursauta et poussa un cri. Ses pupilles s'écarquillaient à tel point que ses yeux, d'ordinaire marron, semblaient noirs et profonds comme des eaux profondes.

Nick jeta un œil par-dessus son épaule et vit à l'écran, Christopher et Edmond dans les bras l'un de l'autre, les deux bouches vissées l'une à l'autre et son visage se contracta d'horreur. Il se tourna vers Kate, l'attrapa par la taille, secoué par le désir de lui prouver, à elle, mais aussi à lui, qu'il était un vrai homme. « Kate, dit-il, impatient, laisse-moi te prendre. J'ai envie de toi. Laisse-moi te baiser, Kate. »

Kate n'arrivait pas à décoller ses yeux de l'écran. Aucun mot n'avait été échangé, mais maintenant, Christopher était nu, révélant le sublime corps qui lui avait donné ce plaisir obscur, la nuit d'avant, et Edmond retirait ses vêtements tandis que Christopher lui tournait doucement le dos. Kate regarda fixement le pénis magnifique de Christopher, et se rappela avec délice la façon dont il l'avait transpercée et le plaisir angoissant qu'il ne la déchire en deux. Elle était tout excitée à présent, aussi chaude et tendue que la veille. Elle dit, sans regarder Nick : « Fais ce que tu veux. Du moment que je peux continuer à regarder l'écran. »

Nick resta un moment à la regarder, comme abattu, les poings serrés, l'air complètement perdu. Puis, se ressaisissant soudain, il attrapa un fauteuil et le plaça en face de la télévision, dos à l'écran et se propulsa dedans, tendant ses mains vers Kate. « Kate, dit-il en l'appelant, viens, viens sur moi. Viens. »

Kate se leva de sa chaise, sans quitter l'écran des yeux. Edmond était à présent entièrement nu et se tenait debout derrière Christopher à branler sa bite en acier, le visage tendu d'excitation. Kate avait le souffle court quand elle vint rejoindre Nick sur son fauteuil. Elle retira son haut et baissa les bretelles de son body pour laisser sortir ses seins, qui pointaient vers l'avant. Nick poussa un gémissement et tenta de l'attraper, mais elle recula d'un pas pour le faire échouer. « Enlève tes habits », ordonna-t-elle sans le regarder.

Sans un mot, Nick attrapa son polo, le passa par la tête, puis défit à la hâte son pantalon et le retira. Kate avait toujours les yeux rivés sur l'écran, comme hypnotisée. Du coin de l'œil, elle regardait Nick déshabiller son superbe corps aux larges épaules, aux muscles saillants, au ventre plat et bronzé. Des poils noirs couraient sur sa poitrine et descendaient en ligne le long de ses abdominaux jusqu'au triangle de son sexe. Elle aperçut que le pénis long et fin de Nick était en pleine érection, et elle sourit. « Nick, dit-elle avec un rire dans la voix, je croyais que tu avais dit que cela ne t'excitait pas ! ?

— Nom de Dieu ! s'exclama Nick en colère, viens ici. » Il se pencha en avant et prit Kate par la taille et la tira vers lui. D'un coup sec, elle dégrafa son body entre ses jambes et vint s'agenouiller sur le fauteuil, se mettant à califourchon sur ses cuisses minces, se baissant doucement sur lui. Il gémit de soulagement et ferma les yeux, enfouissant son visage dans ses seins généreux, les prenant dans ses mains et les poussant ensemble pour qu'il puisse passer sa langue d'une pointe à l'autre.

Edmond était maintenant à genoux derrière Christopher. Kate pouvait voir le bout brillant de son grand phallus passer entre les fesses tendues de Christopher se frayer un chemin vers l'entrée étroite. Elle poussa un petit gémissement d'excitation et commença à s'enfoncer lentement sur la queue dressée de Nick. Au moment où Edmond pénétra Christopher, les deux hommes se mirent à gémir de plaisir et Kate se laissa doucement glisser sur la belle bite de Nick, sentant les sensations surgir en elle alors qu'elle s'empalait profondément, caressant son clitoris gonflé contre la fourrure sauvage et la peau ferme de Nick. C'était si bon, si bon, de sentir Nick soumis à elle, la pénétrant rien que pour son plaisir. Elle regardait avec avidité l'écran, dans lequel Edmond, haletant, commençait à s'enfoncer puissamment dans le petit trou offert de Christopher. Son corps s'accorda au rythme de celui d'Edmond. Elle se levait et se laissait retomber en harmonie avec les coups de bite d'Edmond, allant chercher davantage de plaisir sur la bite délicieuse de Nick. La langue de Nick s'enfonçait dans ses seins, en léchait les pointes toutes dures, à fleur de peau. Elle sentait l'extase lui électriser le corps à chaque pénétration et savait qu'elle ne tarderait pas à jouir. Son orgasme planait dans son ventre, dans ses seins, attendant d'être sollicité. « Dès qu'Edmond se mettra à jouir, je jouirai aussi », pensa-t-elle. Elle laissa sa tête rouler en arrière, ses cheveux soyeux flottèrent derrière ses épaules et ses yeux se fixèrent soudain sur Sophie.

Le regard de Sophie allait de l'écran au fauteuil, elle se léchait les lèvres en gémissant. Son chemisier était ouvert et sa main gauche était plongée dans son soutien-gorge, écrasant son petit sein. Elle avait déboutonné son pantalon et poussait l'autre main à l'intérieur. Kate voyait les mouvements de ses doigts, impatients, désespérés, frottant le cœur de son plaisir. Elle jetait ses doigts excités dans le petit tunnel qui ne devait avoir plus qu'une envie : être rempli par une grosse bite comme celle de Nick, être correctement baisé. Kate se mit soudain à penser que Sophie était peut-être vierge, que ce serait sûrement très excitant de voir un des hommes de la formation la déflorer. « Avec Christopher, ce serait encore mieux », se dit-elle. Et elle détourna la tête de Sophie, imaginant la grosse bite luisante de Christopher se frayant un chemin entre ces petites lèvres qui n'avaient jamais senti un membre d'homme, élargissant les parois serrées, s'enfonçant bien profond. Elle frissonna à cette pensée. Puis, elle entendit un halètement et regarda l'écran, et vit Edmond rejeter sa tête en arrière en criant, ses fesses secouées par les spasmes de l'orgasme. Christopher grognait de plaisir et Kate regarda sa queue massive dressée décharger. Le sperme blanc gicla dans l'air. Elle cria, à nouveau excitée, et se tordit sur la bite de Nick. Le feu de l'orgasme monta en elle et traversa tout son corps palpitant. Puis, elle se laissa retomber en arrière, ses cheveux frottant les cuisses de Nick, gémissante, tremblante. Il la saisit dans ses mains avides, la tint très fermement et la pénétra, grognant comme une bête jusqu'à ce qu'il pousse un cri violent, la tire sur lui avec force et soit parcouru de secousses au moment où il se déversait en elle.

Kate se retira des mains de Nick, qui avait lâché prise. Elle ouvrit les yeux et vit une image floue de Sophie toute frémissante qui gémissait tandis qu'elle atteignait les spasmes de l'orgasme. Sa petite main s'accrochait frénétiquement à son sein, sa tête était renversée en arrière et ses yeux étaient fermés. Les lèvres de sa bouche en forme de bouton de rose étaient ouvertes en un triangle délicieux et Kate pouvait voir sa langue trembler derrière ses dents blanches. Sophie prit la pointe de son sein entre le pouce et l'index et s'immobilisa tout à coup, son corps frissonnant tandis qu'elle laissait échapper un cri d'extase.

Kate se laissa retomber sur le sol, rajusta son body sur ses seins gonflés et tira sa jupe vers le bas. Sophie eut un petit gémissement, puis sembla se souvenir où elle se trouvait. Elle se rassit à la hâte, retira ses mains de son chemisier et de son pantalon, mit de l'ordre dans ses vêtements et passa une main dans ses cheveux ébouriffés. Nick resta assis dans le fauteuil, l'air assommé, puis regarda l'écran et grimaça en voyant Edmond, allongé tout nu sur Christopher, haletant, le corps brillant de sueur. Nick secoua férocement la tête et se détourna, prenant son caleçon et son pantalon.

Kate trouva son T-shirt par terre et l'enfila, passa ses doigts dans ses cheveux. « Je crois qu'il est l'heure de prendre une petite pause café, maintenant, dit-elle, d'une voix incroyablement professionnelle. Ensuite, nous irons chercher Edmond et Christopher et nous continuerons à réfléchir à d'autres méthodes de persuasion. Christopher nous en aura au moins fourni un exemple. Nick, tu penses avoir enfin saisi la raison pour laquelle il a réussi là où toi, tu as échoué ? »

Nick hocha encore la tête et enfila son polo. Il regarda Sophie comme pour lui demander de l'aide contre Kate mais Sophie détourna son regard. Après un moment, il dit : « Café, ouais, un café, ça me paraît une très bonne idée », et traversa la porte avec un air de chien battu.

Chapitre 7

Kate se tenait debout devant la glace de sa suite, en contemplant son corps et en pensant à Edmond. Par la fenêtre, elle voyait le soleil se coucher, rougeoyant. Et entendait lui venir de dehors des cris joyeux : Edmond avait découvert un terrain de cricket dans les jardins de l'hôtel et avait proposé d'apprendre aux autres à y jouer. Nick avait commencé par tourner l'idée en dérision, soulignant que le cricket était un jeu de pédés, mais Christopher lui avait jeté un sourire gentil en disant : « Tu sais quel est le jeu préféré du directeur général, Nick ? Il jouait au cricket dans l'équipe d'Oxford », et l'expression sur le visage de Nick changea immédiatement.

À part cet échange, les trois hommes avaient l'air de vouloir faire comme si la matinée n'avait pas existé. Quand ils s'étaient retrouvés pour le café, Nick était resté silencieux et sur la défensive pendant un moment, puis était soudain revenu à son attitude extravertie, tandis qu'Edmond et Christopher s'étaient comportés parfaitement normalement. Christopher semblait avoir un faible pour lui, mais il était si réservé qu'il était difficile d'en être sûr. Sophie avait à peine dit un mot le reste de l'après-midi, mais Kate s'y attendait et cela ne l'inquiétait pas.

Edmond, Edmond… le seul homme qu'elle n'avait pas encore goûté. Elle pensa à son corps mince et élancé avec un plaisir anticipé. Elle lui signifierait son intérêt pour lui durant le dîner et le séduirait ce soir. Il avait des doigts longs et délicats, des doigts de pianiste. Il avait sûrement du doigté… il jouerait la mélodie de ses gémissements.

Qu'est-ce qu'elle allait mettre ce soir pour le séduire ? Un jeune homme traditionnel, bien élevé, aristocrate : il l'aimerait féminine. Kate examina les vêtements qu'elle avait apportés et sortit un Wonderbra en dentelle, avec la culotte assortie. Elle mit le soutien-gorge et se tourna pour s'admirer dans la glace, passant doucement ses doigts sur le bout dur de ses seins. « Ne fais pas attention, Edmond », pensa-t-elle avec un sourire, enfilant la petite culotte en dentelle. Elle avait dans sa garde-robe une robe en soie, trop classe pour une formation mais c'était justement ce qu'il lui fallait. Et des talons hauts pour mieux mettre en valeur ses jambes fuselées et attirantes. Elle coiffa ses cheveux en chignon, laissant échapper une ou deux boucles rebelles sur ses épaules. Elle s'avança vers la table pour prendre le peigne qu'elle utilisait pour son chignon « à la française ».

Il y eut un petit bruit à la porte. On frappait. Kate fronça les sourcils et regarda par la fenêtre et vit les trois hommes toujours en train de jouer joyeusement au cricket sous ses fenêtres. Elle n'avait pas appelé la réception. Étonnée, elle enfila rapidement sa robe en soie, traversa le salon et ouvrit la porte.

C'était Sophie, debout, les bras croisés, toujours sur la défensive, le menton relevé, l'air nerveuse. « Je peux entrer ? demanda-t-elle.

— Mais oui, Sophie, bien sûr », Kate recula et fit signe à Sophie d'entrer. « Entre. » Elle dévisagea Sophie. On aurait dit qu'elle venait de pleurer. « Quelque chose ne va pas ? Tu veux boire quelque chose ?

— Non, je n'ai pas soif, merci. » Sophie s'assit sur la chaise la plus proche de la porte avant de se relever et de se mettre à faire les cent pas dans la pièce. Elle jeta un œil dans le jardin et vit les hommes en train de jouer et détourna son visage. Elle sembla soudain en colère. Elle se mit à pâlir, se mordit la lèvre et s'effondra en larmes.

« Sophie, dit Kate, touchée, qu'est-ce qui ne va pas ? »

Elle se précipita pour prendre Sophie dans ses bras et la réconforter. Sophie sentit ses mains se poser sur elle et fit un petit bruit de protestation, essayant de la repousser. Kate recula, interloquée, et Sophie la regarda avec ses yeux écarquillés pleins de larmes. « Ne me touche pas, pleura Sophie, et ne fais pas semblant de t'intéresser à moi. » Elle prit une grosse bouffée d'air et mit ses mains sur ses joues. « J'en peux plus de cette formation, dit-elle au bout d'un moment, j'ai fait ma valise. Je rentre ce soir. »

Kate n'avait pas prévu cela. Elle sentit son estomac se contracter, face au risque de l'échec. « Sophie, dit-elle doucement, je ne comprends pas.

— C'est simple, dit Sophie, rejetant sa tête en arrière, pleine de défiance. Je m'en vais. De toute façon, tu n'as pas besoin de moi puisqu'il n'y a que les hommes qui t'intéressent. Je te gêne en fait, donc tu t'amuseras encore mieux sans moi. »

Un sentiment de culpabilité vint à la conscience de Kate. « Non, dit-elle après un moment, non, Sophie, ce n'est pas vrai.

— Je m'en vais », répétait Sophie, butée. Elle jeta un regard mauvais sur Kate et se dirigea vers la porte. « Je me demande même pourquoi j'ai pris la peine de venir te le dire. Tu n'auras pas à essayer sur moi tes merveilleux trucs de persuasion. Parce que moi, je m'en vais. Et tu peux... Tu peux aller te faire foutre, dit-elle avec effort.

— Sophie. » Kate attrapa Sophie par le bras. Celle-ci se retourna violemment en la regardant d'un air méchant. « Sophie, je ne comprends pas. Tu as vraiment bien participé pendant ces deux jours et ce matin, j'ai pensé, enfin, j'ai pensé que tu passais un bon moment. Est-ce que je me trompe ? Pourquoi est-ce que tu décides d'abandonner ? »

Sophie eut l'air de vouloir encore se diriger vers la porte, mais elle regarda Kate en serrant les lèvres d'un air déterminé et dit : « Tu veux savoir pourquoi ? D'accord, je vais te le dire. » Elle dégagea son poignet de la main de Kate et, serrant ses bras autour de sa poitrine, elle marcha vers la fenêtre. « J'ai eu plusieurs histoires, commença-t-elle, regardant la fin de ce bel après-midi d'été. J'ai eu trois relations avec des hommes, depuis que j'ai quitté l'école. J'ai même été fiancée, une fois. Mais ils sont tous pareils. » Sa voix était froide, amère. « Au début, ils ont l'air différents, mais finalement, ils sont tous les mêmes. Il a toujours fallu que je fasse ce qu'ils veulent, être comme ils veulent. Ils m'ont manipulée et tyrannisée. »

Elle s'arrêta pour reprendre sa respiration. Kate ne disait rien : son cerveau réfléchissait à toute vitesse à une solution pour sortir de cette situation. Cela mettrait tout par terre si Sophie décidait de rentrer au bureau prématurément. Elle donnerait l'alerte.

« Et c'est pareil au travail, poursuivit Sophie, ils me donnent des ordres, ils me demandent de faire ce qu'ils veulent, c'est ce que les hommes font toujours. Oh, je ne dis pas sexuellement. » Elle haussa les épaules. « Je veux dire, dès qu'ils veulent quelque chose. Ils te prennent tes idées, tes suggestions, ils les présentent comme les leurs et ils en sont récompensés. Je suis deux fois plus intelligente qu'eux et ils ne veulent jamais le reconnaître.

— Ton manager admire beaucoup ton intelligence », dit Kate. Et c'était la vérité. « Mais il dit que tu rechignes à donner ton opinion, et qu'il faut qu'il la sollicite à chaque fois.

— Ah, c'est ça qu'il dit ! » Sophie rejeta sa tête en arrière, ses cheveux épais et bouclés, coupés assez court. « L'enfoiré. C'est un vrai pilleur d'idées, celui-là, le pire du lot. Je fais la recherche, je rédige le rapport et il signe. L'enfoiré ! » Elle se tourna vers Kate. « J'attendais beaucoup de cette formation, dit-elle. Je ne peux pas dire ce que j'attendais. J'ai une copine qui a fait une formation avec toi il y a quelque temps et elle a dit que c'était génial. Elle disait que c'était ce dont j'avais besoin. J'avais pensé, c'est une femme, elle va me comprendre, elle va pouvoir m'aider. Et puis, quand on est tous arrivés, Nick s'est comporté de manière insupportable et abjecte et toi, tu n'as rien dit ! Tu n'as rien fait. Tu l'as juste bien géré et je t'ai vachement admirée. Je donnerais n'importe quoi pour être comme ça. » Les yeux de Sophie étaient incroyablement brillants, brûlants de colère et de larmes. « Mais maintenant, explosa-t-elle, je sais comment tu l'as géré. Tu t'es comportée toi-même comme un homme. Et c'est tout ce que tu es. Tu es comme un homme : tu es manipulatrice, tu cherches à exploiter les autres et tu te fous d'eux. »

Kate était vraiment choquée maintenant. Elle se sentait désemparée. Les accusations de Sophie étaient trop justes pour qu'elle puisse les ignorer. « Sophie, dit-elle avec une vraie sincérité, Sophie, dis-moi ce qui t'a fait te sentir comme ça ?

— C'est aujourd'hui, répondit Sophie, ce matin. » Elle frissonnait, elle s'accrochait à ses bras fins. « Je dirais qu'hier, j'étais tellement surprise, je ne savais pas à quoi m'attendre, et puis après tout, on ne faisait que parler. Mais aujourd'hui, aujourd'hui, tu m'as... *offerte* à Nick ! Tu m'as offerte à Nick comme si j'étais une sorte de pute ! »

Kate secoua la tête, mais elle savait qu'en disant que ce n'était pas le cas, elle ne ferait qu'aggraver les choses. « Je suis désolée que tu aies ressenti ça, répondit-elle doucement.

— Eh, oui, je ressens ça. Oui ! Tu m'as dit d'aller dans la pièce avec lui et tu savais qu'il allait vouloir me baiser. Tu le savais ! Et si je m'étais laissé faire, si je n'avais pas été vraiment têtue, il aurait pu finir par coucher avec moi, et moi, je ne voulais pas de ça !

— Qu'est-ce que tu aurais préféré que je fasse ? demanda Kate.

— Tu aurais pu me demander. Tu aurais pu me demander en premier ce que je voulais. Tu n'as même pas demandé si je préférais quelqu'un d'autre. Si tout ce que tu voulais, c'était mater deux personnes en train de baiser sur cette putain de télévision, pourquoi tu ne m'as pas laissé y aller avec Edmond ? Au moins, lui, il me l'aurait demandé gentiment ! » Elle serrait les poings de colère. « C'était atroce, c'était inexcusable de ta part de m'offrir comme ça sans demander. C'était grossier, vicieux, j'ai trouvé ça odieux. »

Kate prit sa respiration. Il fallait qu'elle se confronte à cette situation de manière frontale. Rien d'autre ne fonctionnerait. Elle dit : « Sophie, je m'excuse. Je suis vraiment désolée si ce que j'ai fait t'a offensée. »

Sophie la regarda avec suspicion, en respirant avec difficulté. Son visage était rouge de colère et de détresse. Elle était belle. Kate passa sa langue sur ses lèvres et dit : « Est-ce que je peux expliquer ce qui s'est passé ?

— Ne te sens pas obligée », répondit froidement Sophie, en se détournant de Kate.

« Hier soir, dit Kate, Christopher est venu me dire qu'il partait. »

Sophie se tourna vers elle. « Christopher ? répondit-elle, incrédule, mais aujourd'hui, il...

— Hier soir, il n'était content de rien, répondit Kate, il avait deviné que je voulais passer à des choses plus érotiques et il avait peur de ce que dirait Nick s'il admettait qu'il aimait les hommes autant que les femmes. Alors, j'ai proposé de l'aider. C'est pour ça que je t'ai mise en groupe avec Nick aujourd'hui, parce que Christopher avait tellement envie de travailler avec Edmond. Je suis désolée, Sophie, que cela t'ait fait du mal. Je n'avais pas prévu que te mettre en duo avec Nick aurait un effet aussi négatif sur toi. Je suis désolée.

— Je veux dire, Sophie se calmait un peu, je veux dire, même si tu m'avais mise avec Christopher pour... travailler, ça aurait encore pu passer. Il est grand mais il est calme. Je crois pas que ça m'aurait dérangé tant que ça. Mais Nick ! Nick ! Il est tellement sûr de lui, c'est l'horreur.

— Je crois que sa confiance en lui en a pris un coup, aujourd'hui », dit Kate avec un sourire.

Sophie sourit aussi. « Oh, tu as raison. Et tu sais ce que je pense ? Je pense qu'avoir vu Christopher et Edmond, ça l'a vraiment excité. J'ai vu comment il était, comme son sexe était gros et dur. Il a voulu coucher avec toi, mais c'est juste parce que tu es une femme et que ça le rassurait.

— Tu vois, Sophie, tu es très observatrice. Tu es très intelligente. Cette formation pourrait t'apporter beaucoup. C'est juste que les deux premiers jours parlaient de choses que tu connais déjà. Le *bridging*, tu le fais naturellement, je n'ai jamais vu quelqu'un le faire aussi bien dès le premier coup. Quant à la persuasion, je suis sûre que quelqu'un d'aussi brillant que toi est tout à fait capable de persuader, convaincre. Mais pour bien appliquer ces deux techniques d'influence, tu dois être capable de faire en sorte que les gens t'écoutent et, pour cela, tu as besoin de suivre le cours de demain. Il traite sur la façon d'obtenir ce que l'on veut et s'articule essentiellement sur l'affirmation de soi, l'assertivité. Sophie, qu'est-ce que je peux faire pour te persuader de rester ? »

Sophie prit sa respiration et regarda Kate, d'un air songeur. « Je ne sais pas, dit-elle enfin, l'assertivité, l'affirmation de soi. C'est quoi exactement ?

— C'est ce que j'ai expliqué plus tôt, répliqua Kate, ça consiste à mieux communiquer pour convaincre et faire partager tes idées, tes désirs. Il s'agit, sans agressivité ou autorité directe, d'affirmer ses idées, ses droits.

— Affirmer mes droits, répéta Sophie, les yeux grands ouverts.

— Tes droits, dit Kate, donc, tu peux dire : j'ai droit au plaisir sexuel autant que vous. Je veux un orgasme. » Elle vit le visage de Sophie changer, une rougeur légère lui monter aux joues. « Et là, tu as affirmé ta position et chacun trouve sa place. Tu peux aussi l'utiliser pour optimiser le comportement des gens.

— Impossible, dit Sophie calmement.

— Mais si, si tu sais comment demander. Tu commences par donner une analyse positive et constructive de l'autre, ensuite tu lui dis ce qui, d'après toi, ne fonctionne pas chez lui, et tu lui expliques ce que tu voudrais qu'il fasse pour toi. Tu restes pragmatique, concrète. Il peut te répondre en te donnant son avis personnel aussi. Par exemple, je pourrais te dire, à toi, Sophie : je trouve que tu es une femme très sensuelle. Je n'aime pas le fait que tu ne veuilles pas participer à nos activités. Je veux que tu me dises pourquoi. »

Sophie soutint le regard de Kate. « C'est juste un exemple, dit-elle, ou bien tu veux vraiment que je te dise pourquoi ?

— Je veux vraiment que tu me dises pourquoi », répondit Kate.

Sophie tremblait. Elle s'approcha un peu de Kate et passa nerveusement sa langue sur ses lèvres. « Tu vois, dit-elle avec hésitation, je n'aimais pas du tout penser au sexe. Je veux dire pas y penser, sans même parler de le faire. J'ai toujours espéré que j'allais aimer ça mais avec tous les hommes, ça a été une telle déception. Quand Nick m'a demandé si le parachute c'était mieux que le sexe, j'ai failli dire oui, bien sûr, parce que pour moi, oui, c'est mieux. Les seules fois où j'arrive à l'orgasme, c'est quand je me masturbe et aujourd'hui, je l'ai fait pour la première fois depuis des années. Mais j'ai des orgasmes. Je ne suis pas frigide !

— Je dirais que tu es tout le contraire de frigide, répondit Kate, rassurante. J'ai vu ton orgasme, aujourd'hui. J'avais envie de gifler Nick en lui hurlant : regarde comme elle est frigide, petit macho !

— Ça ne t'a pas empêchée de te laisser prendre par lui une deuxième fois ? dit Sophie d'une voix glaciale. Enfin, de toute façon, c'est toujours décevant. J'ai décidé, je veux dire, j'ai décidé de ne plus en entendre parler. Rien. Pas de mec, pas de masturbation. J'y pense plus, c'est tout.

— Sophie, souffla Kate, c'est horrible !

— J'ai pris ma décision, dit Sophie avec fermeté. Je n'aime pas me battre. J'aime quand les choses se passent bien. »

Kate poussa un léger soupir. Elle venait enfin de comprendre ce qui se cachait sous la détermination de cette jeune femme. Sophie était une compétitive réprimée. C'était ce qui devait lui donner le courage de sauter en parachute et se battre à des occasions exceptionnelles, comme le font les cerfs dans la forêt, quand ils n'ont pas d'autre choix.

« Mais pendant cette formation, continua Sophie, ton attitude m'y a fait penser. Je ne pouvais pas ne pas y penser. Et ça a été très excitant, incroyablement excitant même si je me suis sentie menacée. Je t'envie, Kate, vraiment, dans la façon dont tu obtiens ce que tu veux et dont tu en profites. Tu es aux commandes. Je ne serai jamais comme ça.

— Certaines personnes trouvent ça plus facile que d'autres, dit Kate. Mais Sophie, crois-moi, si tu apprends à t'affirmer, tu seras bien meilleure que Nick dès qu'il s'agira d'obtenir ce que tu veux. Nick utilise toujours l'agressivité quand il cherche à obtenir quelque chose. Tu as aussi beaucoup d'autres qualités. Tout ce qu'il te manque, c'est de t'affirmer. »

Sophie la regarda un long moment sans parler. Ses yeux sombres étaient grands ouverts, comme ses lèvres. Finalement, elle dit : « Kate, ne me mens pas. Tu veux vraiment que je reste ?

— Oui. » Et c'était vrai. Kate sentit monter un flot de sympathie et d'amitié pour Sophie. Elle était vraiment désolée pour cette jeune femme qui avait décidé de renoncer au sexe plutôt que de continuer à être déçue. « Oui, je veux que tu restes. Je veux que tu apprennes à t'affirmer. Je veux te voir demain en train d'exprimer tes désirs, tes volontés.

— Je veux…, répéta doucement Sophie, ça sonne bien, quand tu le dis. Quand je le dis, c'est grossier, prétentieux, je ne sais pas.

— C'est ton éducation, répondit Kate, rassurante. C'est culturel. Les femmes sont supposées soutenir les hommes, se tenir en retrait et ne surtout pas venir au premier plan et exprimer leurs idées, leurs désirs. Mais quand on y arrive… quand on le fait, c'est tellement jouissif, Sophie....

— Et est-ce que je pourrais vraiment apprendre à m'affirmer ? Et même sexuellement ? » Sophie semblait ne pas y croire.

« Oui, dit Kate. Qu'est-ce que tu as à perdre ? Tout ce qui se passe durant cette formation reste confidentiel. Mais si tu rentres au bureau, nous on saura que tu as abandonné. »

Sophie détourna les yeux en fronçant les sourcils. Elle ne pouvait pas résister à ce défi. « OK, fit-elle. OK, je reste.

— Je suis très contente. » Et c'était sincère. Elle avança et prit Sophie par la main en lui souriant. « Je sais que tu ne le regretteras pas. Demain, ce sera un peu dur, tu sais... Tu ne voudrais pas t'entraîner un peu avant ? »

Sophie acquiesça, curieuse. « Oui. Vraiment. J'aimerais vraiment y arriver.

— OK, on va boire un verre. Qu'est-ce que tu prends ? » Kate alla au mini-bar et l'ouvrit. « Il y a une bouteille de champagne. Ça te dit ?

— Champagne ? fit Sophie, étonnée. Pour quoi faire ?

— Cela donne confiance. J'en ai envie. On y va ? »

Sophie finit par hausser les épaules. Kate trouva deux verres, eut un peu de mal avec le bouchon et versa enfin le champagne doré. Elle tendit un verre à Sophie en disant : « À ta santé.

— À la tienne », Sophie prit une gorgée et rit. Les bulles étaient remontées dans son nez.

« Maintenant, dit Kate, s'asseyant sur le canapé, réfléchissons à ce que pourraient être tes objectifs pour demain. Préparons une sorte de plan, de programme.

— Des objectifs… sexuels ? demanda Sophie avec appréhension.

— Oui. »

Sophie secoua la tête. « Je ne peux pas. Je t'ai dit, le sexe, j'essaie de ne pas y penser. Je n'ai pas de vocabulaire, je n'ai pas d'images.

— Sophie, demanda Kate avec sympathie, es-tu en train de me dire que rien ne t'a jamais excitée ? Que tu ne te rappelles rien, que tu n'as jamais rien vu que tu aies envie d'essayer ? C'est quoi, tes fantasmes sexuels ?

— Vraiment, je n'en avais aucun. » Sophie prit une gorgée de champagne, hésitante. Puis elle regarda Kate dans les yeux. « Mais hier et aujourd'hui, j'ai été excitée. Je ne peux pas te l'expliquer. Je veux dire, je n'aurais jamais pu imaginer que je puisse me masturber en présence de quelqu'un, mais aujourd'hui, il le fallait. Je m'en foutais que toi ou Nick puissiez me voir. J'avais besoin de me caresser.

— Qu'est-ce qui t'a excitée comme ça ? »

Sophie déglutit et mit sa main sur sa gorge. « C'est, c'est d'avoir vu Christopher et Edmond, dit-elle, j'aurais jamais cru, j'ai jamais su… C'est vrai que Christopher a couché avec toi, l'autre soir ? Ou bien est-ce que tu as juste dit ça pour désamorcer Nick ?

— C'est vrai », confirma Kate. Et dans un frisson de plaisir, elle se remémora la grande force de Christopher. « Il était brutal.

— Et aujourd'hui, il se laisse prendre par Edmond. C'est un homme d'une grande complexité. Je le trouve formidable mais il me fait tellement peur. Le voir toucher Edmond, toucher son… son pénis, le prendre dans sa bouche, ça m'a rendue toute bizarre. Et puis, quand Edmond était sur le point de le prendre et que toi tu le regardais en te laissant prendre par Nick au même moment. Et puis après vous alliez au même rythme… Edmond entrait, sortait et toi aussi sur Nick… c'était… Je n'ai jamais été aussi excitée de ma vie. Il fallait que je me touche. Il le fallait. » Sophie avait rougi, elle tremblait légèrement. « Je dois être tordue », dit-elle pour finir.

« Tordue ? Tu n'es pas tordue, tu es juste ouverte d'esprit », dit Kate en souriant. Elle versa encore un peu de champagne dans le verre de Sophie et la regarda boire. « Regarde, Sophie, dit-elle, on n'a pas forcément besoin de revenir sur ce qu'il s'est passé hier ou aujourd'hui. Pourquoi on essaierait pas de nouvelles choses ? Ça te dirait ? »

Les grands yeux de Sophie s'ouvrirent démesurément. « Quel genre de choses ? » demanda-t-elle avec un peu d'appréhension.

« J'ai apporté des livres érotiques avec moi, dit Kate en souriant, ils sont dans ma chambre. Tu veux en lire quelques passages ? J'ai apporté des livres, mais j'ai aussi apporté des petits jouets, des déguisements, un tas de trucs. » Elle se laissa glisser du canapé et la prit par la main. Sophie était un peu réticente, mais elle finit par la suivre.

Elles allèrent ensemble dans la chambre. Sophie vit le grand lit à baldaquin et s'écria : « Oh, quel beau lit ! Quelle belle chambre ! » Elle regardait partout, comme un enfant dans un magasin de jouets. Puis, son visage changea : « Christopher est venu ici ? demanda-t-elle doucement.

— Il m'a traînée jusqu'ici ! » répondit Kate en regardant Sophie dans les yeux.

« Il t'a traînée ?

— Oui, je lui résistais.

— Tu lui résistais ? Mais il est très fort !

— Oui, oui ! Je n'avais aucune chance. Et c'est ça qui m'a autant excitée. » Kate eut une bouffée de chaleur en y repensant. Elle déboutonna sa robe et la fit glisser, restant en culotte et en soutien-gorge. « Il m'a attachée, dit-elle en se tenant contre le montant du lit et levant les bras pour montrer comment Christopher l'avait attachée. D'abord, ici, le temps qu'il trouve ce qu'il voulait dans ma petite malle aux trésors. Puis, il m'a fait m'agenouiller sur le lit, il m'a attachée les mains et… il m'a prise par-derrière.

— Par-derrière ? » répéta Sophie, fronçant les sourcils avec anxiété.

« Je veux dire, par le cul. »

Sophie mit la main sur sa bouche, haletante. « Mais, il est *énorme* ! s'exclama-t-elle au bout d'un moment. Il ne t'a pas fait mal ?

— J'ai eu peur, dit Kate, mais non. Ça a été merveilleux. » Elle fit un geste pour dire à Sophie de venir s'asseoir sur le lit et prit la malle aux trésors, et la posa entre elles, de sorte qu'elles puissent s'allonger côte à côte et en examiner le contenu. « Voilà, dit-elle en l'ouvrant, nous y voilà. »

Sophie eut le souffle coupé en apercevant un peu le contenu de cette mallette. Au bout d'une minute, elle plongea la main dedans et en sortit une tenue en cuir en la tenant entre le pouce et l'index. « Qu'est-ce que c'est ? demanda-t-elle avec précaution.

— Oh, ça, c'est merveilleux » dit Kate, en lui prenant le vêtement des mains et en lui montrant comment il devait se porter : Regarde, c'est comme un corset. Ça soulève tes seins comme s'ils étaient sur un plateau, en laissant les tétons sortir, et ça te sert la taille, et puis, il n'y a rien entre les jambes. Je l'adore. »

Sophie était à la fois horrifiée et fascinée. « Je pourrais l'essayer ? demanda-t-elle au bout d'un moment. Tu crois que ça m'irait ?

— Tu es plus mince que moi, répondit Kate. C'est lacé dans le dos. Mais oui, tu pourrais le porter. Tu veux l'essayer ?

— Non... », répondit Sophie en détournant la tête. Kate haussa les épaules et posa le corset sur le lit, tandis que Sophie replongeait la main dans la malle aux trésors. Cette fois-ci, elle en sortit le phallus en bois poli avec lequel Kate s'était donné du plaisir le soir de leur arrivée. Elle s'exclama : « Oh, la la ! Mais regarde comme c'est gros !

— Il est merveilleux, dit doucement Kate, regarde les bosses en bas. Quand tu le pousses bien profond, ça te caresse les lèvres. »

Sophie resta un moment silencieuse. Puis, avec ses bras, elle pressa ses petits seins. Ses tétons tendus se voyaient à travers le coton de sa chemise. Elle tenait le phallus dans sa main et le pressa doucement au creux de ses seins, poussant ses hanches sur les côtés, le souffle court, les lèvres entrouvertes. Son visage commençait à rougir un peu d'excitation. Elle avait l'air si fragile et vulnérable que Kate en eut le souffle coupé. Elle aura été facile à séduire... Kate savait que si elle se penchait pour l'embrasser, Sophie serait incapable de lui résister. Mais ce n'était pas ce qu'elle voulait. Ce qu'elle voulait, c'était lui donner ce qu'elle désire. Et peut-être n'avait-elle pas envie qu'une autre femme lui fasse l'amour. Enfin, elle trouverait.

Sophie regarda soudain Kate. Elle dit, le souffle court : « Kate, il ne fait pas horriblement chaud, ici ?

— C'est le soleil », dit Kate. Elle se leva et alla fermer les rideaux. Dehors, baignés par le coucher du soleil, les hommes jouaient toujours au cricket. Nick était excité et engueulait les autres, Christopher et Edmond avaient l'air de désapprouver en secouant la tête. Kate sourit et leva les bras pour tirer les rideaux.

Quand elle se retourna, Sophie avait retiré son T-shirt et son pantalon et elle était assise sur le lit avec ses dessous. Elle portait un petit soutien-gorge blanc et une culotte assortie mais sa silhouette fine était si nubile et délicieuse qu'on aurait pu voir une petite Lolita. Elle passait toujours le phallus en bois entre ses petits seins, en le faisant glisser doucement de haut en bas contre sa peau soyeuse.

« Il y a des livres, ici, dit Kate, regarde. » Elle plongea dans la malle pour en extraire un beau livre aux pages brillantes un peu usées. « J'aime bien celui-ci, dit-elle, en l'offrant à Sophie. Mon amant me l'a acheté il y a quelques années. J'aime presque toutes les images. Tu veux qu'on regarde ? Ça pourrait te donner des idées ? »

Sophie semblait plus à l'aise, comme si elle pensait qu'un livre ne pouvait pas la choquer. « D'accord, dit-elle, oui, ça me plairait bien. » Elle regarda son corps et suffoqua un peu comme si elle était surprise de voir le gros phallus en bois toujours niché au creux de ses seins. Elle le posa hâtivement de côté et vint se glisser près de Kate, toutes deux adossées confortablement aux oreillers dans la chaleur de la chambre. Kate tenait le livre ouvert sur ses genoux et Sophie se pencha en tournant les pages, pour voir les images.

Les premières pages montraient des dessins du XIXe siècle représentant des hommes et des femmes accouplés. C'étaient des dessins bien exécutés, artistiques, mais aussi très explicites. Les femmes avaient des hanches larges et des petits seins, les hommes étaient musclés et très bien membrés. Dans chaque dessin, on voyait clairement l'acte de la pénétration, avec un gros pénis glissé dans un tunnel glissant et offert. Sophie frissonna et tourna vite la page, comme si cette représentation de l'amour la dérangeait. Puis, elle tomba sur une page de croquis à l'aquarelle : un joli modèle caressant avec volupté un jeune homme très beau, tout en lui faisant une fellation. Les dessins étaient très beaux, légèrement impressionnistes, de sorte que Sophie devait s'approcher pour comprendre les détails : la jeune fille tenait d'une main sûre le membre turgescent tandis que son autre main caressait sa jambe, mais aussi la manière dont ses seins gonflés semblaient pendre comme des fruits mûrs de son corps penché sur lui, sa posture et son expression, abandonnée et extatique, la tête rejetée en arrière alors qu'elle suçait et caressait.

« Ce sont de belles images, non ? » dit Kate doucement. Sophie leva rapidement les yeux vers elle, passant la petite pointe de sa langue sur ses lèvres. « Un de mes copains avait un livre érotique, dit-elle, et il a essayé de me le montrer. Mais c'était si vulgaire, j'ai trouvé ça horrible. Ces images sont magnifiques.

— C'est de l'art, dit Kate, c'est de l'érotisme, mais artistique, ce n'est pas de la pornographie. »

La page suivante retint l'attention de Kate. C'était un dessin très vivant, on voyait une femme à califourchon sur un homme. Elle avait de jolies fesses blanches, une taille toute fine et elle écartait ses lèvres vaginales pour recevoir la grosse bite dure de son amant. Elle l'enfourchait et sa tête était rejetée en arrière, anticipant le plaisir de se sentir empalée. Ses poils pubiens se mêlaient à ceux de l'homme au centre du dessin, de telle sorte que l'œil soit naturellement attiré vers la pénétration.

Les pages tournaient. Une fille blonde, nue, ses longs cheveux retombant sur son dos, se débattant contre un homme habillé qui se tenait debout entre ses cuisses écartées et semblait la pénétrer avec vigueur. Une femme qui semble avoir été jetée violemment sur un lit, halète, les mains attachées, le dos cambré, les seins dressés vers le plafond, tandis que l'ombre d'un homme s'enfonce dans le repli humide de ses fesses écartées. Un homme allongé sur le ventre, dans un lit, la tête nichée dans les cuisses d'une femme accroupie sur son visage, tandis qu'une autre femme tient sa bite massive dressée vers le ciel et qu'une troisième s'apprête à s'y empaler.

Une autre page. L'image de deux femmes des années 1920, aux mœurs légères, à en voir leurs vêtements et leur coiffure. L'une est allongée nue sur un lit, les jambes écartées, impudique, se frotte la pointe de ses seins, et son amie est à genoux devant elle, la jupe relevée pour montrer son petit trou du cul. Ses mains sont posées sur les cuisses de la fille nue, autour des lèvres tendres de son sexe, elle contemple la fente de son amie et avance sa petite langue vers ses lèvres entrouvertes.

Sophie était assise, penchée sur Kate et resta à regarder cette image longuement. Elle ne dit rien, mais elle frissonnait. Kate regarda son visage enflammé de désir.

Et, sans échanger un mot, elles continuèrent à tourner les pages. Une autre image : trois femmes nues, ornées de bijoux et maquillées de rouge à lèvres. L'une est agenouillée devant le visage d'une autre, jambes écartées, offrant les lèvres humides de son sexe à la langue avide et fouineuse de son amie allongée, tandis qu'une autre se tient entre les cuisses de la fille allongée, se préparant à la pénétrer avec un énorme godemiché attaché autour de ses hanches fines. Le bout est déjà entré, le reste va suivre.

Une autre page, une autre image. Un jeune homme se prépare à pénétrer son amante, une blonde voluptueuse. Il est accroupi au-dessus d'elle, ses lèvres prêtes à enserrer les bouts très fins de ses tétons, sa main guidant sa bite juste entre les lèvres entrouvertes de son sexe. Il tient sa tête rejetée en arrière et sa bouche grande ouverte. Et ce dessin est si vivant que Sophie sent qu'elle pourrait presque entendre le cri de plaisir de ce jeune homme au moment de la pénétration. Une autre : deux hommes tiennent une femme écartelée, les yeux révulsés, comme foudroyée d'extase. L'un enfonce son membre en érection dans son corps tandis que l'autre tient la main de la femme fermement accrochée à sa bite rigide pour qu'elle sente bien sa grosseur. L'un d'eux tire sa tête en arrière pour l'embrasser, laissant apparaître sa gorge blanche. L'autre tient un sein dans sa main et en suce violemment la pointe. Leurs doigts brutalisent sa belle chair blanche.

Une autre : un couple nu en train de copuler, vu par-derrière, en noir et blanc. Les jambes de la fille sont enroulées autour de la taille de son amant. On voit ses fesses serrées tandis qu'il la pénètre de sa grosse queue, enfoncée au plus profond de sa chair tendre. La lumière fait briller le creux de ses fesses et de ses cuisses serrées contre lui. Tout ce que l'on voit de leur visage est la bouche de la fille, ouverte, molle et haletante, tandis qu'il plonge en elle.

Une autre : une belle fille allongée sur un lit, la tête en arrière, ses longs cheveux balayant le sol. Elle semble presque évanouie de plaisir. Agenouillée au-dessus d'elle se trouve une autre fille. Elle se presse contre elle et passe sa langue sur les pointes de ses seins. Les jambes de la fille allongée sont grandes ouvertes et sa copine la touche entre les cuisses, ses doigts sont délicatement posés sur son clitoris. Bien que la fille soit très calme, sa tête est rejetée en arrière dans un mouvement d'extase. L'artiste a choisi de dépeindre l'ultime sensation, le quart de seconde où, paralysée de plaisir, elle sait que son orgasme va bientôt l'envahir, et qu'elle cambrera bientôt son dos et se mettra à gémir, enfonçant ses seins pointus plus loin dans la bouche affolée de son amie qui enfoncera ses doigts encore plus profondément dans sa chair ruisselante, en poussant des cris de jouissance douloureuse.

Sophie s'abandonna un peu dans les bras de Kate, en fermant les yeux et en poussant un soupir frémissant. Kate ne fit aucun mouvement, elle resta simplement assise avec ses bras autour de Sophie qui se tenait à présent pelotonnée sur ses genoux, comme un enfant. Puis, elle pressa tout doucement ses lèvres contre la petite tête bouclée de Sophie en murmurant : « Sophie, Sophie, dis-moi ce que tu veux. »

Sophie ouvrit les yeux et elle tourna la tête vers Kate. Ses lèvres tremblaient. Sous le coton fin de son soutien-gorge, ses seins durs brûlaient d'être touchés. Elle sembla incapable de parler. Et finit par dire, tout doucement, mais de manière affirmée : « Kate, j'ai envie de faire l'amour avec toi. »

Sans un mot de plus, Kate se pencha en avant et attrapa les lèvres de Sophie, tremblantes. Leurs bouches se rencontrèrent, se touchèrent, s'ouvrirent, se pressèrent l'une contre l'autre encore et encore. Sophie se relaxa contre le corps de Kate et renversa sa tête en arrière, tournant son visage vers ses caresses. La bouche de Kate vint planer au-dessus d'elle, touchant tout doucement ses lèvres, sentant leur chaleur, leur humidité, leur délicieuse plénitude. Sophie se mit à gémir en frémissant et ouvrit grande sa bouche. Kate pressa ses lèvres et poussa sa langue au plus profond de la bouche de Sophie. Leurs langues se rencontrèrent, se touchèrent, se goûtèrent et, à chaque fois, Sophie poussait un petit cri tremblant. Leur baiser était si doux, si doux. Si les images avaient fait mouiller Kate à l'envi, le fait d'embrasser Sophie, de glisser sa langue entre ses lèvres tremblantes, l'avait en revanche remplie d'une tendresse ineffable et à présent elle n'avait plus qu'un désir : donner du plaisir à cette jeune femme, et non pas en prendre.

Ses bras enlaçaient le corps mince de Sophie. Elles s'embrassaient passionnément, leurs bouches ouvertes aux assauts de leurs langues et doucement, les mains de

Kate glissèrent sur la peau de Sophie, commençant par la taille et remontant plus haut encore, sur ses côtes et caressant ensuite le rebondi de ses petits seins emprisonnés dans le coton, mais durcis de désir. Elle glissa la main derrière le dos étroit de Sophie et sentit le crochet du soutien-gorge, le détachant avec une adresse toute féminine. Sophie tressaillit quand les bretelles glissèrent sur ses bras, que le tissu tomba, laissant apparaître ses seins tendus et écartés. Kate retira un moment sa bouche de celle de Sophie pour dire : « Tes seins sont si beaux, Sophie, si beaux. » Puis, elle l'embrassa encore, mit ses mains sur les bras de Sophie et fit glisser son soutien-gorge de ses épaules. Elle prit la douce rondeur de ses petits seins dans ses mains, et en pinça gentiment les tétons. Les petites pointes de chair s'allongèrent et durcirent au contact de ses doigts et Sophie poussa un cri aigu, en cambrant son dos et en pressant son bassin contre le corps de Kate.

Kate se sentait comme si elle était à la place de Sophie. Elle sentait le plaisir aigu, presque douloureux, la traverser des seins jusqu'aux reins tandis qu'elle caressait les tétons en érection de Sophie. Elle sentait le désir d'être touchée qui faisait gémir Sophie et se tordre entre ses genoux. Elle susurra : « Sophie, ma douce, dis-moi ce que tu veux. »

Sophie s'allongea, la tête renversée, les yeux clos, sa langue palpitant dans sa bouche ouverte, pendant que Kate touchait, caressait et pinçait le bout de ses petits seins. Elle n'ouvrit pas les yeux mais supplia tout doucement : « Touche-moi. Oh, Kate, j'ai envie que tu me touches. »

Obéissante, Kate laissa lentement glisser sa main sur le sein de Sophie, le long des courbes de son corps mince, caressa son nombril et se faufila sous sa petite culotte en coton, descendant encore plus loin, là où ses poils doux et soyeux ornaient son mont de Vénus. Elle continuait à embrasser voluptueusement Sophie, sa langue chaude dans sa bouche, malaxant son sein avec son autre main. Sophie gémit et souleva ses hanches vers les doigts de Kate.

Sa peau était d'une douceur extrême. Kate effleura du bout des doigts sa petite fente, ses lèvres tendres, chaudes et humides. Elle explora délicatement jusqu'à trouver la petite protubérance de chair qui se dressait à présent, tendue par le désir. Elle savait comment faire, c'était comme si elle se donnait à elle-même du plaisir. Elle plongea le bout de ses doigts dans le nectar qui s'échappait du sexe de Sophie, et revint caresser ce petit morceau de chair. Et c'était si doux et si voluptueux que Sophie dut ouvrir grande sa bouche pour y faire entrer la langue de Kate, afin qu'elle s'enfonce, qu'elle l'apaise et elle se mit à crier de plaisir comme si on la frappait.

Kate ne s'arrêta pas. Sans fléchir, sa langue continua à s'entrelacer dans celle de Sophie, ses doigts caressaient ses tétons gonflés et le bouton tremblant de son clitoris. Les cris de Sophie devinrent réguliers, son souffle se fit haletant et elle se tordit dans les bras de Kate, offerte, délirante de plaisir. Kate la touchait maintenant avec plus d'assurance, la caressant comme elle aurait aimé elle-même être caressée, un doigt glissant contre son petit bouton de plaisir tandis que l'autre s'enfonçait de plus en plus dans le sexe de Sophie, stimulant ses lèvres délicates. Tout le corps de Sophie se souleva soudain, collant ses seins et son sexe contre les mains expertes de Kate, repoussa tout à coup sa bouche de celle de Kate, en la tordant, et rejeta sa tête en arrière, haletante, en criant : « Oh, oui, oui, Kate, je vais jouir, continue. Continue. » Et puis, soudain, elle arrêta de respirer. Ses paupières frémirent, ses muscles devinrent rigides et son corps tout entier se mit à trembler au moment où son orgasme fit irruption.

Après un long moment d'extase, elle se laissa retomber dans les bras de Kate, encore chancelante des échos délicieux de son orgasme. Elle pressa la joue contre les seins de Kate en murmurant : « C'était merveilleux, Kate, c'était merveilleux. Tu savais exactement où j'avais envie d'être touchée. » Kate sourit et embrassa ses cheveux. Sophie s'enfonça encore un peu, l'air soudain un peu chagrinée : « Est-ce que c'est parce que tu es une femme ? dit-elle d'une petite voix.

— Je ne dirais pas ça, dit Kate avec un sourire gentil. J'ai connu des hommes qui savaient y faire. » Soudain, elle songea à Edmond et, sans réfléchir, elle poursuivit. « Regarde, Edmond. Il a de belles mains et de longs doigts. Je suis sûre que lui, il… »

Elle s'arrêta. Sophie la regardait avec une expression de tristesse. Elle dit d'une petite voix désespérée : « Lui aussi, tu as couché avec lui ?

— Avec Edmond ? » Kate sourit vers le joli visage de Sophie. « Non. Pourquoi tu me le demandes ?

— Oh, dit Sophie, se tordant, mal à l'aise, dans les bras de Kate, c'est juste que, bon, je l'aime bien et je pensais, j'espérais, je ne préférerais pas…

— Sophie, l'interrompit doucement Kate, Sophie, souviens-toi de ce que je t'ai dit. Tu dois exprimer tes désirs. J'aime, j'aime pas, je veux. »

Les yeux noirs de Sophie s'écarquillèrent. Elle resta muette, puis finit par dire avec une sorte d'affirmation timide : « Kate, je t'aime vraiment, mais je n'aime pas l'idée que tu veuilles coucher avec Edmond. Je ne veux pas que tu couches avec lui sans que je t'y autorise.

— Parfait, répondit Kate, se penchant en avant pour embrasser Sophie sur la bouche. Bien dit. Et si tu veux, Sophie, je ne toucherai pas Edmond sans que tu me l'ordonnes.

— Merci, répondit posément Sophie, attrapant Kate par le cou et attirant sa bouche pour l'embrasser à nouveau. Merci. » Elle se tourna dans les bras de Kate et elles se faisaient face, en s'embrassant profondément. Sophie passa les mains autour des épaules de Kate pour dégrafer son soutien-gorge et le lui retira. « Oh, dit-elle, quels beaux seins ! Ils sont si gros. J'aimerais bien avoir des seins comme ça. » Elle se pencha en avant et posa juste les lèvres sur les seins gonflés et sensibles de Kate. Kate ferma les yeux en haletant de plaisir, et Sophie passa les bras autour de sa taille et se serra tout contre elle. Elles glissèrent sur le couvre-lit tout doux, Sophie léchant et humectant les seins de Kate, la faisant gémir et se tordre de plaisir. Puis, elle leva sa tête ébouriffée et regarda Kate dans les yeux et dit : « Kate, est-ce qu'on pourrait… je me demandais si…

— Qu'est-ce que tu veux, Sophie ? » demanda Kate, gentiment, avec un sourire.

Sophie hésita, mais pas autant cette fois. Puis elle dit : « Je veux qu'on… qu'on se lèche toutes les deux. Je veux t'embrasser moi aussi en bas.

— D'accord, dit Kate dans un soupir. Oui, Sophie, oui, fais-le. S'il te plaît. »

Sophie ne bougea pas pendant un moment et Kate s'aperçut qu'elle attendait d'être guidée, que Kate la guide pour lui faire ce qu'il fallait faire. Plutôt que de lui dire, Kate s'allongea sur le couvre-lit et regarda Sophie à travers la fente de ses yeux mi-clos, avec un petit sourire. Le cœur battant, le souffle court, Sophie avança sa bouche pour lécher et sucer les seins de Kate, pour la faire gémir et frissonner. Elle couvrit de baisers la peau bronzée de Kate tout en descendant le long de son corps et en se tournant afin que leurs lèvres et leur sexe se retrouvent face à face. Kate avait très envie de sentir Sophie explorer sa chair intime avec sa petite langue douce. Elle gémit en écartant les cuisses et leva les hanches désespérément vers le visage de Sophie. Sophie eut un petit soupir et s'avança, plaçant ses lèvres sur la chair délicate et secrète nichée entre les cuisses de Kate. Kate sentit sa langue, chaude et douce, qui la touchait, la léchait, la caressait et elle cria de plaisir en s'agrippant aux cuisses blanches de Sophie. Elle plongea ses doigts dans les fesses de Sophie et les attira contre elle jusqu'à ce que leurs corps soient moulés l'un dans l'autre, jusqu'à ce que leurs bouches soient collées au sexe de l'autre, léchant, suçant avec avidité. Kate attrapa les cuisses de Sophie, les écarta largement et souleva sa tête du couvre-lit. Elle donnait des coups de langue dans les replis de sa chair qu'elle écartait de ses doigts et enfonçait sa langue plus profondément encore dans le sexe de Sophie à chaque fois qu'elle sentait les douces caresses que celle-ci prodiguait à son clitoris, la léchant au plus secret d'elle-même et la remplissant d'un plaisir insupportable. Leurs corps ondulaient, se soulevaient à l'unisson, comme si elles n'étaient plus qu'une seule et même créature aux cheveux doux, aux mains baladeuses, à la chair soyeuse, aux cuisses et aux vulves généreuses et aux langues indiscrètes.

Kate sentit son orgasme approcher, grondant en elle comme un orage. Elle attira le sexe de Sophie sur sa bouche exploratrice, attrapa son clitoris entre ses lèvres et le bombarda de coups de langue, et sentit sous ses lèvres, au moment où éclata sa jouissance, la chair humide de Sophie, elle aussi, traversée de spasmes de plaisir.

Elles restèrent allongées là, sans bouger pendant un moment, à respirer le parfum musqué et délicieux de leur féminité. Puis, Sophie s'assit soudain et se retourna, montant ses lèvres palpitantes vers celles de Kate pour l'embrasser avec fougue.

Kate ouvrit les yeux et regarda le visage brillant de Sophie. « Ça va ? dit-elle.

— Kate, murmura Sophie, la voix tremblant d'excitation. Kate, je veux. Je veux... » Elle s'arrêta brutalement dans son élan et détourna son visage.

S'asseyant à la hâte, Kate mit ses bras autour des épaules étroites de Sophie, pour la réconforter et dit : « Quoi ? Qu'est-ce que tu veux, Sophie ? »

Sophie hésita, puis avala sa salive. Pendant un moment, elle ne bougea pas. Puis, elle attrapa le phallus en bois sur le lit. Elle passa la langue sur ses lèvres et regarda Kate dans les yeux. « Je veux. Je veux. » Les mots ne lui venaient pas facilement. Elle prit sa respiration, essaya de se calmer. Puis, elle dit d'une voix forte : « Je veux te faire l'amour avec ça, Kate. Je veux le pousser dans ta chatte et te faire jouir. »

Ces mots si directs, venant de la bouche tremblante de Sophie, firent frémir Kate de satisfaction. Encore hier ou même une heure avant, Sophie n'aurait jamais pu utiliser de tels mots. Elle se pencha et embrassa longuement Sophie, touchant le phallus en bois qu'elle tenait, le caressant avec ses doigts. Puis, elle se rallongea sur le couvre-lit et l'oreiller et sourit à Sophie, dans les yeux, disant doucement : « Vas-y, Sophie. S'il te plaît, prends-moi. Fais-moi jouir. »

Sophie se mit à genoux près d'elle, tenant le gros sexe en bois dans sa petite main, le souffle court. Puis, elle bougea. Elle se pencha vers Kate et s'allongea sur elle, l'embrassant et promenant sa petite langue au fond de sa bouche, ses doigts pinçaient les seins doux et pleins de Kate. Doucement, Kate écarta les cuisses et Sophie s'allongea sur elle comme le ferait un homme, pressant son pubis contre la chair douce de Kate au point que celle-ci gémisse et soupire. Puis, elle se tortilla vers le bas, sa langue léchant les seins de Kate, son estomac, la courbe douce de son abdomen, ses doigts caressant les poils luxuriants de son pubis. Puis, elle plongea ses doigts entre les lèvres palpitantes du sexe de Kate qu'elle écarta doucement et y plaça le bout du phallus en bois. À la fraîcheur de son contact, le sexe de Kate se contracta, anticipant le plaisir qu'il allait lui donner et elle se mit à gémir en soulevant ses hanches avec lascivité.

Sophie baissa la tête et lécha goulûment le clitoris de Kate, une seule fois, faisant gémir Kate de plaisir et de frustration. Puis, elle renversa sa tête en arrière et leva les yeux, faisant glisser la pointe du phallus sur ses lèvres impatientes. Elle dit d'une voix coquine : « Kate, dis-moi ce que tu veux que je fasse. »

« Oh, gémit Kate, la tête se balançant de chaque côté dans une attente désespérée. Oh, Sophie, je t'en prie, prends-moi.

— Non », sourit Sophie. Elle poussa le gros sexe un peu et le retira, de sorte que Kate se mit à crier et à se cabrer. « Non. Dis-moi ce que tu veux que je fasse.

— Enfonce-le, soupira Kate, je t'en prie, Sophie, enfonce-le.

— Guide-moi, murmura Sophie, les yeux brillants.

— Je veux que tu me l'enfonces dans la chatte », répondit Kate, haletante. Entendant ces mots, Sophie agrippa la base du phallus avec fermeté et le poussa profondément dans la chatte de Kate, qui se mit à crier comme si on l'avait poignardée, sentant ce gros godemiché se glisser au fond d'elle jusqu'à toucher le haut de son utérus et la remplir entièrement. Elle cria : « Oh, oui ! oui ! »

— Je vais te l'enfoncer dans la chatte… Oh oui, je vais te l'enfoncer dans la chatte… », siffla Sophie et elle retira le phallus jusqu'à ce que seul, le bout reste à l'intérieur du corps tendu et puis l'enfonça à nouveau et Kate haleta et se tordit sur le mât long et épais qui venait d'empaler sa chair tendre. Sophie souriait en montrant les dents tout en faisant aller et venir le pénis en bois à l'intérieur de Kate qui criait de plus en plus fort, des cris aigus et désespérés de plaisir à l'agonie. Tout en enfonçant le phallus au fond des reins de Kate qui ondulait, Sophie se pencha en avant et doucement, tout doucement, donna un petit coup de langue sur son clitoris palpitant. Kate sentit sa caresse comme une langue de feu. Emplie, baisée, sauvage de plaisir, elle se tordit et se mit à gémir en sentant l'orgasme la traverser, feu et glace, la gelant et la brûlant d'extase.

Sophie poussa le phallus dans le corps de Kate aussi loin qu'il pouvait aller et le laissa là, tandis que son corps se convulsait sous la détonation de son orgasme. Puis, elle retira gentiment le long manche en bois, tout brillant et perlant de jus. Elle le frotta contre ses seins et entre ses cuisses. Puis, elle s'allongea encore sur Kate pour l'embrasser et leurs baisers lascifs devinrent de plus en plus doux.

« Maintenant, murmura Sophie, maintenant, je veux rester ici avec toi. »

Les lèvres de Kate s'ouvrirent en un sourire, elle passa les bras autour de Sophie et cacha sa tête entre ses seins. Elles restèrent allongées en silence et leur respiration ralentit.

Puis, Sophie dit : « Est-ce que j'ai vraiment dit ça ?

— Quoi ? demanda Kate d'une voix alanguie.

— Chatte. J'ai vraiment dit ça ?

— Ce n'est qu'un mot. » Kate embrassa la tête de Sophie et la tint serrée contre elle, sentant ce corps doux et mince à présent tout décontracté et grisé par le plaisir accompli. « C'était le mot juste. C'était ce que tu voulais dire. C'est très bien de pouvoir le dire. »

Il y eut un silence. Puis, Sophie dit avec détermination : « Demain, je vais dire aux hommes ce que je veux. Je me demande si je vais oser employer ce mot avec eux.

— Si tu en as envie... » Kate promenait ses doigts tout doucement le long du dos fin de Sophie et elle se cambra en se pelotonnant contre elle comme un chat qu'on caresse. « Bien sûr que tu vas oser, si tu en as envie. Sophie, demain, on va parler de se donner ce dont on a envie.

— Ce dont j'ai envie... », répéta Sophie, regardant en l'air. Ses yeux noirs étaient grands ouverts d'étonnement et de plaisir. « Ce dont j'ai envie. »

Chapitre 8

« L'affirmation de soi, ou l'assertivité, déclara Kate, consiste surtout à croire en soi-même. »

Elle sentait les yeux de Sophie posés sur elle, cherchant appui. Aujourd'hui, Sophie était habillée différemment, dans une robe simple en jersey de coton couleur crème. Elle épousait ses formes sveltes, révélant des courbes inattendues. Elles l'avaient choisie ensemble tôt le matin, en pouffant devant la garde-robe de Kate comme deux écolières. Sur Kate, la même robe semblait provocante, mais Sophie la portait avec simplicité. Kate savait qu'en dessous, il n'y avait rien d'autre qu'une délicieuse petite culotte en dentelle. Les hommes ne le savaient pas, mais ils avaient été frappés par le changement d'allure de Sophie. Il était clair, d'après leurs visages, qu'ils suspectaient Kate de l'avoir séduite, mais aucun d'eux ne l'en avait encore accusée. Christopher regardait maintenant Kate avec un sourire d'approbation posé sur ses lèvres sensuelles, tandis que Nick et Edmond les observaient toutes les deux l'air intrigué.

« On peut s'affirmer, poursuivit Kate, si on considère que l'on a des droits. Cela ne veut pas dire que d'autres n'en ont pas, ou que les leurs ne comptent pas. On peut reconnaître qu'ils ont des droits, tout en protégeant et en exprimant les nôtres. »

Elle se tourna vers le tableau. « Prenons pour point de départ la voix et le langage du corps, suggéra-t-elle. Si j'ai l'intention de m'affirmer, quel sera mon comportement ? Comment vais-je parler ? Comment vais-je me déplacer ?

— Avec force, suggéra Nick. Avec une voix forte, sûre.

— OK . Kate écrivit les mots. « Et le corps ?

— Avec conviction, répondit Christopher qui arborait toujours son petit sourire. Il faut aller droit au but, ne pas rester sur la défensive.

— Tout à fait. » Kate nota « avec conviction, droit au but » sur le tableau et se tourna vers eux. Elle se tenait les pieds un peu écartés, le corps très droit, déterminée. « Il faut être ferme tout en étant détendu. Se débarrasser du stress, car le stress peut cannibaliser votre capacité d'action. Ne pas croiser les bras. Ne pas croiser les mains. Les laisser librement le long de votre corps. Ne pas les ouvrir, c'est signe de soumission. Et surtout ne pointez pas du doigt.

— Pourquoi ? demanda Nick sèchement. Quand on pointe du doigt, ça indique qu'on est vraiment sûr de ce qu'on dit, non ?

— C'est grossier, dit Edmond en fronçant les sourcils vers Nick. C'est grossier et agressif de pointer du doigt.

— Merci, Edmond, répondit Kate. C'est exact. L'affirmation de soi n'a rien à voir avec l'agressivité. Une approche agressive provoque souvent une réponse agressive. Si vous êtes sûrs de vous, les autres ne vous répondront pas avec agressivité.

— Et le visage ? demanda Sophie. Kate, l'autre jour, tu nous souriais beaucoup et aujourd'hui, tu n'as pas encore souri. »

Une fois de plus, Sophie avait mis le doigt sur un point crucial. « Le sourire, dit Kate, est ce qu'on appelle une fuite. C'est une perte d'énergie. C'est la même chose pour le rire. Tous deux trahissent votre incertitude, ou indiquent que vous n'êtes pas assez sûrs de ce que vous dites. Si vous voulez vous affirmer, il faut vous exprimer avec un visage neutre.

— Pas même de sourire, alors ? demanda Edmond, visiblement désarçonné.

— Non, pas de sourire. Ce n'est pas facile. Je m'entraîne souvent devant un miroir. » Nick et Christopher haussèrent les épaules et Kate les regarda tranquillement, sans sourire. Assez vite, leurs visages se raidirent et ils focalisèrent leur attention sur elle. « Ce n'est pas facile de s'affirmer, dit-elle, mais l'affirmation de soi est essentielle et il est nécessaire de s'entraîner. Si vous réussissez à la maîtriser, c'est un outil très efficace. »

Elle se tourna vers le tableau et tourna la page. Elle y avait écrit :

« J'aime…

Je n'aime pas…

Je veux... »

« Cela peut paraître un peu simplet, dit-elle en fronçant les sourcils vers Nick qui secouait la tête en souriant de manière ironique. Mais croyez-moi, ça marche. Avant d'attaquer les jeux de rôle, tâchez de savoir vraiment ce que vous voulez et tentez d'atteindre votre objectif de manière rapide et excitante. Et alors, ça peut marcher. Je vous donne un exemple ? »

Ils hochèrent la tête. « OK, Nick. » Nick leva ses yeux vers elle et plongea son regard droit dans le sien. « Nick, j'aime bien l'énergie que tu mets dans ce que tu fais. Je n'aime pas la façon dont tu ris quand tu ne comprends pas. Je veux que tu arrêtes de te moquer de tout et que tu essaies vraiment cet exercice. »

Elle parlait avec un visage parfaitement neutre et avec une voix sérieuse et ferme. Les quatre autres la regardaient, étonnés, et le visage de Nick se teinta doucement d'une rougeur. Il avala sa salive et regarda Christopher et Edmond, puis serra la mâchoire et se leva. « OK, dit-il, de quoi s'agit-il ?

— On va tous essayer, répondit Kate. Christopher, viens ici, s'il te plaît. Nick, assieds-toi. Maintenant, imagine que tu es dans un restaurant et que Christopher est un serveur. Il t'a apporté une bouteille de vin et il est bouchonné. Tu vas lui demander de remporter le vin et de t'apporter une autre bouteille. Et tu vas le lui demander en t'affirmant, mais pas en l'agressant, souviens-toi. Christopher, tu n'as rien à dire. Quand Nick aura essayé, je te demanderai de nous faire un résumé. Les autres regardent.

— C'est tout ? » demanda Nick. Kate haussa les sourcils en le regardant et, de sa main, il fit un geste d'impatience en s'écriant : « Bon, bon, OK. Hep ! Garçon ! » Christopher s'approcha et se tint devant lui, silencieux et impassible. « Regardez, ce vin est nul. Il est bouchonné. Apportez-moi une autre bouteille tout de suite ou je fais un scandale. »

Il y eut un silence. Nick dévisagea Kate, l'air provocateur. Elle dit au bout d'un moment : « Christopher, est-ce que tu lui aurais apporté le vin ?

— Non, répondit Christopher, très décontracté. Par contre, je lui aurais probablement cassé une bouteille sur la tête. »

Sophie et Edmond explosèrent de rire. Kate dit : « Nick, si tu es agressif, cela ne t'aidera pas. Essaie encore. Sers-toi de ce qui est écrit au tableau. Module ton comportement. Commence par dire à ton interlocuteur quelque chose de positif, pour changer. Évite ce comportement nuisible axé sur la négation d'autrui. » Nick la regarda presque comme s'il ne comprenait pas ce qu'elle était en train de dire et elle lui dit, posément : « Nick, ça va marcher. Ça peut t'aider à optimiser ton efficacité personnelle. Je veux que tu essaies encore. »

Pendant un moment, Nick resta immobile, les yeux plongés dans les siens. Puis il répéta : « Garçon ! » et Christopher vint se pencher à nouveau au-dessus de lui, discret, tranquille. « J'aime bien ce restaurant, dit Nick avec précaution. J'aime l'ambiance. Mais je n'aime pas ce vin. Il est bouchonné. Je veux que vous m'apportiez une autre bouteille. »

Christopher dit : « Certainement, monsieur », et prit une bouteille invisible des mains de Nick. Sophie et Edmond se regardèrent, puis regardèrent dans la direction de Kate.

« Tu vois, dit-elle, ce n'était pas si difficile, Nick. Tu as un caractère agressif, donc pour t'affirmer, tu as juste besoin d'en faire un peu moins que d'habitude, et non un peu plus. C'était pas plus facile ? Et ça a marché ! »

Nick lui jeta un regard dur, le souffle court avant de se lever et de dire : « À quelqu'un d'autre d'essayer.

— Nous allons tous essayer, dit Kate. Edmond, c'est toi le suivant sur la liste. Viens ici. »

Edmond s'assit, l'air mal à l'aise. Sa première tentative avorta. Il se mit à rire nerveusement, à rougir et eut du mal à trouver les mots. Puis il dit : « J'aime beaucoup ce restaurant, je viens tout le temps ici, je le trouve merveilleux. Mais je crains que ce vin ne soit pas vraiment à la hauteur, il est un peu décevant. Je me demande si vous ne pourriez pas peut-être m'en apporter une autre bouteille ? » Puis, il regarda Kate, comme un chien qui attendrait d'être renvoyé à son panier.

« Edmond, dit Kate avec douceur, dans cette situation on ne doit pas parler aussi poliment. On est en train de travailler sur l'affirmation de soi. Le moins est un plus : utilise peu de mots et dis précisément ton désir, va droit au but. Souviens-toi du maître mot : ton désir.

— Mais ça me met horriblement mal à l'aise, gémit Edmond, l'air malheureux.

— Une fois que tu auras réussi l'épreuve, dit Kate, tu te sentiras fort. Souviens-toi, tiens-toi de manière à te sentir fort. Assieds-toi bien droit, les pieds bien plantés dans le sol, ne croise pas les bras. Laisse tes bras libres, mets tes mains à la verticale. »

Edmond regarda un moment le tableau, comme pour mémoriser les mots. Puis, il s'assit droit sur sa chaise et regarda Christopher en disant posément : « Garçon, j'aime beaucoup ce restaurant. Mais je n'aime pas ce vin, il n'est pas à la hauteur. Je veux que vous m'apportiez une autre bouteille. » Ses lèvres s'avancèrent comme s'il allait ajouter : « s'il vous plaît », mais il ferma la bouche et ne dit plus rien.

Sophie applaudit et même Kate s'autorisa à sourire. « Voilà, dit-elle, tu vois que tu peux le faire. Tu t'es senti comment ?

— Grossier, répondit Edmond, l'air malheureux.

— Mais non, tu n'étais pas grossier, rétorqua Christopher, tu étais parfaitement raisonnable. Tu as juste demandé une autre bouteille de vin. C'est pas grossier.

— Sophie, dit Kate, en se tournant vers elle, c'est à toi. Mais nous avions décidé cette nuit que tu ferais un autre genre d'exercice, non ? »

Les yeux des trois hommes se fixèrent tout à coup sur Sophie. Son visage pâle devint encore plus pâle et puis, elle se mit à rougir, la couleur lui montant aux joues. « Oh, fit-elle, je ne pense pas vraiment que…

— Mais on s'est entraînées cette nuit, insista Kate, et tu avais vraiment envie d'essayer. Sophie, ne me laisse pas tomber.

— Je n'ai pas envie, dit Sophie timidement, les yeux rivés au plancher.

— Sophie, dit Kate posément, ne gâche pas ta chance, essaie. »

Sophie leva la tête et regarda Edmond, puis Kate. Elle avait pris sa lèvre inférieure entre ses dents et elle la mâchouillait nerveusement, tandis que ses mains s'ouvraient et se fermaient. « Je ne peux pas, dit-elle enfin. Je ne peux pas. Je ne peux pas obliger quelqu'un à faire quelque chose qu'il ne veut pas faire.

— Ce n'est pas ça que tu vas faire, lui répondit Kate, rassurante, tu vas juste leur dire ce que tu aimerais bien qu'ils fassent pour toi, c'est tout. Tu ne peux pas les forcer à le faire. Tu n'as pas le droit de forcer quelqu'un à faire quoi que ce soit. Pour les amener à faire ce que tu veux, il se peut que tu doives deviner ce dont ils ont envie, ou les persuader. Et ces capacités, tu les as et tu le sais. Mais d'abord, il faut qu'ils sachent ce dont tu as envie, Sophie. Il faut que tu le leur dises. »

Sophie resta muette pendant un moment. Elle leva finalement la tête, jetant son menton en avant, et dit : « OK. Mais on s'était mises d'accord que ça pouvait se passer dans l'autre pièce, avec la télévision, hein ? »

Kate hocha la tête. Elle dit aux trois hommes : « Sophie a un scénario un peu inhabituel, elle a envie de le mettre en pratique. J'imagine qu'aucun d'entre vous ne verrait d'objection à la laisser essayer ce scénario dans l'autre salle tandis que nous le visionnons à l'écran ? » Tous hochèrent la tête. Leurs visages étaient tout excités, mais chacun d'entre eux réagissait différemment à la situation. Christopher regardait Sophie avec affection, et presque avec fierté, comme un homme qui regarde son enfant marcher pour la première fois. Nick avait clairement envie de rattraper son échec vis-à-vis de Sophie, deux jours plus tôt.

Edmond, cependant, avait l'air triste, comme s'il avait la certitude qu'il allait être dépassé et oublié.

« Edmond, dit Kate. Si tu voulais bien aller avec Sophie, s'il te plaît. » Le visage d'Edmond s'empourpra comme un lever de soleil et Nick se renfrogna, vexé. Sophie passa la porte accompagnée d'Edmond, en le tenant par la main.

Christopher alla allumer l'écran de télévision. Puis, il retourna s'asseoir près de Kate et avança son visage contre le sien. « Je pense, dit-il doucement, que tu as donné des cours particuliers à la petite Sophie.

— Juste un peu, dit Kate, en lui souriant.

— C'est classique, s'exclama Nick, l'air mauvais. Hier, je vous ai dit que j'aimerais vraiment vous voir toutes les deux vous envoyer en l'air et est-ce que vous m'avez proposé de regarder ? Non. Donc, laissez-moi retourner jouer au cricket, putain.

— Je croyais que tu n'en avais rien à foutre de Sophie, dit Christopher, ignorant Nick. J'étais sûr que tu avais envie qu'elle laisse tomber. Je me trompe ?

— C'est vrai mais hier soir j'ai changé d'avis, admit Kate. Quand elle est venue me… me parler, j'ai eu pitié d'elle. Et nous avons décidé qu'aujourd'hui, ce serait à son tour d'apprendre ce qu'elle a besoin d'apprendre. »

L'écran s'alluma, découvrant l'autre salle. Sophie et Edmond étaient debout au milieu, face à face, à quelques pas l'un de l'autre, face au grand canapé. Sophie regarda la caméra et eut un rire. Edmond dit : « Il ne faut pas que tu ris devant la caméra. C'est une fuite. Il faut que tu gardes un visage impassible. »

Sophie passa sa main sur son visage comme pour effacer le rire. « D'accord, dit-elle, voilà, Edmond, je t'aime vraiment beaucoup. » Elle s'interrompit et passa la main sur sa bouche comme si elle venait d'entendre ses propres mots. Edmond la dévisagea, les yeux écarquillés, bouche bée, heureux et surpris. « Je t'aime vraiment, vraiment beaucoup », répéta Sophie, et elle fit un petit pas hésitant vers Edmond. Il s'approcha, lui prit les mains et les embrassa.

Kate secoua la tête. « Ça, c'est pas de l'affirmation de soi ! dit-elle en direction de l'écran.

— C'est comme regarder *Autant en emporte le vent* », dit Nick avec aigreur du fond de son fauteuil.

Soudain, Sophie eut l'air de prendre conscience de ce qui s'était passé. Elle retira ses mains de celles d'Edmond et les passa sur sa robe, jetant un regard d'appréhension vers la caméra. « Désolée, dit-elle, ce n'est pas ce que j'étais supposée mettre en pratique. Je vais essayer une deuxième fois. » Edmond semblait cassé, déçu. Sophie tourna son visage vers lui et essaya d'avoir l'air calme. Les observateurs purent la voir prendre une grande inspiration. « Edmond, dit-elle enfin, je t'aime vraiment beaucoup. Ce que je n'aime pas, c'est que tu n'aies pas essayé de me faire l'amour. Je veux que tu… », sa voix se cassa, hésita, puis revint avec force : « Je veux que tu m'embrasses, là. » Elle mit la main sur le devant de sa robe, devant son sexe.

Il y eut un silence. Nick s'avança un peu dans sa chaise, le regard fixé sur l'écran. Edmond dit : « Pardon ? »

Sophie regarda la caméra comme si elle ne s'était pas

attendue à une résistance. « Je veux que tu m'embrasses le sexe, dit-elle posément.

— Quoi ? Ici, maintenant, tu es sûre ? » Edmond semblait ne pas en croire ses oreilles. Il avait oublié la caméra. Ses yeux étaient rivés à ceux de Sophie, à sa gorge pâle, à sa peau blanche, à ses cheveux frisés. « Tu es sûre ?

— Edmond, je sais ce que je veux », dit Sophie. Sa voix prenait plus d'assurance à chaque fois. « Je sais ce que je veux. Je veux que tu m'embrasses, que tu me lèches. Je veux que tu me fasses jouir. »

Soudain, Kate se vit elle-même au bureau, penchée sur l'épaule de Nick, sentant sa merveilleuse odeur masculine, son corps et ses cheveux, avec le désir désespéré qu'il fasse justement tout cela, et son incapacité à le lui demander. « Comment se fait-il, se dit-elle, que je sois capable de l'apprendre à d'autres et incapable de le faire moi-même ? Pourquoi ? »

Christopher vint s'adosser contre elle. Elle sentit sa présence, se tourna et leva la tête pour le regarder. Il souriait et il mit ses mains sur ses hanches. « J'aime bien ça, dit-il, j'approuve. Tu as fait ça pour Sophie. Au début, j'ai cru que tu n'étais qu'une pute égoïste. Mais je suis content de m'être trompé. »

Kate se pencha sur lui, sentant sa force et sa chaleur, son corps musculeux pressé contre le sien. La sensation était exquise. Elle aurait aimé fermer les yeux et se laisser aller avec lui, mais elle voulait suivre ce qui se passait dans l'autre pièce. Elle mit ses mains sur celles de Christopher et il posa son menton sur sa tête, et ils regardèrent ensemble avec une attention calme.

Edmond se tenait près de Sophie maintenant, en la regardant. « Sophie, dit-il, je voulais juste te dire que je te trouve très belle, très attirante. J'ai eu envie de te le dire depuis le début. Je pense…

— Edmond, l'interrompit Sophie, je veux que tu embrasses mon sexe, pas que tu me parles. »

Elle se pencha, attrapa le bout de sa robe et la retira d'un coup, comme un T-shirt. Sous la robe, son corps blanc était nu, mis à part sa petite culotte en dentelle qui cachait juste son petit triangle de poils. Edmond eut un petit halètement et tomba à genoux. Il prit Sophie par la taille avec ses longues mains et posa ses lèvres sur son ventre plat, juste au-dessus de son nombril. Ils l'entendirent murmurer son prénom. Elle mit sa main sur ses cheveux blonds et renversa sa tête en arrière, les lèvres entrouvertes, dans l'attente et l'extase.

« Regarde ça, fit Nick, regarde-moi ça. » Il regarda Kate et se renfrogna en la voyant dans les bras de Christopher. « Et rien pour nous, alors ? dit-il sèchement.

— J'ai une idée », dit Christopher. Il leva les mains pour toucher les seins de Kate. « Tu pourrais nous donner un peu de bon temps pendant qu'on regarde.

— Ou vous pourriez prendre du bon temps tous les deux », suggéra Kate. Elle sourit en voyant l'expression effrayée et dégoûtée de Nick, et la façon dont il regarda Christopher, comme si c'était une sorte de monstre. « Je crains que ce ne soit la seule possibilité, dit-elle, j'ai promis à Sophie de ne goûter à aucune de vos énergies. Elle pourrait en avoir besoin plus tard. Assieds-toi tranquillement en attendant et regarde. »

Christopher la tira à lui sur une chaise, sur ses genoux, les bras autour d'elle. Elle se relaxa sur lui, sentant son pénis grossir sous son pantalon en une belle érection.

À l'écran, Edmond était toujours en train d'embrasser langoureusement la peau tendre et blanche de la taille de Sophie et de son abdomen. Ses doigts attrapèrent sa culotte et il commença tout doucement à la faire descendre le long de ses cuisses douces et fines. La culotte tomba sur le sol et Sophie se retrouva toute nue, debout, parfaitement tranquille, les yeux fermés. Edmond embrassa ses genoux, le creux de ses cuisses, le passage étroit entre ses deux seins, puis il se leva et prit ses épaules. Il tourna son visage vers la caméra. Il sourit vers l'objectif et, d'une longue main, il se mit à caresser le corps de Sophie, en montrant aux spectateurs invisibles le doux gonflement de ses seins, le bord ombré de ses côtes, le haut de ses hanches, le petit mont entre ses jambes. Elle n'ouvrait pas les yeux. Son visage ressemblait à une peinture de vierge martyre, transfiguré par l'extase et le bonheur.

Edmond dirigea Sophie tout doucement sur le canapé qui se trouvait derrière eux. Il la fit asseoir avec une attention tout artistique, de biais, en direction de la caméra, de sorte que le public puisse bien voir son plaisir, et accompagna ses épaules sur l'accoudoir du canapé de façon que sa tête puisse pendre vers l'arrière. Elle s'abandonna à ses soins, tête renversée, lèvres entrouvertes, gorge offerte comme pour inviter un vampire à venir sucer son sang. Les pointes de ses seins, d'un rose corail, étaient gonflées de désir. Une de ses jambes était légèrement pliée sur le sol tandis que l'autre était tendue sur le canapé, de sorte que les spectateurs pouvaient voir les lèvres douces et roses de son sexe, à travers sa fine fourrure.

Christopher se mit à remuer lentement sous Kate et mit ses mains sur ses seins, les pressant doucement. Elle le sentit bouger jusqu'à ce que son phallus entre délicatement en contact avec ses fesses. Elle tourna ses hanches par petits cercles, en se pressant contre lui, le stimulant tout en se stimulant elle-même, haletant tandis qu'il pétrissait ses seins. Nick se renversa en arrière sur sa chaise, les yeux rivés à l'écran, et ouvrit sa braguette pour laisser sortir son gros pénis qu'il commença à caresser d'une main, tout en tirant sur la peau de son prépuce luisant, en respirant de façon entrecoupée, les dents serrées.

Edmond se pencha vers Sophie et embrassa sa gorge, ses épaules, le creux délicat de ses clavicules. Elle tourna la tête et soupira de plaisir. Il était à genoux entre ses jambes écartées et posa ses lèvres sur l'un de ses tétons gonflés. Il suçait et léchait la petite pointe avec plaisir. Le corps de Sophie se mit à onduler comme si une vague l'avait traversé, et ses lèvres s'entrouvrirent, mais elle n'émit aucun son. Les lèvres d'Edmond descendirent le long de son corps jusqu'à ce qu'elles atteignent sa toison. Il hésita et lança un regard vers la caméra. Puis, il descendit en caressant la jambe de Sophie, soulevant sa cheville et poussant doucement, tout doucement, son pied hors du canapé, de sorte que ses cuisses soient écartées au maximum, ouvrant ainsi son sexe rose et palpitant comme s'il l'offrait aux yeux des observateurs.

« Frimeur », murmura Christopher à l'oreille de Kate. Elle ne répondit rien, mais elle sourit et poussa ses seins contre ses mains.

« Tais-toi et mate », dit Nick d'une voix rauque.

Edmond embrassait l'intérieur du genou de Sophie. Sa langue sortait de ses lèvres, caressant sa peau blanche. Aussi douces et caressantes que des pétales de rose, ses lèvres remontèrent lentement et progressivement le long de son corps. Sophie prenait de longues inspirations, ses seins se soulevaient et retombaient, ses tétons en érection pointaient avec fierté. Edmond posa son visage contre l'intérieur de ses cuisses et resta immobile un moment, en regardant le mont de Vénus parfait qui s'offrait à ses yeux. Puis, il leva la main et doucement, tout doucement, mit ses doigts sur ses lèvres, et les écarta légèrement. Le cou de Sophie se tourna et elle poussa un long soupir tandis qu'Edmond ouvrait son sexe, révélant la petite perle de chair qui se tenait juste en dessous de son triangle de poils. Puis, il se pencha en avant en ouvrant ses lèvres et toucha avec sa langue mouillée, sa petite perle de plaisir, la caressa, et Sophie laissa échapper un long soupir de plaisir de sa bouche entrouverte.

Kate sentit sa respiration s'accélérer, et un désir furieux monter en elle. Elle cambra ses fesses en arrière sur les genoux de Christopher, sentit la magnifique longueur de son phallus se nicher dans sa fente, avec le désir impérieux qu'il soulève sa jupe, déchire sa culotte et vienne se planter en elle. Il caressait toujours ses seins avec ses mains, très gentiment et avec une délicatesse infinie, l'excitant davantage à chaque caresse. Elle sentait son souffle chaud dans son oreille, et ses lèvres caresser son cou. Elle se massait contre lui, en rythme avec la vibration de sa bite sous ses fesses. Ils se balançaient harmonieusement l'un avec l'autre, comme s'il était en train de la pénétrer et qu'ils se berçaient doucement vers l'orgasme. Torturés de plaisir, ses seins lui faisaient mal.

Edmond resta longtemps à genoux, sans bouger, la langue lapant le bouton du clitoris de Sophie, jusqu'à ce qu'il gonfle et se dresse comme la tige d'un fruit délicieux. Elle gémit sous ses caresses et ses mains hésitantes montèrent sur ses seins pour les pétrir, les caresser, en titiller les pointes aiguisées par le plaisir. Puis, Edmond vint presser son visage au fond de ses jambes et les observateurs, le souffle coupé, virent sa langue descendre, laper les lèvres enflammées de sa vulve, cherchant l'entrée de son passage d'amour. Il le trouva. Ses mains s'agrippèrent aux cuisses minces de Sophie, la maintenant immobile tandis qu'il pointait sa langue au fond d'elle. Elle cria, se cambra et tira frénétiquement sur les pointes gonflées de ses seins. Edmond détacha sa bouche de son sexe pour contempler les ondulations de son corps. Il sourit et retourna au travail, léchant avec appétit le bouton de plaisir de Sophie, l'aspirant dans sa bouche et le suçant comme si c'était un téton.

« Oh, cria Sophie. Ô, mon Dieu, c'est si bon, Edmond, c'est si bon. Continue. Oh, Edmond, je vais jouir. » Son corps se convulsait de plaisir, son sexe se soulevait vers le visage d'Edmond, l'implorant de le lécher plus fort, ses doigts titillaient le bout de ses seins. Tout en accélérant ses coups de langue, il glissa son majeur dans la petite entrée de son sexe et commença à la pénétrer lentement. Sophie ouvrit soudain ses yeux, et son corps se raidit à l'approche de l'orgasme. Elle haletait : « Ô, mon Dieu, oh, oh… », avant de refermer ses yeux en serrant les poings. Ses lèvres s'ouvrirent et tremblèrent tandis que son corps était secoué de la tête aux pieds par la secousse de sa jouissance. Edmond resta agenouillé à ses pieds, ses mains habiles retenant doucement le corps frémissant de la jeune femme qui jouissait sur ses lèvres.

Edmond embrassa son sexe, son ventre puis ses seins et s'allongea sur elle, posant ses lèvres sur son cou renversé, aussi gracieux et blanc que celui d'un cygne. Elle le serra dans ses bras et ils restèrent immobiles, blottis l'un contre l'autre.

Nick recula dans sa chaise. Il caressait toujours sa grosse bite. Le bout rouge semblait hurler de désir. Il dit avec difficulté : « Kate, viens ici. »

Les mains de Christopher étaient encore en train de caresser les seins de Kate. Nick détourna son visage excité de l'écran et vit Kate assise sur les genoux de Christopher, se balançant sur son corps, et il eut l'air envieux. « Comment tu l'as eue, Christopher ? » demanda-t-il méchamment, en se levant. Son érection le propulsa en avant. Sa bite était luisante et déterminée, dressée et gonflée de désir. « Kate, dit-il, en venant vers elle et en prenant ses mains.

— Regarde », dit Christopher tranquillement.

Nick se renfrogna et regarda l'écran. Il vit Sophie se faufiler sous le corps d'Edmond, et venir se planter toute nue devant la caméra. Son visage et ses seins étaient toujours empourprés par son orgasme. Elle sourit à la caméra et dit : « Kate, j'espère que tu considères qu'on a bien fait l'exercice. Ce que je veux maintenant, c'est revenir dans la pièce et tester l'exercice sur plusieurs personnes. Pour réussir à m'affirmer vraiment au travail, je crois qu'il est nécessaire que je réussisse entièrement cet exercice, tu vois. »

Derrière elle, ils purent voir Edmond encore tout habillé, qui s'asseyait sur le canapé, l'air chagrin. Il dit : « Sophie. »

Sophie retourna auprès de lui et se pencha pour prendre son visage dans sa main et l'embrasser. Elle tournait le dos à la caméra, et lorsqu'elle se pencha, Kate, Christopher et Nick, purent apercevoir la délicieuse humidité de son sexe rose s'ouvrir, glissante de désir au bas de ses petites fesses bombées. Elle embrassa passionnément Edmond avant de se redresser pour dire : « Edmond, ça a été merveilleux. Je ne peux pas te dire à quel point c'était bon. Maintenant, je veux que tu reviennes dans la pièce principale avec moi. »

Elle se pencha pour ramasser sa robe défaite sur le sol et l'enfila rapidement. Edmond ouvrit la porte et Sophie éteignit la caméra.

« Nick, dit Kate avec un petit sourire, en se levant, à regret, des genoux musclés de Christopher, je pense que tu pourrais ranger ça maintenant.

— Elle revient ici pour en avoir plus, non ? demanda Nick. Si je peux pas te prendre toi, Kate, je la… »

Mais en entendant la porte s'ouvrir, il arrêta de frimer

et rentra rapidement son sexe dressé à l'intérieur de son pantalon et remonta sa braguette. Sophie entra, suivie d'Edmond. Elle ferma la porte et tourna la clé.

« J'ai bien fait l'exercice, Kate ? demanda-t-elle en souriant.

— Tu sais bien que oui, répondit Kate, tu l'as très bien fait. Maintenant, tout le monde est là. Tu peux tester tes nouvelles capacités avec nous, si tu veux, Sophie. »

Sophie avança au milieu de la pièce et regarda autour d'elle. Edmond était derrière elle, il la regardait avec une expression d'attente désespérée. Nick se tenait derrière une chaise, agrippé au dossier, le visage sombre, brûlant d'un désir sauvage. Christopher était toujours assis là où il avait bercé Kate sur ses genoux. Il n'essayait même pas de cacher son érection à l'intérieur de son pantalon et regardait langoureusement Sophie.

Sophie passa sa langue sur ses lèvres. « Je vous aime tous beaucoup, dit-elle, mais je n'aime pas vous voir habillés. Déshabillez-vous.

— Moi aussi, Sophie ? » demanda Kate.

Sophie eut l'air un peu surprise. « Si tu veux », répondit-elle, mais il était évident que son attention était portée sur les hommes. Elle regarda autour d'elle et constata qu'aucun n'avait bougé. Ils la regardaient tous. « Qu'est-ce qui se passe ? dit-elle. Ne vous inquiétez pas, je m'occupe de tout. Mais je veux que vous vous déshabilliez tous. »

Les hommes restèrent immobiles pendant un moment avant de finir par lui obéir. Elle les regarda retirer leurs vêtements. Ses seins montaient et descendaient à mesure que sa respiration s'accélérait. Elle regarda d'abord Nick, admira son corps élancé, sa force, la peau bronzée et douce de ses muscles, sa petite forêt de poils noirs et ce membre rigide qui en émergeait. Puis, elle regarda Christopher et eut un petit halètement quand elle vit la taille et la puissance de celui-ci, sa grandeur, la largeur de ses épaules, sa force tranquille, les mouvements sensuels de ses muscles. Elle baissa les yeux pour contempler son phallus et elle cacha sa bouche dans sa main, le souffle coupé d'horreur et d'extase.

Puis, elle se tourna vers Edmond. Il se tenait debout, immobile, déjà nu. Son corps mince et gracieux ressemblait à celui d'un lévrier. Il regarda les deux autres hommes avec un air de regret et Sophie droit dans les yeux. Le soleil, qui venait de la fenêtre, illuminait ses cheveux dorés. Il ressemblait à un ange.

Sophie sourit aux yeux anxieux d'Edmond et, d'une main, lui caressa la joue. Son visage s'éclaira, il prit sa main et la porta à sa bouche pour l'embrasser. Kate vit leurs visages s'adoucir de désir et d'amour et elle soupira, sentant son estomac parcouru d'une sensation qui ressemblait à autre chose qu'un simple désir.

Les trois hommes étaient nus, maintenant. Nick lança un regard plein d'appréhension et de méfiance vers Christopher qui était à l'autre bout de la pièce. Puis il s'avança vers Sophie, doucement et posément, comme un chat. Christopher sourit en voyant l'anxiété de Nick et lui aussi s'approcha de Sophie, qui était toujours debout, les yeux plongés dans ceux d'Edmond.

« Sophie », dit Edmond. Sophie sursauta, puis se retourna et vit les autres hommes qui venaient vers elle, les visages tendus d'excitation. Elle crut que ses nerfs allaient lâcher. Elle recula d'un pas et caressa le bras d'Edmond, en regardant frénétiquement derrière elle comme si elle était pourchassée. Edmond lui prit la main et, le souffle court, elle essaya de se calmer. Elle tourna la tête et rencontra le regard de Kate.

Kate se sentit envahir par quelque chose qui ressemblait presque à de la souffrance. Ce désir de vouloir être à la place de Sophie, qui allait enfin réaliser un rêve impossible, enfin pouvoir découvrir les jeux du plaisir et du pouvoir. Elle savait qu'il n'y avait pas la place pour elle dans le fantasme que Sophie avait envie de mettre en œuvre. Elle recula doucement et s'assit dans un fauteuil, les yeux plongés dans ceux de Sophie, et elle leva sa main droite à ses lèvres et lui envoya gentiment un baiser.

Les yeux noirs de Sophie se mirent à briller et elle releva la tête, comme si ce baiser lui avait donné de la force. Elle prit la main d'Edmond et la glissa sous sa robe et dit doucement : « Edmond, enlève-moi ma robe. »

Edmond se tint derrière Sophie et baissa un moment la tête, touchant son cou avec ses lèvres. Puis, il se pencha pour attraper le bas de sa robe et doucement, tout doucement, la souleva le long des courbes délicates de son corps mince, délivrant ses bras, la laissant nue. Edmond laissa la robe glisser par terre et s'approcha de Sophie, ferma les yeux, caressant sa joue contre la sienne, ses lèvres soufflant sur ses cheveux bouclés.

Sophie resta totalement immobile un long moment. Puis, elle regarda les deux hommes debout devant elle et posa silencieusement leurs mains sur son corps. Ils s'approchèrent et elle leva le visage de sorte qu'Edmond puisse poser ses lèvres sur les siennes, et l'embrasser. Edmond posa ses mains sur ses épaules, haletant, tandis que leurs lèvres se rencontraient et que leurs langues s'enlaçaient voluptueusement. Nick sembla presque confus. Il n'avait manifestement pas l'habitude de partager une femme avec d'autres hommes. Christopher le regardait, en souriant, et vint plus près de Sophie. Il posa doucement ses mains sur ses seins, faisant frémir Sophie dont le corps se souleva sous les lèvres d'Edmond en poussant un long soupir. Christopher caressait ses seins doux et gonflés avec ses grandes mains, sans toucher ses tétons en feu. Il regarda Nick et dit avec douceur : « Nick, viens ici. Viens la toucher.

— Quoi ? » dit Nick, d'une voix tendue et pleine d'appréhension.

Sophie détacha sa bouche de celle d'Edmond et leva la tête. Son visage était rouge, ses lèvres gonflées de désir, ses yeux brillaient. Elle se lécha les lèvres et dit : « Nick, viens là. Je veux que toi et Christopher, vous embrassiez mes seins. »

Nick hésitait toujours. Il avait l'air presque aussi gêné que si quelqu'un essayait de lui faire une blague. « Qu'est-ce que ça va m'apporter ? » demanda-t-il, suspicieux.

« Du plaisir », répondit Sophie, laissant sa tête retomber en arrière tandis que les grands doigts de Christopher passaient gentiment sur le bout tendu de ses tétons. « Du plaisir. » Elle arrêta de parler et Edmond l'embrassa à nouveau. Son visage trahissait la puissance de son désir.

« Nick, dit encore Christopher. Allez, viens, viens. » Il se poussa un peu de côté, pour faire de la place à Nick, et glissa lentement sur ses genoux, et se mit à aspirer le téton du sein gauche de Sophie dans ses lèvres sensuelles, et à le caresser, le stimuler avec sa langue.

Sophie gémit et comme si son cri avait été un appel, Nick sauta soudain vers elle et plongea sa tête pour attraper l'autre sein entre ses dents, de sorte que le corps pâle de Sophie ondula de plaisir. Elle embrassait toujours Edmond qui se tenait derrière elle. Kate voyait leurs langues se tordre et explorer lascivement la bouche l'un de l'autre, chercher leurs lèvres, pousser profondément. Nick mit ses mains sombres sur la peau blanche de Sophie et commença à la caresser doucement, sentant la douceur de son ventre plat et le creux très doux où ses cuisses rejoignent le reste de son corps. Il continua en glissant ses mains dans ce creux et commença à le toucher, à le caresser. Sophie poussa un petit cri d'extase. Les grandes mains de Christopher glissaient le long de ses côtes, sur son dos, pétrissaient les rondeurs fermes de ses fesses. Et tout ce temps, Edmond caressait son visage, son cou, ses épaules avec ses longs doigts sensibles, et l'embrassait de plus en plus passionnément.

Kate s'enfonça dans son siège pour regarder. Son visage faisait écho au plaisir de Sophie. Elle posa sa main sur sa joue et son petit doigt passait entre ses lèvres. Tout en regardant, elle suçait doucement le bout de son doigt, sentant avec sa langue l'arrondi de sa chair, la fermeté douce de l'ongle. Ses cuisses étaient fermées, pressées l'une contre l'autre et son souffle s'accélérait. C'était excitant de voir le corps mince de Sophie ainsi exploré, possédé, prenant du plaisir, aux mains de ces trois hommes. C'était excitant de voir ses petits seins se gonfler et se colorer de désir, sous la stimulation de ces bouches avides. Les seins de Kate avaient eux aussi envie d'être embrassés. Elle retira son doigt de sa bouche et commença doucement à caresser son sein à travers le tissu de sa chemise.

Christopher pencha sa joue contre la cuisse de Sophie, la regarda et dit tout doucement : « Sophie, qu'est-ce qu'on fait ? »

Comme il disait cela, les autres reculèrent un peu, attendant la réponse. Elle leva la tête, un peu confuse. Puis, d'une main, elle se mit à caresser les cheveux doux d'Edmond et, de son autre main, elle toucha le visage de Nick, puis celui de Christopher, ses yeux noirs parcourant les beaux corps de ces hommes agenouillés à ses pieds, attendant ses ordres. Elle prit une grande bouffée d'air, poussa un soupir de satisfaction, et sourit, triomphante. Puis, elle dit : « Je veux que vous me preniez tous. Tous les trois. Tous les trois en même temps.

— Sophie, murmura Edmond, penchant sa tête pour enfoncer son visage dans ses cheveux. Sophie. »

Sophie garda sa main dans ses cheveux, les caressant doucement. « Edmond, dit-elle, tu m'as donné tellement de plaisir avec ta bouche merveilleuse. Je veux faire la même chose pour toi. Est-ce que tu me laisses te prendre dans ma bouche, Edmond ? »

Edmond ne dit rien, mais il plaça ses lèvres sur le creux du cou de Sophie et y déposa un baiser. Elle continua à caresser sa joue. Sa voix était calme, déterminée. « Christopher », dit-elle, et Christopher leva la tête et lui sourit. Sophie avait du mal à respirer, ses seins se gonflaient, brûlants de désir. « Christopher », dit-elle à nouveau, et soudain, elle tomba à genoux, en contemplant le regard énigmatique de Christopher. Elle tremblait. Après un moment, elle mit une main sur l'épaule de Christopher et, tout doucement, elle la passa sur sa poitrine, entre ses côtes tendues, son estomac plat et fort, puis jusqu'à son entrejambe, où son immense pénis dur et fier semblait hurler pour qu'elle le touche. Haletante, les mâchoires et les lèvres tremblantes, elle prit sa respiration et prit le membre dur de Christopher dans sa main, et commença à branler lentement sa peau veloutée.

Sans dire un mot, Sophie pressa doucement le thorax immense de Christopher avec son autre main, le forçant gentiment à s'allonger sur le tapis, sur les coudes. Il se laissa faire en lui souriant tandis qu'elle stimulait son gros membre avec sa petite main blanche. Puis, elle passa sa langue sur ses lèvres et, sans un mot, monta sur lui à califourchon, écartant ses cuisses minces autour de ses jambes puissantes. Elle laissa son pénis émerger et s'allonger contre son ventre, puis se laissa glisser dessus, de sorte qu'il retomba entre ses jambes. Le bout brillant était visible sous le triangle de fourrure qui encadrait son sexe. Elle commença à glisser tout doucement de chaque côté, les yeux fermés. Ses narines se gonflèrent de plaisir et ses lèvres reculèrent sous ses dents tandis qu'elle sentait la grosse bite caresser son sexe fragile et mouillé.

C'en était trop pour Nick. Il avait regardé la scène, le visage rouge d'excitation, mais Sophie avait d'abord parlé à Edmond, ensuite à Christopher, et il semblait avoir peur qu'il ne reste rien pour lui. Il s'avança et prit le visage de Sophie dans sa main sombre et appuya ses lèvres contre les siennes, poussant sa langue dans sa bouche, la faisant haleter. Au bout d'un moment, il recula et demanda : « Et moi, alors ? Putain, Sophie, et moi ? »

Kate prit une brève inspiration, craignant soudain que Sophie ne perde son calme. Elle attendit pendant un moment, les poings serrés, et Sophie regarda les yeux bleus de Nick sans parler. « Vas-y, Sophie, murmura Kate pour elle-même dans un souffle. Dis-lui, dis-lui ce que tu veux. »

Comme si elle avait entendu le murmure de Kate, les lèvres gonflées de Sophie se mirent à remuer. « Nick, fit-elle doucement, je veux que tu me prennes par-derrière. Je veux te sentir dans mon cul. »

Nick fixa les yeux de Sophie, sa mâchoire se décrochant de surprise. Quand il prit la parole, sa voix tremblait. « Sophie, tu es sûre ?

— Sûre. » Sophie leva une main en direction d'Edmond. « Je suis sûre. Nick derrière, Christopher ici, et… Edmond, dans ma bouche. » Elle rejeta ses cheveux en arrière. « Et c'est maintenant, dit-elle avec douceur, c'est maintenant que je veux tous vous avoir. »

Sans un mot de plus, Nick vint se placer derrière Sophie et s'agenouilla entre les cuisses de Christopher, enlaçant sa taille fine. Il glissa une main entre les fesses de Sophie et elle se crispa en sentant que ses doigts exploraient son sexe, tirant des perles de suc de ses lèvres mouillées, et s'en servant pour humidifier la petite entrée étroite de son passage secret. Kate le vit glisser doucement le bout d'un doigt dans le petit trou plissé, ce qui fit haleter Sophie.

« Sophie, murmura Nick, est-ce que quelqu'un a déjà…

— Non, dit Sophie, le souffle court. Nick. Fais-le. Je veux que tu le fasses.

— Je le fais doucement, alors », dit Nick. Il mit ses mains sur les fesses blanches et rebondies de Sophie, écartant la peau soyeuse au creux et la petite entrée sombre et secrète. Il mouilla ses lèvres avec sa langue et, d'une main, guida le bout luisant de sa queue bien dure vers le trou, et commença à pousser, avec douceur, mais aussi avec force. Sophie poussa encore un gémissement et se frotta contre la grosse bite de Christopher et, quand elle faisait cela, Kate vit que le bout rouge et velouté du pénis dressé de Nick commençait à s'enfoncer. Kate sentit son cœur battre très fort et sa respiration s'accélérer. Elle avait espéré voir Sophie perdre sa virginité et, d'une certaine façon, son rêve se réalisait : Nick allait devenir le premier homme à avoir possédé Sophie par-derrière. Sous le regard fasciné de Kate, la queue de Nick pénétra l'anus de Sophie, disparaissant totalement dans ses fesses. Nick haleta en pénétrant Sophie et s'accrocha à ses hanches, ses doigts sombres agrippant vigoureusement sa chair pâle. Il siffla : « Oh, putain, c'est serré. C'est tellement serré. Ô, mon Dieu ! »

Tandis que Nick la pénétrait, Sophie cambrait le dos et poussait ses fesses vers lui, sa bouche grande ouverte, comme si elle manquait d'air. Elle poussa un long, long gémissement de plaisir. Puis, en se sentant empalée sur ce pieu palpitant, elle serra ses cuisses, attrapa la grosse queue de Christopher, et s'enfonça sur l'énorme pointe luisante qui disparut à son tour lentement entre les lèvres de son sexe. Elle murmura : « Oh, c'est si bon. Ça me remplit tellement. Christopher, viens en moi. » Et Christopher poussa ses hanches vers elle, la pénétrant au plus profond.

Sophie resta sans bouger un moment, à califourchon sur les cuisses musculeuses de Christopher, savourant la sensation de son sexe profondément enfoui dans son vagin, tandis que Nick remplissait son passage secret avec sa bite. Elle finit par se soulever, tout doucement, se retirant des hommes de sorte qu'on vit apparaître les deux bites en érection, luisantes et magnifiques, émergeant toutes deux des chemins sinueux de son corps. Elle se souleva pour mieux s'enfoncer à nouveau sur ces deux instruments de plaisir, fermant les yeux d'extase, pénétrée aussi bien devant que derrière. Puis, elle ouvrit les yeux et leva la tête vers Edmond qui se tenait devant elle, son pénis tendu dans une main, impatient qu'elle lui offre du plaisir. Elle murmura : « Edmond », et il vint rapidement s'agenouiller devant le visage de Christopher et Sophie se pencha en avant, ouvrit la bouche et très doucement le prit dans sa bouche, savourant son goût, caressant sa bite frémissante avec ses lèvres pleines de désir.

Incapable de se retenir, Kate baissa sa culotte et glissa une main à l'intérieur. Ses doigts atteignirent avec impatience son clitoris surexcité. Elle commença à se caresser, poussant un doigt au fond d'elle-même tout en caressant avec un autre son petit bouton de plaisir, les yeux grands ouverts, rivés sur Sophie qui gémissait de plaisir, ravie de se sentir baisée par tous les orifices, accueillant ces trois bites en rut. Kate gémit de plaisir et de frustration en voyant ces grosses queues bien chaudes aller et venir dans le corps de Sophie, ces belles bites gonflées et tendues de désir, qui ruisselaient de son jus et de sa salive.

Les hommes avaient trouvé le rythme de Sophie. Christopher tenait fermement ses hanches dans ses mains vigoureuses et s'enfonçait à l'intérieur d'elle, et tout en léchant et suçant les testicules d'Edmond, le faisant pousser un cri de surprise et de plaisir. Nick s'accrochait aux fesses de Sophie, haletant tandis que sa bite dure et longue glissait au-dehors et à l'intérieur de son anus. Edmond, toujours planté dans la bouche de Sophie, se baissa pour caresser ses seins. Il en titilla les pointes et les agaça de plaisir. Le corps de Sophie fut secoué de tremblements tandis qu'ils entraient en elle, qu'ils la possédaient si complètement qu'elle poussa un grognement de joie.

Maintenant, les mains de Nick tremblaient autour des hanches de Sophie. Il renversa la tête en arrière, haletant, sortant les dents au moment où il sentit l'orgasme l'envahir. Il cria : « Oh, putain, je jouis, je jouis ! » Et soudain, il se rua en avant, se projetant dans le passage secret de Sophie aussi loin que possible, en criant pendant que sa bite se contractait et se secouait à l'intérieur d'elle.

Sa crise sembla entraîner une réaction en chaîne. Sophie ferma les yeux et commença à être secouée par les spasmes délicieux de l'orgasme. La chair douce de ses seins et de ses cuisses frissonnait tandis qu'elle se tordait désespérément sur la grosse bite chaude de Christopher, frottant son clitoris turgescent contre les mains d'Edmond. Ses cris incrédules furent étouffés par la bite d'Edmond qui s'enfonça plus profondément dans sa bouche palpitante. Christopher haleta en donnant des petits coups de langue dans les replis secrets nichés derrière les testicules d'Edmond. Ce dernier poussa un cri et s'enfonça aussi loin qu'il le pouvait dans la bouche de Sophie, ses fesses se contractant au moment où son sperme chaud gicla au fond de la gorge impatiente de la jeune femme.

La bouche de Sophie s'ouvrit mollement, tandis que son corps continuait à onduler sous les secousses de son orgasme. Les giclées perlées de la semence d'Edmond coulaient de ses lèvres tremblantes et tombaient sur le visage de Christopher qui, dans un cri, s'agrippa aux hanches de Sophie et, utilisant toute sa puissance, enfonça sa bite énorme au fin fond de sa chair palpitante. Elle cria de plaisir en sentant son propre orgasme l'inonder. Et dans la douce solitude de son fauteuil, Kate se mit à jouir, les doigts poussés à l'intérieur de sa chatte, vaincue par la vue du plaisir de Sophie.

Avec des gémissements de délire, Sophie se laissa glisser sur le torse de Christopher, sa bite encore pleine de secousses, toujours enfoncée profondément en elle. Edmond s'était agenouillé à côté d'eux et lui caressait les cheveux. Nick se retira délicatement de son cul et s'accroupit en caressant ses délicieuses fesses avec sa main. Kate retira sa main de sa vulve et laissa reposer sa joue sur son bras, regardant avec un sourire comment les hommes caressaient Sophie, la touchaient, la cajolaient, l'aidant à se remettre de la violence de son plaisir.

Après plusieurs minutes, Sophie leva la tête et regarda vers Kate. Elle passa sa langue sur ses lèvres et dit d'une voix rauque : « Kate, je veux que tu viennes avec nous. »

Kate se leva, secoua la tête. « Non, dit-elle avec fermeté, je crois que ça suffit pour aujourd'hui, Sophie. Personne n'y trouverait son compte si nous ne mettons pas en pratique la notion d'affirmation de soi dans des situations professionnelles. » Elle se leva de sa chaise et vint à l'endroit où Sophie était allongée sur le corps nu de Christopher. En prenant Sophie par le bras, elle la remit doucement sur pied et l'embrassa sur la bouche. « Tu as été merveilleuse, dit-elle. C'était formidable à regarder. Mais maintenant, on va faire un break et enchaîner avec les situations professionnelles. »

Christopher s'assit et s'approcha de Kate. « Ce n'est pas vraiment juste pour toi, dit-il d'une voix un peu ennuyée, on pourrait attendre un peu et recommencer.

— Oh, t'inquiète pas pour moi, dit Kate, il reste demain. Demain, on va faire un bilan de vos connaissances. Et j'ai hâte de voir ça… »

Chapitre 9

« Allô ?

— David ? David, c'est moi, Kate. Tu peux parler ?

— Je suis dans la chambre noire. Oui, je peux te parler, je ne développe rien pour le moment. Alors, qu'est-ce qui se passe ? Il y a un problème ?

— Non, il n'y a pas de problème à proprement parler.

— Qu'est-ce qui se passe ? » La voix de David changea, baissa, s'adoucit. « Quelque chose s'est mal passé ? Quelqu'un a fait des histoires ?

— Non, non. » Kate se roula en boule dans son lit, vêtue simplement d'une robe de coton fin, tenant le téléphone entre son oreille et son épaule. « Non, personne n'a fait d'histoires. Est-ce que c'est ça le problème ? Je ne sais pas, je me sens un peu perdue. J'avais juste envie d'en parler. Tu as du temps ?

— Oui. Je peux parler toute la nuit, si tu veux. Qu'est-ce qui se passe ? Combien d'hommes t'es-tu tapée jusqu'à présent ?

— Oh, deux, Nick et Christopher.

— Le mec aux cheveux noirs qui te plaisait au début et le grand calme. Alors, c'était bien ?

— Oh, oui, très bien. Mais, David, je ne sais pas dans quoi je me suis lancée. » Brièvement, Kate expliqua comment s'était déroulée la formation jusqu'à présent, la manière dont les participants avaient interagi entre eux : la peur homophobe de Nick vis-à-vis de Christopher, et l'intérêt mutuel évident qui s'était tissé entre Sophie et Edmond. « Et aujourd'hui, dit-elle, après que je l'ai bien coachée la veille au soir, Sophie s'en est sortie brillamment. Elle a réussi à avoir tous les hommes en même temps. C'était merveilleux pour elle, on aurait dit qu'elle jouissait pendant des heures. Et puis après ça, on a aussi bien travaillé sur l'affirmation de soi : tout le monde, y compris Edmond, qui est l'archétype du gentleman anglais. Mais là, je me sens bizarre. Perdue. »

Il y eut un bref silence. Puis, David dit gentiment : « Kate, ma chérie, je peux te le dire, où est le problème.

— Ah, c'est quoi ? demanda Kate.

— Ça s'appelle ne pas être au centre. Et tu détestes ça.

— David !

— Non, c'est vrai. Aujourd'hui, les hommes se sont intéressés à Sophie, non ? Et il n'y avait pas l'air d'y avoir beaucoup de place pour toi ?

— Je regardais. »

David éclata de rire. « Regarder, c'est pas ton point fort, Kate. Tu aimes être au cœur des choses, si tu veux bien m'excuser. Tu es une extravertie, pas une inhibée, tu es une actrice, tu aimes être admirée. Être en retrait, même pour une matinée, c'est une déprime garantie. Et puis, l'autre chose, Kate, c'est que tu aimes que les autres aient besoin de toi. C'est toujours pareil avec ces formations. Même quand tu as les participants en tête, en tête seulement, tu passes toujours par un moment de déprime quand tu commences à sentir qu'ils ont moins besoin de toi qu'au début. Et cette fois, tu es partie en disant que tu allais prendre ton pied en te foutant du reste. Je t'avais dit que tu finirais par t'occuper des participants, et c'est exactement ce qu'il se passe. Et maintenant, tu constates avec tristesse qu'ils s'intéressent les uns aux autres et qu'ils ne pensent plus à toi. Je t'avais mise en garde. »

Pendant un moment, Kate ne répondit rien. Elle resta assise avec le téléphone sur son épaule, mâchonnant sa lèvre. Puis, elle dit de mauvaise grâce : « J'imagine que tu as peut-être raison.

— Tu sais que j'ai raison. » À sa voix, elle savait que David était en train de lui sourire. « Je t'avais prévenue, non ? Mais ne t'inquiète pas, Kate. Je ne fais pas que diagnostiquer les problèmes, je sais aussi les résoudre.

— Et comment ? demanda Kate, découragée.

— Raconte-moi encore un peu ce qu'il s'est passé, dit David, la voix maintenant douce et caressante. Juste encore un peu. Et je te garantis que je vais te remonter le moral.

— David », murmura Kate. Elle savait ce qu'il voulait dire. Quand ils habitaient ensemble, ils avaient souvent été séparés à cause du travail et ils avaient perfectionné l'art de ce qu'ils appelaient l'amour à longue distance. Cela faisait des mois qu'ils ne s'y étaient pas adonnés et l'idée remplissait Kate de désir. Elle glissa sur le lit, s'enroulant et s'étirant sur le couvre-lit, sentant les pointes de ses seins se tendre rien qu'à l'idée. « Bon, dit-elle, d'accord. Remonte-moi le moral, alors.

— Je suis dans la chambre noire, dit David, tu te souviens de la chambre noire. Souviens-toi de la fois où tu es venue me regarder développer ces photos de toi. Elles étaient tellement chaudes que je t'ai prise sur le sol. Tu te souviens ? »

Kate ferma les yeux et vit apparaître une lumière rouge briller sur ses membres nus, donnant à sa peau blanche un reflet de corail et à son sexe rose une étrange pâleur. « Je me souviens, murmura-t-elle, il n'y avait pas de place, il fallait que je remonte mes jambes jusqu'à l'évier. Et tu m'as tirée sur tes genoux à la fin. Oh, David, bien sûr que je m'en souviens. Tu tenais ma taille dans tes mains et tu me soulevais de haut en bas sur ta bite délicieuse, et tu léchais mes seins. Pourquoi est-ce que c'était si bon ? Pourquoi est-ce que c'était si bon ?

— Toutes ces photos de toi, dit David, la voix aussi douce que la fourrure de son sexe, toutes ces photos que j'ai prises de toi. C'étaient les premières que je prenais de toi. Elles étaient tout autour de nous, Kate. Tu te souviens quand je les ai prises, le jour où on ne s'est jamais levés, on avait passé toute la journée au lit. Je t'avais fait l'amour et après, je t'avais prise en photo. J'en ai une ici, je suis en train de la regarder, j'en garde toujours quelques-unes sur les murs. Tu te rappelles quand je les avais prises ? Je venais de me retirer de toi et j'ai pris mon appareil. J'ai fait les photos et, une minute avant, j'étais en train de jouir en toi et, deux minutes avant, tu jouissais quand j'enfonçais ma bite à l'intérieur de ta chatte. Et tout de suite après, j'ai pris les photos. Tu portes une combinaison en soie en lambeaux, elle descend de tes épaules, elle est soulevée au-dessus de tes hanches, tes seins sont nus et je vois entre tes jambes. Tu es totalement relaxée. En toi, tout est douceur, tes lèvres sont douces, tes yeux sont des fentes, deux petites fentes noires, les pointes de tes seins sont dressées et elles brillent de ma salive. Et entre tes jambes, tout est si humide, tu es mouillée de notre foutre et tu as l'air pleinement satisfaite. Et fière de toi. »

Kate prit une longue et profonde respiration et plaça le combiné du téléphone dans une position plus confortable. Elle se mit à se caresser les seins, les pressant comme pour essayer d'en extraire du lait. Elle dut passer la langue sur ses lèvres avant de parler. « Est-ce que c'est ta photo préférée ? murmura-t-elle, c'est celle-là ta préférée ?

— Non, ma préférée, je l'ai ici. Je ne l'ai jamais décrochée du mur. C'est celle où tu te donnes du plaisir en solitaire.

— Je fais quoi ?

— Tu es allongée sur le canapé. Tu as la tête rejetée en arrière, tes yeux sont fermés, ta bouche ouverte. J'aime bien quand tes lèvres ont l'air douces et molles, comme si tu avais réellement envie que quelqu'un glisse une grosse queue entre tes jambes. C'est beau à voir, le contraste entre la peau blanche de ta main et les poils noirs de ton sexe. Tu te touches le clitoris avec ton majeur et tes autres doigts sont soulevés, presque raides, comme si tu ne voulais pas qu'ils entrent. C'est étrange et gracieux. Et tu as une autre main sur un sein. Tu malaxes ce sein vraiment fort, on voit des ombres autour de tes doigts quand ils s'enfoncent dans la peau et ton téton est pris entre ton index et ton pouce et tu le pinces. Tu es délicieuse.

— Dis-moi pourquoi tu l'aimes.

— Je l'aime parce que tu as l'air tellement abandonnée. Tu as l'air totalement impudique. C'est le mot. Tu as l'air de quelqu'un qui dirait oui à n'importe qui pour faire n'importe quoi. Tu ressembles à l'impératrice Messaline. Si une douzaine de soldats romains entraient, tu ouvrirais les yeux, tu les regarderais et tu dirais : " Par ici, les garçons. " Et tu te les enfilerais tous, tous.

— Et eux, ils feraient quoi ? murmura Kate. Ils me feraient quoi ? Et toi, tu es où ? » Elle adorait la manière dont l'imagination de David pouvait galoper.

« Moi, je suis le capitaine, dit David d'une voix enrouée, le centurion, c'est moi. Et mes dix meilleurs hommes, je les ai choisis spécialement, nous savons tous ce que désire l'impératrice. On entre et tu es là, à te caresser, avec tes doigts, entre tes jambes. Tes cuisses sont largement écartées de sorte que l'on peut tout voir. Mes hommes regardent et s'excitent. Ils sont impatients de te toucher. Et tu retires ta main de ton sexe, tu lèches tes doigts, tu souris et puis tu te lèves, tu regardes mes hommes de la tête aux pieds et tu dis : " Qui passe le premier ? " Tu désignes deux d'entre eux, ils courent vers toi et te saisissent. Ils ne prennent même pas le temps de retirer leur armure. Ils soulèvent leurs tuniques et en dessous, ils ont de beaux membres bien durs. Ils te tirent du lit, l'un d'eux se place devant toi, et l'autre crache sur sa bite et la caresse, puis il se met derrière ton dos et s'enfonce lentement dans ton cul. Te voilà entre deux soldats qui suent et grognent, et toi, tu te tords de plaisir tandis qu'ils t'empalent avec leur bite. Celui qui est derrière toi s'agrippe à tes hanches et celui qui est face à toi malaxe tes seins. Tu halètes, tu cries pendant qu'ils te baisent. Ils te baisent vraiment fort, on entend le bruit des corps contre le tien à chaque fois qu'ils te pénètrent. Tu allais jouir quand nous sommes arrivés et maintenant, tu jouis et tu jouis, tu es secouée par leurs assauts et par ton orgasme, et ça continue. Et moi, je suis là à te contempler et je touche ma bite avec ma main en espérant que tu aies pitié de moi.

— Je te vois », chuchota Kate. Tandis que David parlait, elle avait laissé sa main glisser le long de son corps et maintenant, elle pendait entre ses jambes, posée sur le bout gonflé de son clitoris, le caressant doucement, mais avec persistance. « Je te vois. Je vois que tu n'en peux plus. Donc, quand les deux premiers soldats ont fini, David, dis-moi ce que je fais.

— Quand ils ont fini », la voix enrouée de David lui murmura à l'oreille, « tous les deux se retirent de toi et s'éloignent en chancelant. Tu te laisses retomber sur ta couche et tu regardes tous ces pauvres hommes debout autour de toi. Tous se masturbent. Aucun d'entre nous n'avait pu supporter la vue des autres en train de te baiser, mais nous n'avons pas osé approcher sans ta permission. Tu es l'impératrice, tu es notre reine, tu pourrais nous faire crucifier si tu le voulais. Nous n'avons d'autre choix que d'espérer et d'attendre que tu nous choisisses. Tu me regardes de haut en bas et tu tends la main. Ton bras est nu, sauf pour un bracelet en perles et tu courbes ton petit doigt vers moi, tu me souris et tu passes ta langue sur tes lèvres. Et je m'avance vers toi, posément, bien que je sois excité au point d'avoir du mal à marcher et tu te mets à genoux sur la couche, à quatre pattes, et tu me souris tandis que je me rapproche. Et puis…

— Et puis, quand tu es debout juste en face de moi, dit Kate le souffle court, reprenant l'histoire, je vois les autres en train d'attendre et j'en choisis un muni d'une belle grosse bite et je fais un mouvement de la tête vers lui, en lui disant de venir derrière moi. Il va me prendre pendant que moi, je te prends dans ma bouche. Moi j'ai vraiment très envie de te prendre dans ma bouche. Tu as l'air si excité et en même temps si calme. David, dis-moi ce que tu fais maintenant.

— Je suis en train d'ouvrir mon jean, dit David, ma bite est dure, elle est douce et mes couilles sont tendues. Ma bite a envie d'être en toi, Kate, elle a envie d'être dans ta bouche chaude et douce. Et c'est ce que fait l'impératrice : elle se penche en avant et passe sa langue sur le bout de ma bite, au-dessus du gland, là où la peau est si douce et sensible, et puis, elle ouvre sa belle bouche rouge et m'avale.

— Tu mets tes mains dans mes cheveux, soupire Kate, caressant son bouton de plaisir avec ses doigts tout en pinçant un de ses tétons. Mes cheveux sont tressés et retenus par des fils d'or, des colliers de perles mais peu t'importe, tu enfonces tes mains puissantes à l'intérieur et toutes les épingles se mettent à tomber, les perles ruissellent le long de tes doigts, mais tu t'agrippes. Tu tiens ma tête bien serrée, tu pousses ton sexe dans ma bouche, tu fais l'amour à ma bouche. Je sens l'autre soldat derrière moi, qui s'enfonce entre les lèvres de ma chatte, je le sens s'enfoncer et me remplir tout d'un coup et c'est merveilleux, mais c'est encore mieux de te sentir entre mes lèvres. Tu glisses ta bite dehors et dedans, tu as si bon goût, tu as un goût salé, musqué et doux, et quand je te suce, tu grognes de plaisir. J'ai envie de t'avaler tout entier, j'ai envie que tu me remplisses de ton sperme chaud. David, David. » Sa voix se brisa en halètements, pendant qu'elle se caressait de plus en plus fort.

« Je sens tes lèvres sur moi, murmura David, je les sens, en train de me caresser, ta langue se promène sur la petite crête, juste au-dessous du gland et ça me rend fou. J'ouvre les yeux et je vois le soldat derrière toi qui s'accroche à présent à tes fesses et qui enfonce sa grosse bite à l'intérieur de ton cul. Je le vois. À chaque fois qu'il fait entrer son corps dans le tien, il heurte tes fesses, et une sorte de vague traverse ta chair, jusqu'en haut de ton corps, et tes seins vibrent, se secouent. C'est incroyable. Je me baisse et je prends tes seins, je pince leurs bouts pendant que tu me suces et que je vois le soldat en train de te pénétrer. Mon Dieu, je sens mes couilles se tendre.

Kate, Kate, ma bite est si dure, elle est pleine de sperme, je vais éjaculer. Je vais éjaculer. Jouis maintenant Kate, jouis avec moi. » David arrêta de parler et grogna au fond de sa gorge et, en l'entendant, Kate sentit son propre orgasme monter et la saisir. Elle haleta, gémit et, pendant un moment, il n'y eut plus un son, si ce n'est leurs respirations fortes, tandis qu'ils se remettaient de cette jouissance à distance.

Puis, Kate poussa un soupir et dit : « David, merci.

— Tu vois, dit David doucement, je crois bien que tu es la femme la plus sexy, la plus désirable du monde. » Il gloussa doucement. « Et je suis content de voir qu'on n'a pas perdu la main non plus. Tu as trouvé ça bon aussi, chérie ?

— Mais oui, tu le sais, souffla Kate. David… », ses yeux se posèrent sur un petit réveil posé avec impertinence sur sa table de chevet. « Oh, la la ! dit-elle, l'air navré, je vais être en retard au dîner ! » Et reprenant ses esprits : « Il y a un voyant sur le téléphone. J'ai reçu un message. David, je vais devoir y aller. Je suis désolée. Il n'y a vraiment pas de temps pour soi, pendant ce genre de formation.

— Tu te sens mieux ? demanda David avec sa voix de velours.

— Oui. » Et c'était la vérité. « Je me sens beaucoup mieux.

— Tu as dit que tu voulais faire cette formation pour prendre ton pied, mais je savais que tu ne tiendrais pas. Tu ne peux pas faire l'égoïste. C'est plus fort que toi. Tu t'es occupée du plaisir des participants, pas vrai ? Et tu as encore un peu négligé le tien ? C'est toujours pareil. Ne t'inquiète pas, Kate.

— Non, je ne vais pas m'inquiéter. » Kate envoya un baiser dans le combiné. « Bonne nuit, David.

— Viens me voir à ton retour, dit David, c'est demain soir, c'est ça ? J'ai toujours cette vilaine lettre de démission pour ton patron. Reviens me voir et on verra si tu l'envoies ou non.

— D'accord, répondit Kate doucement, bonne nuit, David. Merci. »

Elle raccrocha le téléphone et s'allongea sur le lit avec un gros soupir de satisfaction. Dans ces moments-là, elle se demandait si elle avait bien fait de quitter l'appartement des Docklands. David était effectivement un peu spécial. Mais après tout, ni l'un ni l'autre n'étaient vraiment faits pour la monogamie... Elle avait, en revanche, le sentiment insidieux que David était plus heureux comme ça maintenant : c'était son meilleur ami et, à l'occasion, le plus passionné des amants, et tout ça, sans engagement. Elle soupira encore et croisa un bras au-dessus de sa tête, puis décrocha le téléphone et composa le 10 pour la réception.

« Vous avez un message pour moi ?

— Oui, dit le réceptionniste, c'est du monsieur de la chambre 202. Il demande que vous le rappeliez quand vous aurez un moment. Vous n'aurez qu'à composer le numéro de la chambre.

— Merci. » Kate raccrocha et fronça un moment les sourcils, pensive. Pourquoi Edmond lui demandait-il de le rappeler ? Pendant un moment, elle sourit, s'imaginant ce qu'il pourrait dire : « Kate, je meurs d'envie de te faire l'amour depuis que je t'ai vue, est-ce que je peux venir dans ta chambre ? Est-ce que tu voudrais sortir et aller marcher dans le parc ? Je me demande si… »

Kate secoua la tête. Non, elle n'imaginait pas vraiment cela de la part d'Edmond. Cela ne rimait à rien d'essayer de deviner. En sept ans de management et de formation, elle avait au moins appris une chose : c'est que les gens vous surprennent toujours. Elle composa le 202.

« Allô ? dit Edmond de sa voix aristocratique et infiniment polie.

— Edmond, c'est Kate. Tu m'as demandé de te rappeler.

— Oh, Kate, oui. » Maintenant, Edmond semblait énervé et plus très sûr de lui. « Je t'ai appelée tout à l'heure mais ça sonnait occupé. Je n'ai pas interrompu quelque chose, j'espère ?

— Non, fit Kate avec un sourire secret, non, j'étais simplement en communication. Qu'est-ce qui se passe ?

— Bon, je… », la voix d'Edmond devint soudain inaudible avant qu'il ne se reprenne : « Kate, est-ce que je pourrais venir et parler un peu avec toi ? Ce serait plus facile face à face qu'au téléphone.

— Bien sûr. » Kate essaya de ne pas laisser paraître sa surprise. « Bien sûr. Passe.

— J'arrive. »

Il avait raccroché. Kate regarda pensivement le combiné et fronça encore les sourcils, puis elle respira et se leva d'un bond, en s'examinant. Elle était à moitié nue et la chair entre ses jambes était mouillée de son foutre. Elle releva en un seul geste sa robe en soie et courut à la salle de bains pour vérifier si elle n'était pas trop rouge du visage et de la gorge. Quelques éclaboussures d'eau la rafraîchirent et elle mit de l'ordre dans ses cheveux avant de retourner dans le salon de sa suite.

Au moment où elle entra dans le salon, elle entendit quelqu'un frapper avec hésitation à la porte. Kate alla ouvrir et sourit à Edmond qui semblait plein d'appréhension. « Salut ! fit-elle, encourageante. Entre.

— Merci beaucoup. » Edmond entra et resta immobile dans l'encadrement de la porte après qu'elle l'eut refermée et se fut tournée vers lui. Il était habillé d'un jean délavé et d'un polo ouvert laissant apparaître son torse pâle. Il avait l'air mal à l'aise, nerveux.

« Un verre, ça te dit ?

— Bon, je... », Edmond se mordit la lèvre. « Écoute, Kate, je veux en venir directement à ce qui m'intéresse. Tu sais ce qui s'est passé ce matin. Je... », il semblait chercher ses mots et resta là, frustré, les poings serrés.

« Quel est le problème ? » Kate était angoissée. Edmond n'avait pas caché ses sentiments pour Sophie. Souffrait-il de jalousie ? Elle demeura silencieuse, ne voulant pas lui souffler les mots.

« Je sais que ce que tu as fait, dit Edmond avec effort, tu l'as fait pour Sophie. Et j'ai pensé... j'ai trouvé ça merveilleux de la voir prendre son plaisir. Je veux dire, elle en a retiré tellement de plaisir. Mais maintenant, tu vois, je… » Il regarda Kate dans les yeux et secoua la tête. « Ça va être horrible à entendre.

— Essaie, dit Kate doucement.

— C'est juste que, bon, je voudrais savoir si, éventuellement, tu pourrais m'aider à demander ou à persuader Sophie de faire quelque chose pour… pour moi. »

Kate ne put retenir un sourire bienveillant sur son visage. « Edmond, dit-elle, je t'aiderai à le préparer, je t'aiderai à décider ce que seront tes objectifs. Mais tu sais bien quel est le but de cette formation. Il faut que tu te débrouilles tout seul.

— Ce n'est pas qu'une question d'objectifs, dit Edmond. Tu sais, je sais ce que je veux. Je sais ce que je veux lui demander. C'est juste que, bon, tu fais partie de mon objectif aussi. »

Levant un sourcil, Kate demanda : « Ah oui ? »

Edmond avala sa salive. Tu te souviens, le premier jour, dit-il au bout d'un moment. « Tu te souviens, quand nous avons parlé de nos fantasmes. J'ai évoqué de mon rêve dans lequel je faisais l'amour à deux femmes en même temps. J'ai vraiment très très envie de réaliser ce rêve et je pensais que peut-être, toi et Sophie… »

Le sourire de Kate s'élargit. « Bien sûr que je serais prête à y participer, dit-elle avec simplicité. Si tu parviens à en parler à Sophie et à la convaincre, je serai ravie. Qu'est-ce que tu veux que je fasse ? Tu veux qu'on fasse un planning ?

— Non. » Edmond secoua vigoureusement la tête. « Non, honnêtement. J'y ai pensé. Je sais ce que j'ai besoin de faire. Je commencerai par travailler sur mon affirmation dès le début, je l'ai planifié : " Sophie, j'aime beaucoup ce cours mais je n'aime pas le fait d'avoir fait partie des mises en scène des autres et jamais des miennes. Je veux que tu m'aides à réaliser mon fantasme." Qu'est-ce que tu en penses ?

— C'est un bon début, dit Kate. Ma seule réserve serait que si tu es trop affirmé avec Sophie, elle risque de se rétracter. Elle peut être têtue.

— Je sais. Je vais plutôt la persuader. » Le visage d'Edmond s'animait. Puis, soudain, ce fut comme si un nuage avait obscurci le ciel : son sourire disparut et ses yeux se baissèrent. « Il y a juste une chose qui m'ennuie, Kate. Est-ce que tu promets de me dire la vérité ? Honnêtement ?

— Bien sûr.

— Bon… » Edmond regardait le sol, mais soudain, ses yeux clairs et brillants s'éclairèrent. Ils étaient de la couleur des bourgeons au printemps, vert pâle et doré. « Kate, je veux juste savoir si tu penses que Sophie s'intéressera toujours à moi ? » Kate ne put se retenir de lui lancer un regard de surprise. Edmond continua à la hâte : « Tu dois voir ce que je veux dire. Je veux dire, aujourd'hui, elle a eu exactement ce qu'elle désirait, elle nous a eus tous les trois, on lui a fait ce qu'elle voulait et je ne peux pas m'empêcher de penser que, peut-être, je pourrais… je pourrais moi la décevoir. Après… après Christopher, j'ai un peu peur de ne pas être à la hauteur. »

Il avait l'air d'un enfant inquiet. Kate se sentit désolée pour lui, mais elle ne pouvait pas lui donner l'assurance dont il avait besoin. « Edmond, dit-elle avec douceur, je ne peux pas te dire ce que pense Sophie. C'est à toi de le lui demander toi-même. Il n'existe pas de boule de cristal pour savoir ce qu'elle pense. Il faut que tu lui parles. »

Edmond baissa à nouveau les yeux et secoua la tête avec désespoir. « Je sais que je ne peux pas faire le poids, dit-il d'un ton désespéré, je veux dire, regarde Christopher, il est …

— Edmond , rétorqua Kate en lui coupant la parole, je te propose de considérer cela d'une autre manière. »

Il leva les yeux vers elle, l'air incrédule et plein d'espoir. « Continue, dit-il avec hésitation.

— À qui Sophie a-t-elle demandé de l'accompagner dans la chambre close avec le circuit télé ? demanda simplement Kate.

— À moi, répliqua Edmond, prudemment.

— Et quand vous avez été dans la pièce, qu'est-ce qu'elle a dit ? »

Il y eut un petit silence. Le visage d'Edmond commença à rougir et au bout d'un moment, il dit : « Elle a dit qu'elle m'aimait vraiment beaucoup.

— Tu la crois ?

— Bien sûr que je la crois, dit Edmond, mécontent. Elle ne me mentirait pas. »

— Alors, de quoi as-tu peur ? C'est toi qu'elle a choisi. »

Edmond regarda Kate dans les yeux, les sourcils froncés, les lèvres pincées. Elle pouvait le voir lutter entre son manque de confiance en lui et son désir de croire que

Sophie l'aimait et était peut-être prête à l'écouter. Il resta longtemps sans rien dire. Puis, il ouvrit la bouche, hésita, la referma et parla après une longue pause. « D'accord », sa voix tremblait un peu, « d'accord, je vais essayer. Je vais essayer.

— C'est bien. » Kate prit une voix aussi encourageante et chaleureuse que possible. « C'est très bien.

— Je vais essayer, répéta Edmond, bien plus sûr de lui à présent. Kate, serais-tu prête à me rejoindre dans la chambre de Sophie quand je t'appellerai ?

— Bien sûr. » Edmond était déjà presque sorti par la porte. Il avait fait ce qu'il était venu faire et ne voulait rien de plus. « OK, Edmond. J'attendrai que tu m'appelles. »

Edmond lui lança un petit sourire incertain et ferma la porte. Kate ferma les yeux et s'appuya à la porte, secouant la tête, satisfaite d'elle-même. Edmond avait fait un long chemin, s'il pouvait s'affirmer avec une femme qu'il trouvait visiblement attirante et utiliser les autres techniques d'influence. Si elle n'avait pas parlé à David, elle savait qu'elle se serait sentie mise à l'écart, frustrée, tant il était clair que l'élément principal du fantasme d'Edmond était Sophie. Kate n'était que la « deuxième femme ». Mais David l'avait rassurée et son ego n'était pas endommagé de manière irrévocable. Elle espérait qu'Edmond y arriverait.

Il y avait un peu de temps à tuer. Kate alla se poser dans un fauteuil près de la fenêtre pour regarder la délicieuse lumière dorée de cette soirée d'été, réfléchissant à sa lettre de démission. Elle avait décidé que ce serait la dernière formation qu'elle ferait avant de partir. Elle ne faisait pas de cadeaux dans sa lettre. Elle était franchement dure. Était-ce vraiment intelligent de l'envoyer ? Ses quatre stagiaires faisaient grand profit de cette formation et les risques qu'ils se plaignent étaient nuls. Alors, pourquoi partir en claquant la porte ?

Mais en y pensant, Kate ne supportait pas la perspective de retourner au bureau et d'être à nouveau aux prises avec les contradictions de Bryony. De même qu'elle ne pouvait plus supporter le visage compatissant qu'Alex prenait à chaque fois qu'elle se faisait engueuler pour une erreur involontaire. Le mieux était d'envoyer la lettre de démission et ne jamais y retourner.

Elle ne savait pas combien de temps elle était restée à méditer quand le téléphone sonna. Elle traversa vite la chambre et décrocha : « Allô ?

— Kate ? Kate, c'est Edmond.

— Edmond… » Kate entendait, au ton de sa voix, qu'il avait réussi. « Tu veux que je vienne ?

— En fait, non. » Kate entendait Sophie pouffer de rire derrière. « Le truc, c'est que tu as une grande chambre et un grand lit et on se demandait si on ne pouvait pas plutôt venir tous les deux dans ta chambre, si ça ne te dérange pas. »

Un rire commençait à secouer la gorge de Kate. « Oui, vous pouvez venir ici. Bien sûr.

— Donc, on arrive.

— OK, à tout de suite. » Kate raccrocha le téléphone, s'arrêta un moment, puis appela l'accueil : « Bonsoir, pourriez-vous transmettre un message à deux de mes stagiaires, je vous prie ? Ils sont en train de dîner. Nick et Christopher. Si vous pouviez leur dire que les autres participants ne viendront pas les rejoindre et que l'on se retrouvera tous demain matin à neuf heures dans la salle de sport. » L'homme à la réception nota le message et confirma.

Quand Kate laissa tomber le téléphone, elle entendit des rires et des chuchotements à l'extérieur. Elle sourit et vint ouvrir avant que Sophie et Edmond n'aient frappé. La porte s'ouvrit d'un coup et les révéla tous les deux debout, dans les bras l'un de l'autre, s'embrassant passionnément. Sophie portait la robe de jersey de Kate. Ses seins étaient nus sous la robe et pointaient à travers l'étoffe. Quand Kate ouvrit la porte, Sophie et Edmond arrêtèrent de s'embrasser. Ils lui firent un sourire et entrèrent rapidement. Kate ouvrit la bouche mais avant qu'elle ne puisse parler, Edmond ferma la porte, tourna la clé dans la serrure et Sophie vint vers Kate pour la prendre dans ses bras, en l'embrassant sur la bouche.

Complètement prise au dépourvu, Kate ne fit rien d'autre que de réagir à ce baiser. Sophie pressait ses lèvres sur celles de Kate et sa langue petite et pointue se glissa dans sa bouche et explora gentiment, délicatement et profondément. Le baiser était possessif, direct, affirmé. Kate soupira et tourna son visage vers celui de Sophie, sentant une douceur tiède envahir ses membres qui avaient tout à l'heure frémi sous le plaisir de l'orgasme.

Au bout d'un moment, Sophie retira sa langue et sourit à Kate. « Tu vois, dit-elle, Edmond m'a dit qu'il avait toujours voulu voir deux femmes faire l'amour. Alors, j'ai pensé qu'on pourrait réaliser son rêve. »

Dire quelque chose ne semblait pas nécessaire. Kate sourit à Sophie et, tout doucement, plaça ses mains sur ses fesses douces et rebondies, sous l'étoffe de sa robe. Sophie prit le visage de Kate dans sa main et l'embrassa de nouveau. Leurs corps se pressèrent l'un contre l'autre, et les bras de Kate s'enroulèrent autour du dos de Sophie tandis que leurs langues s'enlaçaient. Kate laissa Sophie l'embrasser, se demandant ce qu'elle était supposée faire. Il semblait évident que Sophie voulait prendre les rênes. Elle dirigea doucement Kate en direction de la chambre à coucher et elles se câlinèrent jusqu'au lit, s'embrassant avec volupté. Là, Sophie retira sa main du visage de Kate et se mit à caresser son corps, sentant sa chair douce à travers le tissu fin et soyeux de la robe de chambre.

Les mains de Sophie étaient petites et délicates et Kate frémit en les sentant caresser sa peau. Elle était consciente de la présence d'Edmond, debout entre la chambre et le living, le bras appuyé contre le mur et la tête posée sur son bras, les fixant avec une attention extrême. Même sans regarder son visage, Kate pouvait sentir qu'il était excité et frémissant comme un animal en laisse, qui avait envie de tout voir mais aussi de participer. La présence de ce spectateur ajoutait du piment au plaisir que Kate commençait à sentir tandis que les doigts de Sophie faisaient glisser sa robe de ses épaules, dénudant ses seins généreux.

Quand la robe tomba au sol, Edmond eut un gros soupir et Kate réalisa qu'il ne l'avait pas encore vue nue. Elle voulait qu'il la voie, elle était animée par une envie impudique de se montrer, et elle recula un peu vers l'un des pieds du lit et elle attrapa à deux mains le pilier, comme si elle y était attachée. Dans cette position, elle savait que ses seins se dresseraient, et s'offriraient dans toute leur beauté aux yeux du spectateur silencieux. Elle renversa un peu sa tête, cambra les reins en projetant ses seins encore plus en avant, les yeux fermés, attendant avec volupté que Sophie la touche.

Kate frissonna et poussa un petit cri lorsque Sophie posa ses mains sur son ventre et les remonta le long de son corps pour sentir la fermeté et le poids de ses seins, et en pinçant entre ses doigts les pointes qui se raidissaient. Elle se pencha et murmura à l'oreille de Kate, juste assez fort pour qu'Edmond puisse entendre. « Est-ce que c'est comme ça que Christopher t'a attachée ? demanda-t-elle doucement. Comme ça, avec tes mains au-dessus de ta tête ? »

Kate secoua la tête sans un mot et elle sentit le souffle doux du rire de Sophie contre son visage. « Tu es merveilleusement belle, dit Sophie, si j'avais été Christopher, je t'aurais laissée comme ça. Regarde tes seins, comme ils se dressent. » Ses doigts doux suivaient la ligne des côtes de Kate sous les seins gonflés, puis avancèrent doucement au rebondi lumineux de ses fesses, en faisant de petits cercles, en pressant, en caressant. Kate haleta et reposa sa tête sur le montant en bois du lit, s'accrochant bien avec ses deux mains, espérant qu'elle sentirait rapidement les lèvres de Sophie se poser sur elle.

« Regarde, Edmond, souffla Sophie, regarde comme Kate est belle. Qu'est-ce que je lui fais ? »

Il n'y eut pas de réponse. Kate ouvrit les yeux et vit Edmond debout sous l'arcade, les bras croisés sur le ventre, comme s'il avait froid, ou peur. Ses sourcils étaient froncés sur ses yeux brillants et ses lèvres ouvertes. Elle voyait qu'il tremblait. Son érection était visible sur le tissu de son jean, mais il ne bougeait pas.

Maintenant, Sophie se tenait devant Kate, faisant courir ses doigts sur ses courbes avec une légèreté aérienne qui la fit frissonner. Kate brûlait de désir d'être touchée. Ses seins étaient tendus et durs, dans l'attente que des doigts les pressent, qu'une langue les mouille et les tourmente.

Edmond ne disait toujours rien et, au bout d'un moment, Sophie sourit. « Si tu ne veux pas me dire, dit-elle, je vais devoir utiliser mon imagination. » Elle laissa ses mains toucher la chair de Kate avec plus d'assurance, mais elle évita les seins et l'entrejambe.

Kate gémit et balança sa tête de droite à gauche : « Sophie, gémit-elle, s'il te plaît. »

Pour toute réponse, Sophie prit les poignets de Kate, les enroula autour de sa taille fine et posa ses lèvres sur la peau dorée de l'épaule de Kate, sur son cou, sur sa joue. Puis, elles s'embrassèrent et Kate sentit les petits seins de Sophie se presser à travers le tissu de sa robe tandis qu'elle se frottait contre elle. C'était un bonheur de l'embrasser. Ses lèvres étaient aussi douces que des pétales de rose et sa langue était souple, impatiente et habile comme celle d'un serpent. Kate se laissa aller sous les caresses de Sophie et poussa un léger soupir de plaisir. Sophie glissa un doigt tendu entre ses jambes, la laissant frotter son sexe douloureux contre le velouté de sa robe. Puis, enfin, Sophie lâcha ses poignets et avec ses petits doigts délicats, elle toucha les seins impatients de Kate, traçant des cercles autour des tétons engorgés, encourageant l'auréole à gonfler et s'assombrir à mesure que montait l'excitation. Kate offrit sa bouche aux baisers passionnés de Sophie et cria en sentant ces petits doigts agiles toucher les pointes de ses seins, tirant dessus jusqu'à ce qu'elles deviennent dures, les taquinant comme pour la faire mourir de plaisir. Sophie tenait les seins tendres de Kate dans ses paumes et caressait le petit bout corail avec ses pouces, pendant qu'elles s'embrassaient, se dévoraient de baisers, haletant toutes les deux.

Dans le tourbillon de son excitation, Kate s'aperçut que ses mains étaient libres. Elle les plaça doucement sur les épaules de Sophie et doucement, tout doucement, les fit glisser sur ses petits seins durs. Les tétons de Sophie étaient fièrement tendus, pointant à travers le jersey de sa robe. Kate agaça les petites extrémités dures entre ses doigts et sentit Sophie tressaillir de plaisir. Leurs corps gémissants fusionnaient l'un dans l'autre dans ce plaisir mutuellement partagé. Leurs langues s'exploraient et leurs mains caressaient leurs seins, pinçant les bouts tendus.

Kate commençait à trembler de désir. Entre ses jambes, elle était chaude et mouillée. Elle avait envie qu'on la touche là, elle avait très envie d'être caressée et que son orgasme lui soit amené sur un plateau d'argent. Elle se demanda furtivement pendant combien de temps Edmond allait rester debout sans rien dire, à les regarder. Puis, Sophie pinça son sein avec tant de force qu'elle poussa un cri de délicieuse agonie et sa tête fut comme inondée de plaisir.

« Allonge-toi », murmura Sophie, poussant doucement Kate en arrière. Obéissante, Kate s'allongea sur le lit, sentant le tissu doux et glissant du couvre-lit, sous ses fesses chaudes. Elle ouvrit les yeux et vit Sophie enlever sa robe, découvrant son beau corps fin. Edmond, quant à lui, restait comme paralysé dans l'encadrement de la porte, à regarder la scène, en se léchant les lèvres comme un animal hors d'haleine et affamé. Kate promena ses yeux sur son visage écarlate et lui sourit. Il finit par rencontrer son regard. Elle laissait glisser ses hanches sur le lit et écarta les jambes, de sorte qu'Edmond puisse voir entre ses cuisses. Elle ouvrit la bouche et se caressa le corps, soulevant ses seins lourds et les lui offrant, lui montrant le galbe de son estomac, sa chair tendre et mouillée de désir. Elle fit glisser ses doigts contre la peau blanche de ses cuisses et posa doucement un doigt contre sa petite tige de plaisir en érection, haletant au moment du contact. Edmond serra la mâchoire et rejeta sa tête en arrière comme si elle le tourmentait.

Sophie laissa sa robe glisser au sol et surprit cet échange. « Kate, dit-elle avec piquant, tu es en train de l'encourager ? Il a dit qu'il ne faisait que regarder.

— Il est abandonné, répliqua Kate, souriant toujours à Edmond.

— Je pense que c'est toi qui as besoin d'attention », dit Sophie et, sans un mot, elle se mit à genoux sur le sol entre les jambes écartées de Kate. Kate ferma les yeux, frissonnante de désir, quand elle sentit les lèvres douces de Sophie embrasser le creux de ses genoux, caressant la chair tendre et sensible de l'intérieur de ses cuisses, montant doucement vers la chaleur mouillée et impatiente de son sexe. La langue de Sophie était toute petite, très pointue et délicieusement habile. Elle embrassait et léchait le sexe de Kate avec une volupté enragée. Elle taquinait, tourmentait, évitant l'appel humide de sa vulve, jusqu'à ce que Kate, à l'agonie, se mette à crier de frustration, renversant sa tête de chaque côté. À l'écoute de son corps, Sophie allongea sa langue chaude et la pressa gentiment mais fermement sur le bout du clitoris frissonnant de Kate. Celle-ci poussa un long soupir d'extase et caressa ses seins. Avec le bout de sa langue, Sophie semblait réussir à déchaîner des vagues de plaisir dans son corps. Elle léchait et léchait encore, d'abord avec douceur, puis de plus en plus fort, abandonnant parfois le clitoris tremblant de désir pour glisser sa langue agile aussi profond qu'elle le pouvait entre les lèvres de son vagin palpitant. Kate poussa un cri et son corps se mit à se mouvoir en rythme avec les coups de langue. Elle souleva ses hanches vers la bouche de la jeune femme. Sophie attrapa fermement ses fesses entre ses mains, l'obligeant à se tenir immobile, et cette petite langue adroite se remit à caresser son petit clitoris torturé de plaisir.

« Oh ! ! gémit Kate. Je jouis, je jouis. Sophie, s'il te plaît, continue, continue, s'il te plaît. » Des murmures incompréhensibles coulaient en cascade de sa bouche. Sophie trouva son rythme et ses coups de langue entraînèrent Kate doucement mais sûrement jusqu'à l'orgasme. Le plaisir sembla pulvériser sa tête et son corps. Elle s'accrocha à ses seins, en sentant son mont de Vénus irradié tandis que des flèches brûlantes de plaisir transperçaient ses tétons. Son corps se contracta et se cambra. Sophie pressa sa bouche molle, ouverte et brûlante contre son sexe fondant. Et Kate hurla de plaisir.

Elle retomba sur le lit, haletante, le corps et les membres brillants de sueur. Sophie se redressa et se pencha pour l'embrasser sur la bouche. Ses lèvres rouges comme des boutons de rose étaient mouillées, salées et douces de la liqueur intime de Kate. Elle enlaça les épaules fines de Sophie, l'embrassa, la remercia pour tout le merveilleux plaisir qu'elle lui avait donné, avec ses lèvres et sa langue. « Sophie, murmura-t-elle. Oh, Sophie. »

Le corps de Sophie était aussi léger qu'une brindille. Elles s'enlacèrent en s'embrassant et roulèrent l'une autour de l'autre sur le lit. Kate caressa les petits seins de Sophie, en la faisant gémir de plaisir. « À ton tour ? murmura-t-elle.

— Oh, oui », murmura Sophie, roulant avec elle sur le couvre-lit, en offrant ses petits seins et leurs pointes tendues aux caresses de Kate. « Oh, oui, Kate, s'il te plaît.

— Non, Kate et Sophie firent un bond toutes les deux. Elles avaient oublié Edmond, dans l'élan de l'orgasme de Kate. Il se tenait soudain tout près du lit et, après avoir retiré sa chemise, il s'acharnait nerveusement sur les boutons de son jean. « Non, je n'en peux plus », répondit-il avec férocité aux deux femmes qui le regardaient. « Laissez-moi venir avec vous. Je veux être avec vous. » Il se débattait avec son jean et laissa échapper un juron. Son corps était mince et gracieux, ses muscles élancés et ses mouvements aussi souples que ceux d'un chat. Une fois qu'il eut enfin réussi à enlever son jean, il retira son caleçon et son pénis se dressa à la verticale, long, impatient, bandant en direction des deux femmes nues sur le lit, et en haletant, comme s'il pouvait sentir l'odeur de leurs sexes.

Sophie jeta un bref coup d'œil à Kate et sourit. Puis, elle fronça les sourcils en direction d'Edmond et fit une petite moue. « Mais j'avais envie qu'elle me lèche », dit-elle.

Le visage étroit d'Edmond fut soudain illuminé par un sourire brillant. « Tes désirs sont des ordres », dit-il en se renversant en arrière sur le lit et en tendant ses mains vers celles de Sophie. Elle vint vers lui de bon cœur, son corps délicat s'abandonnant dans ses bras comme s'il lui appartenait déjà. Il l'enlaça en l'embrassant. Pendant qu'ils s'embrassaient, les mains d'Edmond exploraient son corps, pétrissaient ses seins, glissaient entre ses cuisses minces pour toucher, pour s'enfoncer, et Sophie commença à onduler dans ses bras en gémissant. Le visage d'Edmond était ravi, transporté de désir et d'amour.

Kate resta assise, un peu en retrait de l'autre côté du lit. Elle enroula ses bras autour de sa taille et se berça un peu en frissonnant, se sentant soudain délaissée et exclue. Son orgasme et l'ébullition de plaisir qu'elle avait ressentie étaient en train de s'évanouir. Dans un instant, elle allait être malheureuse et elle se remémora la conversation qu'elle avait eue plus tôt avec David. À cause d'elle, ou plutôt grâce à elle, grâce à ce qu'elle leur avait appris, Sophie et Edmond s'étaient redécouverts et avaient trouvé la force et la confiance en eux pour se donner du plaisir. Qu'est-ce que cela pouvait faire qu'elle soit mise à l'écart ? Plus ils étaient absorbés, plus ils étaient concentrés sur leur plaisir, plus la réussite de Kate était grande. C'était un compliment, et pas une insulte.

Kate prit une inspiration profonde et satisfaite et ouvrit les yeux. Devant elle, Sophie et Edmond étaient enlacés dans les bras l'un de l'autre, haletants, leurs langues emmêlées dans de brûlants baisers. Les doigts d'Edmond étaient enfouis dans le sexe de Sophie, sondant, s'enfonçant, tandis que la petite main de Sophie était enroulée autour de sa bite en érection, glissant de haut en bas avec des coups forts, en rythme. Kate regarda Sophie branler la bite d'Edmond, glisser sa main entre ses jambes pour caresser ses testicules poilus et s'arrêter pour lui murmurer quelque chose à l'oreille.

Avec un sourire bienveillant, Edmond se tourna vers Kate. Il lui tendit la main. « Viens avec nous, dit-il doucement. Kate, s'il te plaît. »

Leurs deux visages étaient tournés vers elle, pleins de désir et d'amour. Kate se sentit soudain envahie par une bouffée d'émotion, un mélange d'amour, de tristesse et de fierté. Le même sentiment que pouvait éprouver une prof qui sait que son élève n'a plus besoin d'elle. Elle s'avança vers eux, les yeux aveuglés par les larmes, et ils l'enlacèrent. Mais elle n'oubliait pas la promesse qu'elle avait faite à Sophie la veille. Elle prit la main de Sophie et demanda presque avec humilité : « Sophie, j'avais dit que je ne le ferais pas sans ta permission.

— Oh, Kate, murmura Sophie avec un sourire tendre, bien sûr. Je veux le voir te donner du plaisir autant qu'à moi. »

Ils restèrent accrochés les uns aux autres, trois corps, trois bouches, s'embrassant et se caressant. Puis, Sophie murmura : « Edmond, s'il te plaît, j'ai tellement envie de ta bouche », et progressivement, le nœud de corps nus et entrelacés se transforma en joli croquis. Edmond était allongé et tira Sophie sur lui. Elle lui enjamba le visage avec ses jambes fines et, dans un halètement d'extase incrédule, elle se baissa doucement vers sa bouche offerte. Elle hésita un moment, assise en équilibre au-dessus de lui, les lèvres délicates de son sexe apparaissant de manière furtive à travers sa fourrure.

Edmond leva les yeux vers ses fesses blanches, étalées au-dessus de son visage et soupira avec délice. « Sophie, murmura-t-il, tu es si belle. » Ses mains glissèrent sur ses cuisses, jusqu'à sa taille étroite, captivées par les douces courbes de son corps élancé. Puis, il ouvrit la bouche et ses mains s'accrochèrent à ses hanches et il l'attira sur sa bouche impatiente et enfonça sa langue.

Au moment où Sophie se mit à crier, Kate fut submergée par le désir de sentir le corps d'Edmond en elle. Elle s'empressa de s'asseoir à côté de lui et se pencha pour s'emparer de son pénis en érection allongé sur son ventre. Elle caressa le membre chaud et rigide et commença à malaxer ses testicules contre les lèvres tremblantes de son sexe, se stimulant elle-même, se préparant au plaisir. En levant les yeux, elle vit que les yeux noirs de Sophie étaient ouverts et qu'elle la regardait avec excitation et étonnement. Kate lui sourit en se laissant lentement glisser sur toute la longueur de la bite d'Edmond et pénétrer très profondément. Edmond se mit à gémir sous le sexe de Sophie qui se tordait dans ses mains habiles, tandis qu'il la léchait de plus en plus fort, stimulé au-delà du supportable par la sensation de sa bite brûlante pénétrant le vagin humide et chaud de Kate.

« Kate, gémit Sophie. Embrasse-moi. » Elle se pencha en avant, la bouche ouverte, tendue vers Kate. Elles échangèrent un baiser lascif et Kate se mit à bouger, glissant de haut en bas sur la grosse bite qui l'avait empalée. La sensation d'avoir Edmond au fond d'elle et Sophie en train de l'embrasser la rendit folle de plaisir. Elle se mit à gémir, à se tordre, à pousser ses seins contre les doigts fouineurs de Sophie, en pinçant fort les tétons durs de Sophie, et en chevauchant la bite d'Edmond avec une pression désespérée. Elle sentait que Sophie et Edmond allaient jouir rapidement. Le corps de Sophie se raidissait et se tordait pendant qu'Edmond stimulait son clitoris en lui donnant des coups de langue puissants et nerveux, et Edmond ondulait et se soulevait sous les corps des deux femmes extatiques, cherchant à les faire jouir encore plus fort. Kate eut peur qu'ils ne jouissent et que tout soit fini, qu'elle soit laissée de côté, jusqu'à ce qu'une des petites mains de Sophie se glisse entre ses jambes et qu'un de ses doigts caresse délicatement la pointe électrisée de son clitoris, et elle poussa un dernier cri d'agonie et de délice, tout en s'enfonçant contre le gros pénis qui déchargeait. Un flot de plaisir l'envahit et elle s'accrocha follement, avec les muscles de son intimité, au membre qui remplissait sa chair douce, le sentant vibrer et exploser en elle. Et les trois gémirent et se tordirent, secoués par les élans de leur orgasme partagé.

Maintenant, ils étaient tous les trois allongés sur le lit, ensemble, à soupirer, en souriant, enchevêtrés, enlacés, baignant dans le foutre et la sueur, satisfaits. Kate plia son coude, leva la tête et la posa sur sa main en disant : « Alors, Edmond, comment trouves-tu la réalité comparée à ton fantasme ?

— Merveilleuse », répliqua Edmond en souriant. Il avait un bras autour de Sophie, mais il tendit la main pour caresser le visage de Kate, dans un geste d'affection et de gratitude. « Merveilleuse. C'est incroyable. »

Sophie laissa sa tête retomber en arrière et ferma les yeux, son corps bougeant de manière languide contre celui d'Edmond. « J'ai du mal à croire que je n'avais pas de fantasmes avant de venir à cette formation. Maintenant, je n'arrête pas de penser à de nouveaux fantasmes !

— De nouveaux fantasmes ? demanda Edmond avec intérêt. Vraiment ? » Il regarda Kate et sourit. « On peut t'aider ? »

Sophie ouvrit les yeux, ses joues roses rougissant d'excitation et de gêne. « Oui, sûrement. Oui, bien sûr.

— Raconte », demanda Kate. Elle tendit la main et toucha la gorge de Sophie et la caressa doucement jusqu'aux seins. « Raconte, Sophie. »

Avec un petit murmure de plaisir, Sophie cambra le dos, poussant ses seins vers les mains de Kate. « Oh, dit-elle, bon, je voudrais… mais l'un d'entre eux inclut Edmond, et je pense qu'il est peut-être un peu fatigué, là.

— Donne-moi un petit break, répondit Edmond, et je suis bientôt à ton service.

— J'aimerais bien, dit Sophie posément, se tournant pour regarder Edmond dans les yeux avec une sincérité transparente, tu vois, Edmond, je ne t'ai pas encore senti en moi, et j'en ai tellement envie. »

Le visage d'Edmond révéla à quel point il était ému. D'une impulsion, il se pencha et prit le visage de Sophie, l'embrassa, l'attirant près de lui. « Sophie, murmura-t-il en reculant, je t'aime. Je t'aime. Tu sais que je ferais n'importe quoi pour toi. Je te donnerai du plaisir, ça, je le promets. Ce que tu veux.

— Et raconte-nous aussi les autres ! » suggéra Kate. Il fallait qu'elle lutte contre ce sentiment d'abandon, et qu'elle se mette bien en tête que le rapport fusionnel d'Edmond et de Sophie était tout à fait positif pour elle. Cela montrait en effet à quel point ils avaient confiance en elle, puisqu'ils se sentaient prêts à l'impliquer dans leur aventure. Ils volaient simplement de leurs propres ailes. Elle n'était ni exclue ni ignorée. « Merci, David », se dit-elle.

« D'accord », Sophie eut un petit frisson et Edmond l'entoura de ses bras protecteurs, la tenant serrée. « OK, Kate. Il y a quelque chose que j'aimerais bien que tu fasses pour moi. Quelque chose que je *veux* que tu fasses pour moi. Tu te souviens, la nuit dernière, quand je t'ai... quand je t'ai baisée avec ce, ce truc ? »

Edmond eut l'air surpris, aussi bien par le langage que Sophie utilisait à présent qu'à l'idée de ce qu'elle et Kate avaient pu faire la nuit précédente. Kate sourit en se remémorant avec délice la nuit dernière. Le gros phallus en bois l'avait comblée, glissant délicieusement au fond d'elle, et Sophie l'avait juste touchée avec sa langue, ce qui avait déclenché en elle une jouissance inoubliable. « Je m'en souviens, dit-elle.

— Et une de ces images, dit Sophie, il y avait une femme avec un – un godemiché attaché à sa taille. C'est ça que je veux que tu me fasses, Kate, si tu en as apporté un.

— Si tu en as apporté un ? » répéta Edmond avec une certaine incrédulité dans la voix.

« Oh, dit Sophie le souffle court, tu ne connais pas la malle aux trésors de Kate. Regarde, Edmond, regarde. » Elle roula hors du lit et se précipita vers la petite malle près de la fenêtre, s'agenouilla près d'elle et l'ouvrit. « Regarde, dit-elle, il y a des livres, des jeux, des habits merveilleux. Regarde. Demain, je veux que tu portes ça. » Elle tenait le corset. « Tu ne crois pas que cela ferait virer la cuti de Nick ?

— Qui sait ? ! dit Edmond. Quoi d'autre, à l'intérieur ?

— Regarde ça, si tu veux », dit Sophie. Elle avait trouvé ce qu'elle cherchait. Un long et gros godemiché en plastique noir, souple, avec des bandes de cuir qui permettaient de l'attacher aux hanches d'une femme.

« Regarde, Kate, murmura-t-elle, d'une voix qui tremblait d'excitation. Le voilà. S'il te plaît, est-ce que tu voudrais bien me… me baiser avec ça ?

— Oui. » Kate tendit la main et prit le godemiché des mains tremblantes de Sophie. Elle sourit en le faisant. Sophie ne savait pas encore à quel point les gens pouvaient être inventifs quand il s'agissait de plaisir sexuel. L'instrument était intelligemment conçu. Deux des lanières se rencontraient sous les jambes de la femme qui le porte et au point de jonction, un petit capitonnage avait été cousu. Il avait l'air assez inoffensif de l'extérieur mais à l'intérieur, il était frangé de petits clous qui glisseraient de part et d'autre pendant la pénétration avec le faux membre. Ce petit capitonnage était ajustable et on pouvait le placer pour qu'il soit ajusté au clitoris de la femme, afin qu'il le caresse, le stimule à un degré presque insupportable. Kate entrerprit d'attacher le godemiché à ses hanches et à ses cuisses et commença à sentir les petits clous frotter contre elle, comme une myriade de doigts légers pressant contre la chair gonflée des lèvres de son sexe, les écartant, les explorant.

« Mon Dieu », souffla Edmond. Il regarda les yeux grands ouverts de Kate qui finissait d'attacher la dernière boucle avant de se mettre à genoux sur le lit, le phallus artificiel émergeant fièrement de ses poils pubiens. « Mon Dieu, je ne le crois pas. Sophie, tu ne peux pas avoir envie de… »

Sa voix était épaissie par le choc, avec presque des pointes d'horreur. Kate hésita, regarda Edmond l'air incertain. « Edmond, intervint Sophie, en prenant le visage fin d'Edmond entre les paumes de ses mains. Edmond, écoute-moi bien. » Elle secoua doucement son visage, le regardant droit dans les yeux. « Écoute. Quand aurons-nous encore une chance d'essayer tout ce dont on rêve ? Quand cela arrivera-t-il encore ? »

Il y eut un silence et Edmond regarda au fond des grands yeux noirs de Sophie. Au bout d'un moment, il dit très calmement. « Sophie, dis-moi que tu m'aimes.

— Oh, Edmond. » Sophie lui sourit, le visage remplit d'une telle affection que Kate eut un pincement au cœur. « Tu sais que je t'aime.

— Plus que les autres, persistait Edmond, plus que Kate. Plus que Nick ou que Christopher. Plus que n'importe qui. » Il avait oublié ses inhibitions, sa politesse habituelle. Il ne s'arrêta même pas pour se demander si ce qu'il disait risquait de heurter Kate, leur spectatrice impuissante. Il était déterminé à entendre ce qu'il voulait entendre. Kate était tiraillée par des émotions conflictuelles : le plaisir de voir qu'Edmond avait enfin réussi à se désinhiber et le mécontentement de le voir forcer Sophie à choisir et à faire son choix en public.

« Plus que n'importe qui », Sophie fit écho aux paroles d'Edmond avec une voix abandonnée. Elle le regardait dans les yeux, les lèvres ouvertes. Ses yeux s'adoucirent de plaisir quand il enregistra ce qu'elle venait de dire. Il eut presque l'air de quelqu'un qui ne croyait pas à sa chance, mais il ne posa pas de questions. Sophie se pencha pour l'embrasser, puis laissa aller son visage. « Mais Edmond, dit-elle, quoi qu'il arrive après, maintenant, aujourd'hui et demain, je veux en profiter au maximum. Et je veux que ce soit pareil pour toi. » Elle l'embrassa encore, doucement, puis revint vers Kate. « Kate, dit-elle, s'il te plaît, baise-moi. S'il te plaît. »

Maintenant, Kate avait envie de faire souffrir Edmond. Il avait forcé Sophie à dire combien elle l'aimait, il lui avait fait dire qu'elle l'aimait plus que Kate. Elle voulait maintenant qu'il se torde de douleur. Ça ne suffisait pas de s'étendre sur Sophie et de la prendre en missionnaire. Elle voulait qu'Edmond voie quel plaisir une femme pouvait donner à une autre, et combien elle pouvait en prendre à le faire, aussi. « Oui », dit-elle à Sophie. Elle se pencha en avant et prit les bras fins de Sophie, la tirant tout près, trouvant ses lèvres ouvertes et y glissant sa langue. « Je vais te baiser, Sophie. Viens ici. Mets-toi à genoux. À quatre pattes. »

Sophie écarquilla les yeux et vint auprès d'elle sur le couvre-lit, obéissante, sur ses mains et ses genoux, ses petits seins ronds se balançant dans l'air chaud, ses tétons en érection. Kate s'agrippa aux cheveux frisés de Sophie et tira sa tête en arrière. « Lèche ! » dit-elle en poussant le gros bout du godemiché vers les lèvres tremblantes de Sophie. « Lèche, comme si j'étais un homme. Suce, Sophie, avant que je te baise. »

Avec un petit soupir, Sophie ouvrit la bouche et enfouit la grosse bite en plastique noir. Kate tenait toujours ses cheveux en arrière et poussait, imaginant comment elle se sentirait si elle était un homme, un maître, forçant sa grosse bite à pénétrer entre les lèvres de sa toute nouvelle esclave. La pâle créature était vierge et le maître devait la déflorer, prendre sa bouche encore vierge, avant de prendre son con étroit et tendre. Cet éclair de fantasme excita terriblement Kate. Les lèvres de Sophie montaient et descendaient sur le godemiché qui se frottait de manière exquise contre le clitoris enflammé de Kate, grâce au petit capitonnage clouté. Elle gémit et caressa la bouche de Sophie et s'accrocha à ses épaules fines. Les tétons de Sophie se dressaient, appelant désespérément les caresses. Kate pinça ses tétons tout durs entre ses doigts et commença à les caresser, les agacer, fermant les yeux et imaginant qu'elle était le maître initiant sa nouvelle acquisition aux plaisirs de la chair. Oh, oui, oh ! Et la créature impuissante, agenouillée devant le maître, n'était pas seule. Là-bas, dans un coin de la pièce, se tenait l'amant de la fille, impuissant lui aussi et prisonnier, forcé à regarder sa bien-aimée se faire violer par le maître, ce bourreau. Plus le maître ferait jouir l'esclave et plus grand serait le désespoir de son amant torturé.

« Maintenant », souffla Kate, poussant fermement le gros membre noir entre les lèvres de Sophie et pinçant dur sur les pointes enflammées de ses seins. « Maintenant, Sophie, avec ta main droite, caresse-toi. Caresse-toi ! Je veux t'entendre gémir. »

Sophie voulut se plaindre. Mais lorsqu'elle ouvrit la bouche pour parler, son gémissement fut étouffé par le godemiché que Kate enfonça plus profondément. « Taistoi, dit Kate sèchement, et fais-le ! Caresse-toi. Avant de rentrer ça dans ta chatte, je veux que tu gémisses de plaisir. »

Après un moment d'hésitation, Sophie souleva sa main et la plaça entre ses jambes. Son épaule se mit doucement à bouger en mouvement avec ses caresses. Kate ouvrit les yeux, oubliant le plaisir abominable que le petit capitonnage lui procurait et regarda Edmond. Il avait les yeux rivés sur les fesses de Sophie qui se tenait à quatre pattes face à lui, le sexe mouillé et ouvert. Sa bite recommençait à bander légèrement et son visage semblait exprimer ses pensées : « Mais c'était supposé être *mon* fantasme ! » Kate l'observait tandis qu'elle baisait la bouche de Sophie qui poussait des gémissements étouffés par le godemiché. Ses fesses frémissaient de plaisir et elle poussa un cri qui sembla déranger Edmond. « Plus fort, ordonna Kate, branle-toi plus fort, encore, encore ! » et Sophie lui obéit en gémissant.

« Bien. » Kate retira le godemiché brillant de la bouche de Sophie. « Tourne-toi un peu vers moi, Sophie. » Elle arrangea Sophie de sorte qu'elle soit de profil pour qu'Edmond puisse voir chaque centimètre du godemiché qu'elle allait lui enfoncer dans le sexe. Elle eut envie de tirer les mains de Sophie derrière son dos et de les attacher, pour qu'elle ait le visage écrasé dans les draps et le cul bien en l'air, et que le maître puisse enfoncer son gros membre bien profond, mais elle en décida autrement. Sophie avait fait du chemin, mais peut-être que le bondage et la soumission lui feraient peur. Elle fit le tour et s'agenouilla derrière Sophie, en commençant à passer doucement le bout du godemiché contre son sexe, ouvrant les lèvres impudiques, stimulant doucement son petit clitoris dressé et luisant de plaisir. Sophie eut un gémissement et rejeta sa tête en arrière. Kate positionna son gros membre, et sentit les muscles de son ventre et de ses reins se tendre d'excitation en réalisant qu'en un seul coup, elle serait au fond du sexe humide de Sophie. Est-ce que c'était cela que les hommes ressentaient ? Ce sens du pouvoir, de la possession ? Elle ferma les yeux et s'imagina à nouveau en maître dominant son esclave. Il l'avait caressée, il lui avait apporté le plaisir de la soumission. À présent, elle ne désirait plus qu'une chose, sentir son maître la pénétrer, savoir qu'elle lui appartenait et aller droit à l'extase sur les ailes de son pénis. Elle avança un peu plus près de Sophie, sentant ses lèvres douces lui ouvrir un passage. La surface cloutée du capitonnage de sa ceinture-godemiché frottait fort contre son clitoris tressaillant. Cela la fit haleter. Elle hésita. Et elle entendit la voix de Sophie : « Oh, s'il te plaît, s'il te plaît. Vas-y. » Et avec un gémissement, elle poussa avec ses hanches et sentit toute la longueur du godemiché s'enfoncer au fond de la chair fondante de Sophie, glissant entre les murs soyeux de son tunnel d'amour, la possédant. Sophie poussa un cri tremblant, un cri d'agonie. Et Kate se mit à la baiser.

Elle avait tout oublié, sauf ce désir urgent de prendre Sophie. Elle était un homme, en train de prendre une femme, comme le fait un homme, poussant au fond d'elle, grognant de plaisir. Et c'était un pouvoir merveilleux, merveilleux. Elle était Casanova, elle était Don Giovanni, elle était l'amant parfait, l'homme qui peut continuer pour toujours, qui poussera et poussera jusqu'à ce que son amante soit à ses pieds comme un tas de chair tremblant de bonheur. La délicieuse friction du capitonnage clouté contre sa chair déclenchait des éclairs de plaisir et elle jouissait, jouissait à chaque fois qu'elle poussait le gros membre noir dans le sexe mouillé de Sophie. Et Edmond regardait, il la regardait faire, il regardait Sophie gémir, crier, pousser en rythme ses hanches en arrière pour accueillir chaque pénétration. Kate jeta un regard vers lui, espérant à moitié qu'il se torde de douleur de voir Sophie prendre autant de plaisir avec elle. Ce qu'elle vit lui fit presque perdre le rythme. Edmond rampait vers Sophie, les yeux rivés à son visage, fascinés. Sa queue gonflée, dure de désir, cognait contre son ventre alors qu'il avançait.

« Sophie, souffla-t-il, Sophie, Sophie, s'il te plaît. Jouis. Je veux te voir jouir. Sophie, s'il te plaît. »

Kate soufflait de l'effort de pénétrer Sophie, de pousser aussi fort et aussi profond qu'elle le pouvait. Sophie criait maintenant de plaisir, mais ce n'était pas l'orgasme : la jouissance ultime ne l'avait pas encore saisie. D'une main, Kate s'accrocha fermement aux fesses douces et rondes de Sophie, et de l'autre, attrapa le devant de ses hanches et poussa ses doigts à travers les poils jusqu'au mont de Vénus de Sophie. Ses doigts trouvèrent la petite noisette du clitoris de Sophie et la caressèrent en rythme avec ses coups déterminés. Sophie poussa un cri muet, un son qui était presque comme un grognement, et elle commença à soulever ses hanches vers Kate. Elle soupirait, tremblait, et ses cris sauvages s'élevaient tandis que Kate la chevauchait. Edmond s'agenouilla devant elle, regarda son visage ravi, transporté. Et enfin,

enfin, Sophie poussa un grand cri de plaisir et se tordit en vain sur la grosse bite qui la remplissait, remuant dans les convulsions de l'orgasme jusqu'à ce qu'Edmond se penche en avant, prenne ses épaules fines, et la tienne jusqu'à ce que les derniers soubresauts se soient calmés.

Après un moment d'arrêt, Kate retira le godemiché de la chair de Sophie et retomba sur les couvertures, épuisée, la sueur perlant entre ses seins et sur ses épaules. Elle se mit à défaire le godemiché avec ses doigts tremblants, se sentant saturée de plaisir, comme si d'autres stimulations la laisseraient sans force, incapable de répondre. Les lanières de cuir tombèrent contre les oreillers, et elle ouvrit les yeux dans une sorte de curiosité paresseuse, pour voir ce que faisaient Edmond et Sophie.

Sophie était à moitié évanouie, toujours à genoux, ses fesses levées en l'air de manière obscène, appelant d'autres abus, la tête réfugiée dans les genoux d'Edmond, le visage niché contre la bite en érection. Il lui caressait les cheveux. Quand il parlait, sa voix était taquine. « Voilà, Sophie, je suis reposé, je suis prêt pour toi. Mais maintenant, c'est toi qui as l'air trop fatigué pour moi. »

« Prends-moi, dit Sophie d'une voix épaisse, roulant sur le côté et regardant vers Edmond avec des yeux lourds et languides, du fait des échos du plaisir. Prends-moi. »

Pendant un moment, Edmond hésita. « Tu as dit que tu pensais à autre chose, dit-il, tendu. Si tu veux…

— Je le garde pour la prochaine fois, souffla Sophie, qui souriait maintenant. Je le garde en réserve. Donc, tu es prêt, que dois-je faire ?

— Ô, mon Dieu. » Edmond murmura d'une voix sourde, pleine de désir. Il mit une main doucement sur les cheveux de Sophie et avança sa bite vers ses lèvres, elle ouvrit la bouche et le prit en elle, sa petite langue rapide explorant l'arête dure au rebord de son gland, le petit triangle de chair sensible en dessous, le faisant gémir et s'agripper à ses fesses dans un plaisir désespéré. Kate appuya sa tête sur son bras et regarda. Elle était trop fatiguée pour répondre à une plus forte excitation, mais elle sentit un faible écho du plaisir d'Edmond bouillir en elle tandis que Sophie glissait ses lèvres doucement, de haut en bas le long de sa queue. Comme c'était doux de voir quelqu'un d'autre se faire nourrir, offrir du plaisir, caresser. Pas étonnant qu'Edmond n'ait pas su résister à la beauté du visage de Sophie quand il rougit d'un violent orgasme.

Les mains d'Edmond pâlissaient dans les cheveux de Sophie tandis qu'elle le prenait avec sa bouche. Puis, soudain, il recula, disant avec hâte : « Non, je te veux, Sophie, c'est toi que je veux. » Il la prit et l'attira à lui. Elle ne résista pas et il l'allongea sur son dos, ouvrit ses cuisses fines et s'allongea entre.

« Au secours… » Sophie soupira en sentant qu'il commençait à la pénétrer. « Encore. Oh ! Encore. Oh ! » Elle ne leva pas la tête, elle ne souleva pas ses cuisses, elle n'enroula pas ses chevilles autour de la taille d'Edmond, elle resta juste allongée sous lui, impuissante, complètement abandonnée et conquise, les bras ouverts, criant à chaque fois que son corps heurtait le sien avec un son doux mais insistant. Son seul mouvement fut de tordre la tête et le cou quand Edmond la prit, mais son corps tout entier était secoué comme si elle était prise par un orgasme à répétition, une jouissance continue. Edmond baissa la tête et se mit à lécher ses seins tout en poussant en elle, sa longue langue agile se baladant sur ses seins dressés, et les cris de Sophie se firent plus aigus et perçants. « Edmond, haleta-t-elle tandis que son corps frissonnait sous les coups de sa pénétration. Edmond, Edmond, Edmond. Ô, mon Dieu ! » Et Edmond s'accrocha à elle comme il le put, en grognant de plaisir, se propulsant aussi profond que possible en elle, et son corps tressautait pendant qu'il s'enfonçait au plus profond et se répandit là, submergé par l'intensité de son propre plaisir.

Kate réalisa avec une sorte de surprise un peu endormie qu'il faisait presque sombre dans la pièce. Cette longue fin d'après-midi d'été devenait nuit. Elle s'avança jusqu'au lit où Edmond et Sophie étaient allongés dans les bras l'un de l'autre et se pressa contre eux. Edmond leva la tête, trouva ses lèvres et l'embrassa, Sophie la caressa d'une main, l'attirant plus près dans leur chaude étreinte. Alors qu'ils étaient allongés ensemble, les membres mélangés, Edmond murmura doucement : « Sophie, ma douce, tu as raison, tu sais. À propos de demain, je veux dire. Fais ce que tu veux. Moi, c'est ce que je vais faire. »

Sophie lui sourit et répliqua : « Je suis contente que tu te sentes comme ça, Edmond. Mais j'aurais fait ce que je voulais de toute façon, tu sais.

— Petite reine de l'affirmation de soi ! » lui murmura tendrement Edmond en posant ses lèvres sur le cou étroit de Sophie.

Sophie se tourna vers Kate et l'embrassa. « Tu as entendu comment il m'a appelée ? murmura-t-elle. Tu as entendu ? J'ai bien fait, hein, j'ai bien fait, Kate ? »

Sans un mot, Kate acquiesça. Leurs corps se rapprochèrent et leur souffle devint lent et régulier. Ivres d'amour et de satiété, ils se laissèrent glisser dans les bras de velours noir du sommeil. Juste avant de sombrer dans les rêves, Kate se souvint de ce que lui avait dit David au sujet de son désir d'être au centre de tout... l'accusant presque de faire tout le temps la diva... « Eh bien, pensa-t-elle non sans fierté, il a peut-être raison. Mais il serait content s'il voyait ce que j'ai réussi à faire ce soir ! »

Chapitre 10

Kate prit une douche et s'habilla d'un body et d'un short avant qu'Edmond et Sophie ne se réveillent. Elle sortit de la salle de bains pour les regarder remuer dans leur sommeil au milieu du grand lit, qui avait été bien assez grand pour tous les trois. Deux paires d'yeux étonnés regardaient dans le vide, comme s'ils n'étaient pas sûrs de savoir où ils se trouvaient.

« Vous vous sentez bien ? » demanda Kate joyeusement.

Edmond, comme beaucoup d'hommes, ne semblait pas au mieux de lui-même au réveil : il grogna, se roula de côté, et enfonça son visage dans l'oreiller. Sophie s'assit près de lui, comme une poupée chiffonnée, avec ses grands yeux noirs à moitié recouverts par la masse de ses cheveux en désordre. Elle s'étira et bâilla comme un chaton. « J'ai tellement envie de dormir, murmura-t-elle.

— Il est huit heures et demie, dit Kate. On se retrouve dans l'espace sport et santé à neuf heures. J'ai appelé la réception et j'ai commandé du café et des croissants, ils devraient être là dans une minute. Je vais juste voir si je trouve Nick et Christopher et m'assurer qu'ils se sont débrouillés sans moi hier soir. Edmond, quand tu descendras, tu voudras bien apporter la malle aux trésors, s'il te plaît ? »

Edmond grogna pour dire oui et Kate sourit et se dirigea vers la porte. Quand elle posa la main sur la poignée, Sophie l'appela depuis le lit : « Kate ?

— Mmh ?

— Kate, est-ce que tu promets qu'aujourd'hui tu nous demanderas de faire quelque chose que tu veux, toi ? Hein ? »

Kate ne put s'empêcher de sourire. Au début, elle avait bien eu l'intention d'utiliser cette formation uniquement pour mettre en œuvre ses propres objectifs sexuels, et depuis ce premier coup vite fait avec Nick dans les toilettes des dames, elle n'avait fait que suivre les désirs des autres. À tel point que maintenant, l'un des participants pouvait juger bon de lui rappeler qu'elle devait se faire plaisir à elle aussi ! « Je vais essayer », fut tout ce qu'elle répondit.

Quand elle ferma la porte, l'ascenseur s'ouvrit, laissant place à un jeune serveur avec un plateau de service. Il vit Kate et fronça les sourcils. « Oh, madame, j'ai votre petit déjeuner, dit-il. Je suis désolé. Je suis en retard ? Vous descendez déjà ?

— Je descends, dit Kate avec un sourire, mais en fait, j'ai échangé ma chambre avec un couple de stagiaires, la nuit dernière. Ils aimaient bien mon grand lit à baldaquin. Le petit déjeuner, c'est pour eux. »

Elle vit la bouche du jeune homme s'ouvrir pour demander ce qu'elle y faisait dans ce cas, mais il ne dit rien et ne fit que lever les sourcils, gagner la porte et frapper. Kate entra dans l'ascenseur et poussa le bouton pour aller au restaurant, toujours avec le sourire.

Un garçon de l'hôtel vint à sa rencontre à la porte. « Mademoiselle, les deux messieurs m'ont demandé de vous faire dire qu'ils prennent leur petit déjeuner dans l'espace sport et santé. Ils vous y retrouveront.

— Merci », dit Kate.

L'espace sport et santé était dans un bâtiment séparé. C'était un très beau matin d'été, et Kate traversa le gazon, respira la rosée et la fraîcheur des fleurs, écouta un merle chanter dans un buisson tout proche. Et soudain, elle se sentit triste. C'était le dernier jour. À la fin de cette journée, chacun reprendrait son chemin, retournerait au travail, dans différents bureaux, divers départements de l'entreprise et leur intimité soudaine et brutale appartiendrait au passé. Sauf peut-être pour Sophie et Edmond, pour eux cela ressemblait à une histoire qui pouvait se rejouer indéfiniment. Et Kate ne savait toujours pas vers quoi elle allait revenir. Revenir à son bureau, son travail, Alex derrière la porte, tentation frustrante, désir impossible d'une beauté inutile et inaccessible ? Ou revenir à sa démission pour aller vers du nouveau ?

Elle ouvrit la porte de la salle de sport et entra, humant l'odeur un peu âcre du chlore de la piscine et celle, légèrement désodorisée, du jacuzzi. La suite était composée d'une grande salle, avec la piscine d'un côté et le jacuzzi de l'autre. Celui-ci était très large, assez grand pour dix ou douze personnes. À côté de la piscine, il y avait une zone de repos avec des chaises longues à roulettes. En dessous, le gymnase muni d'une barre fixe, d'espaliers, d'un cheval d'arçons et d'autres équipements, disposés devant des miroirs allant du sol au plafond. Le sauna et le hammam étaient près du gymnase, fermés par des portes hermétiques retenant la chaleur. Des palmiers et des plantes étaient disposés un peu partout, donnant à l'endroit une dimension sensuelle de jungle tropicale.

Kate chercha Nick et Christopher sans les trouver. Ce qui la troubla beaucoup. Puis, elle entendit un plongeon et aperçut une silhouette fine et sombre évoluer dans la piscine. Elle s'approcha. C'était Nick, qui faisait du crawl, de manière experte, levant sa tête pour respirer tous les quatre mouvements seulement. Il nageait très bien et c'était merveilleux de regarder ce beau corps fendre les eaux, les gouttes briller sur sa peau musclée, ses épaules moulinant l'eau avec la régularité d'une machine, ses fesses serrées soulignées par un petit slip de bain noir.

« Il est bien, non ? » dit la voix sombre de Christopher. Kate fit un bond et se tourna vers Christopher, lui-même assis sur un des transats, un verre de jus d'orange à la main. Il portait une sortie de bain blanche de l'hôtel, les jambes et les pieds nus. Il était jusqu'alors resté caché à Kate par un des palmiers.

« Oui, il est pas mal », reconnut Kate. Elle vint s'asseoir à côté de Christopher. Le pichet de jus d'orange et un plateau avec des verres étaient posés sur le sol à ses pieds. Elle se versa un verre et se mit à boire. Le jus était frais, rafraîchissant dans sa bouche. « Comment vas-tu ? demanda-t-elle. Je suis désolée pour hier soir, mais…

— Mais Sophie et Edmond avaient besoin de cours particuliers, termina Christopher avec un sourire. Je comprends. Vous vous êtes bien éclatés ?

— Oui. Mais … » Non, le *mais* n'était pas juste. « Oui, merci », dit Kate, consciente que sa voix sonnait d'une façon un peu guindée.

« Oh, le secret professionnel », ironisa Christopher. Il avait l'air bien. Son visage, d'ordinaire un peu sombre, était souriant et détendu. « Bon, tu n'as pas à t'inquiéter pour moi. J'ai passé un superbe moment. Je me suis fixé une petite mission, un petit challenge, si tu préfères.

— Et tu l'as accompli ?

— Oui.

— Tu ne voudrais pas m'en parler un peu ? demanda Kate, un sourcil soulevé.

« Mais si, tout à fait, dit Christopher avec une politesse exagérée. J'en serais même ravi. En fait, Kate, cela va te faire rire. C'était un pari. » Maintenant, Kate levait ses deux sourcils, curieuse. « Nick et moi, on a pris un verre avant le dîner. Tu sais à quel point il se méfie de moi depuis que j'ai fait l'amour à Edmond ? Bon, hier soir, il se méfiait toujours autant. Et au bout d'un moment, ça a commencé à me prendre la tête, donc, pour détendre un peu l'atmosphère, je lui ai demandé ce qui le dérangeait. Je ne te raconte pas la totale, mais en gros, je crois qu'il voulait me montrer que les femmes n'aiment pas les hommes bisexuels. Il m'a tenu le pari que je ne serais pas capable de, euh, de me faire, comme il dit, de me faire une nana ce soir. L'idée étant que lui, bien sûr, en était capable. »

Kate se mit à rire. « Oh, sacré Nick, dit-elle, toujours avec ses idées préconçues.

— Absolument.

— Mais je suis presque étonnée que tu aies accepté de parier avec lui.

— Étonnée ? » Christopher eut l'air légèrement soupçonneux. « Pourquoi étonnée ? Tu as presque l'air de désapprouver.

— Ça fait juste un peu, je ne sais pas, un peu truc de mecs à la con : faire un pari avec un mec comme Nick. Franchement, j'aurais pensé que tu aurais plutôt eu du mépris pour ce genre de comportement. »

Christopher plissa les yeux puis sourit un peu. « Allons bon, dit-il, ce n'était qu'une question de prise de risques. Je savais que je pouvais gagner. Et je me suis arrangé pour avoir les gages que je voulais.

— Quels gages ?

— Une caisse de champagne pour lui s'il gagnait, et un gage pour lui si c'était moi qui gagnais. Et sans pitié. Il avait pris un ou deux verres avant qu'on se lance, sans quoi je n'aurais jamais pu le persuader d'accepter un tel gage. Mais quand nous en sommes venus à parier, il était tellement sûr qu'il allait gagner que je n'ai pas eu de problème. Au stade où il en était, il aurait pu accepter de parier contre un viol anal par une demi-douzaine d'inconnus, tellement il était sûr de gagner.

— Oh, je vois. Donc, tu avais en tête une autre sorte de pari. » Christopher continuait à sourire, de son sourire secret et opaque de sphinx. « Oh, bon sang ! » Kate tira ses genoux sur le transat et les serra contre elle, à présent complètement surexcitée. « Dis-moi tout, Christopher. N'omets pas un seul détail, même horrible.

— J'ai l'impression que j'ai eu de la chance », dit Christopher avec un petit sourire doux. Il laissa traîner son regard sur Nick fonçant dans la piscine, oublieux de tout ce qui se passait autour de lui. « Il y avait une fille au bar qui semblait seule, alors j'ai traîné un peu et j'ai engagé la conversation, comme on dit. Il s'avéra qu'elle s'était fait larguer par son mec et qu'elle était malheureuse. Alors, je lui offre un verre et on discute. Et pendant tout ce temps, je sentais Nick assis dans le carré, avec son verre, enragé de me voir tchatcher avec elle.

— Elle était comment ?

— C'était une jolie fille, répondit Christopher. Je suppose que j'aurais pu me sentir un peu salaud de la draguer comme ça juste pour un pari. Elle n'était pas vraiment mon genre, mais il n'y avait rien non plus qui me dérangeait chez elle. Elle s'appelait Karen. Elle m'a dit qu'elle travaillait dans la ville d'à côté, dans une boutique, oui une boutique comme elle disait. Elle était un peu trop bien sapée, un peu trop maquillée mais en dessous, elle était jolie. Une silhouette plutôt comme toi que comme Sophie. Des rondeurs. Elle avait un joli rire, des jolies lèvres et des jolies dents. Et elle discutait librement.

— Tu lui as plu, la pauvre », dit Kate, avec un peu de sympathie pour la pauvre Karen.

Christopher continua en souriant. « Oui, j'imagine que je lui ai plu, mais je ne lui ai donné aucune mauvaise idée. Je lui ai dit que j'étais marié et que j'étais là pour le boulot, juste pour deux ou trois soirs. Elle savait que c'était un coup pour la nuit.

— Je crois que je peux commencer à imaginer comment Nick a dû se sentir, dit Kate en secouant la tête. Et alors, qu'est-ce qui s'est passé ?

— Oh, ça a été très direct, dit Christopher, en éludant. On a bu un verre et on a discuté pendant une heure environ…

— De quoi vous avez parlé ? dit Kate, dévorée de curiosité.

— De pas grand-chose pour commencer. Ce qu'on faisait, où on habitait, ce genre de choses. Je ne lui ai presque rien dit sur moi, mais ça n'a pas eu l'air de la surprendre, vu qu'elle croyait que j'étais marié. Puis, on a parlé des films, des scènes de sexe dans les films, tu vois le genre. J'essayais de la convaincre que la scène dans *La leçon de piano*, quand Harvey Keitel met un doigt sous le bas de Holly Hunter, était plus sexy que *Basic Instinct* et *Neuf semaines et demie* réunis. »

Kate hocha la tête. « Excellent sujet de débat.

— Et puis, je lui ai suggéré qu'on aille se balader dans le jardin. Je voulais que Nick puisse voir ce qui se passait, tu vois, sans quoi j'étais sûr qu'il allait briser le pari, et je ne voyais pas bien comment j'allais pouvoir les faire venir tous les deux, lui et Karen, dans ma chambre en même temps. Elle a sauté sur l'occasion : le temps était si délicieux, à ce moment. Donc, on s'est baladés dans le jardin et il fallait que je lutte contre une furieuse envie de rire, à cause de Nick qui nous suivait sans aucune discrétion, en se glissant derrière les ombres, comme les méchants dans certains films en noir et blanc. C'est fou ce que c'est facile de savoir qu'on est suivi quand on sait où regarder.

— Je ne dirais pas non plus que Nick soit la discrétion incarnée. Et vous êtes allés où ?

— Presque aussi loin de l'hôtel que possible, il y a toute une partie où la végétation pousse librement. C'est joli, l'herbe est longue. Quand on est arrivés là, le soleil s'était couché, il était presque dix heures, mais il y avait encore une belle pénombre, tu sais, cette lumière un peu rose et doré quand il fait encore bien plus sombre que tu ne le penses. Et puis, j'ai dit quelque chose de complètement débile, un truc du genre : qu'elle avait su transformer une soirée sinistre en une soirée merveilleuse. Et puis, je l'ai embrassée, elle m'a embrassé en retour et de là, tout s'est déroulé on ne peut mieux. Je savais que Nick nous matait. Je le sentais.

— Qu'est-ce que tu as fait à la fille ? demanda Kate, le souffle court.

— Rien de spécial, dit Christopher, avec un sourire coquin. Rien d'excitant, rien d'exotique, Kate, rien de ce que j'ai essayé avec toi. Elle ne voulait pas que je l'allonge sur l'herbe, elle avait peur que ça n'abîme sa robe, donc j'ai dit, en bon gentleman, que j'allais placer mon corps entre le sol et elle.

— Elle t'a chevauché ? » Kate léchait ses lèvres, imaginant avec envie cette petite chanceuse s'empaler sur le pilier merveilleux de Christopher.

« Presque. Elle était très vive. Elle a sorti une capote de son petit sac en un rien de temps. Et je me suis mis à genoux et elle m'a chevauché, je l'ai soulevée pour la mettre sur moi. Je la soulevais et je la baissais sur ma queue. J'avais l'impression qu'on allait l'entendre depuis le restaurant de l'hôtel, elle beuglait comme une chienne en chaleur, elle s'accrochait tellement à moi à l'intérieur que j'avais l'impression qu'elle allait me traire comme une vache ! Agréable, merci, vraiment !

— Enfoiré ! dit Kate en souriant, secouant la tête, incrédule.

— C'est ce qu'a dit Nick, reconnut Christopher. Il était furieux. J'ai mis Karen dans un taxi, j'ai payé pour qu'il la ramène chez elle. Et là, j'ai cru qu'il n'allait pas tenir le coup. Il a essayé au moins six fois par tous les moyens possibles et imaginables de m'expliquer que le pari ne tenait plus et, quand tous ses arguments ont échoué, il est monté dans sa voiture et il a disparu dans la nuit. Je suis sûr qu'il pensait que j'allais lui demander de venir au lit tout de suite et il était prêt à tout pour éviter ça. » Le sourire de Christopher s'était évanoui. Il avait soudain l'air dangereux et ses yeux revenaient vers la piscine.

« Quel gage tu vas lui demander ?

— Je ne sais pas, dit Christopher, pensif, la voix profonde, voilée. Je n'ai pas encore décidé. » Soudain, il fixa Kate droit dans les yeux, d'un regard aigu et défiant, avec ses yeux sombres. « J'ai assez envie de me laisser aller aujourd'hui, dit-il. Tu sais, Nick, Sophie et Edmond n'ont rien vu de moi, encore. J'ai vraiment envie de me laisser aller.

— Avec moi ? » demanda Kate, incapable d'empêcher sa voix de trembler d'espoir.

De manière inattendue, Christopher se pencha vers elle et embrassa ses lèvres. « Je me suis déjà laissé aller avec toi, dit-il. Je veux dire, avec les autres. Toi, tu m'as déjà compris.

— J'aimerais bien si..., dit Kate avec hésitation, ... si tu te laissais aller avec moi une autre fois. » Tout en le disant, elle se rendit compte qu'elle le pensait vraiment. Christopher était fascinant et plus elle parlait avec lui, plus elle trouvait son esprit attirant aussi bien que son corps sublime. Elle avait envie de sentir à nouveau ce corps.

Christopher la regarda calmement sous ses sourcils sombres. « Bon, si... »

Près d'eux, Nick se propulsa soudain hors de la piscine, l'eau dégoulinant par petites gouttes délicieuses le long de son corps fin et bronzé. « Vous parlez de moi », dit-il à Kate, accusateur. Il haletait et semblait absolument furieux.

« C'est vrai, dit Kate avec impudeur. Tu as absolument raison, on parlait de toi. Je suis presque étonnée de te voir ce matin, Nick. » Elle regarda Christopher et vit qu'il avait toujours son visage contenu, dangereux et sombre et qu'il regardait Nick comme un homme affamé regarderait de la nourriture. Elle eut le cœur renversé. Christopher n'avait pas l'air vraiment intéressé par elle, aujourd'hui. « À moi d'essayer d'obtenir ce que je veux », se dit-elle. Cela ne rimait à rien de se déprimer le dernier jour. Elle était presque sûre que Nick la trouvait attirante et serait prêt à s'engager avec elle dans un petit combat à mains nues. Donc, elle quitta Christopher des yeux et posa son regard sur Nick, admirant la façon dont les gouttelettes soulignaient ses muscles de la poitrine et des côtes.

« Contrairement à ce que certaines personnes peuvent insinuer..., dit Nick vicieusement, je ne reviens pas sur mes engagements. Et je ne fuis rien, jamais. » Il marcha jusqu'à une pile de serviettes épaisses, près du jacuzzi, en ramassa une, et se mit à se sécher le corps et les cheveux.

« Christopher m'a dit que tu es parti en voiture, la nuit dernière, poursuivit Kate, légère. Tu es allé où ? Tu as trouvé quelque chose d'intéressant ?

— Je suis allé dans une boîte, en ville, dit Nick. Où on pourrait dire que je me suis bien viandé. Crashé et brûlé dans les flammes, pas vrai ?

— Vraiment ? » le relança Kate, les yeux rivés sur son corps. Il était vraiment exceptionnellement beau. Dégoulinant et furieux comme ça, il aurait pu servir de modèle à un tableau préraphaélite du genre *Hylas au bassin*. Quand Kate voyait un homme comme Nick, elle avait envie de savoir peindre. « C'est vraiment dommage..., dit-elle, incapable de se retenir de remuer un peu le couteau dans la plaie, après la démonstration de Christopher.

— Il était si content d'avoir gagné. Je ne voulais pas le décevoir, c'est tout », répondit Nick avec son sourire ironique. Il fuyait le regard de Christopher. Depuis qu'il était sorti de la piscine, leurs regards ne s'étaient pas croisés. Mais il aurait fallu être idiot ou aveugle pour ne pas sentir l'intensité du regard que Christopher posait sur lui. Il frotta vigoureusement sa tête dans sa serviette et la balança au loin, puis se dirigea en direction du pichet de jus d'orange, en passant ses doigts à travers ses cheveux fins. Les muscles remuaient doucement sur ses épaules et sur ses bras, et Kate sentit sa gorge se serrer. « Et toi ? demanda Nick, ignorant toujours Christopher. Tu t'es tapé Edmond et Sophie, hier soir, c'est ça ? Qui a baisé qui ? Tu les as tellement fatigués qu'ils n'ont pas réussi à se réveiller ?

— Au contraire, Nick », fit la voix légère et traînante d'Edmond. Nick tourna la tête et vit Edmond au seuil de la porte, la malle aux trésors dans les bras et Sophie à ses côtés. Il eut la grâce de rougir.

« On est là, Kate, dit Sophie d'une voix légère, essayant de briser la tension entre Nick et Edmond. En pleine forme, prêts à s'entraîner. C'est très joli, ici. » Elle regarda joyeusement autour d'elle les plantes, la piscine. Comme Kate, elle était en short et en T-shirt et ses cheveux frisés étaient tirés en arrière en queue-de-cheval.

« Qu'est-ce qu'il y a dans la malle ? » demanda Nick.

Edmond vint jusqu'au bord de l'eau, posa la malle et l'ouvrit. Il regarda Nick avec défi en révélant le contenu. Nick prit sa respiration et s'approcha, les yeux fixés sur la malle. Au bout d'un moment, il leva la tête vers Kate en souriant. « Je parie que c'est toi qui as apporté ça.

— À ce pari-là, tu aurais gagné, Nick », pointa Kate. Ses yeux se posèrent sur le sexe de Nick où, sous son short de bain, son pénis commençait à durcir et à grossir.

« Eh bien, devinez quoi ? dit Nick fortement, en faisant se tourner vers lui tous les regards. Devinez quoi ? Je crois que tous les quatre, vous avez pris votre pied hier soir. Et il se trouve que moi, pas. Ce qui veut dire que ce matin, les amis, c'est moi qui décide de ce qui va se passer.

— Qui a dit ça ? demanda Edmond.

— C'est moi qui ai dit ça. Putain ! Ça fait trois jours qu'on me dit d'écouter, de persuader et de ne pas être agressif et maintenant, je vais avoir aussi ce que je veux. Et si vous devez en vouloir à quelqu'un, prenez-vous-en à Kate, c'est elle qui a apporté ces accessoires, c'est elle qui m'a donné l'idée. »

Kate sentit qu'Edmond et Sophie la regardaient. Elle croisa leurs regards, sachant ce qu'elle allait y lire. Eh oui, ils n'avaient pas envie de laisser Nick prendre le contrôle, mais ils le craignaient. Ils voulaient que ce soit Kate qui se confronte à lui. Sophie marmonna même : « S'il te plaît. » Mais ça aussi, ça faisait partie de l'entraînement. Il fallait qu'ils apprennent à se débrouiller face à un personnage agressif, dominateur. Kate haussa les épaules et secoua la tête, indiquant qu'elle allait les laisser gérer la situation.

Dans une atmosphère soudain tendue, Nick s'exclama : « Sophie, quand je t'ai demandé si tu voulais, tu m'as envoyé chier. Cette fois, je ne vais pas demander ton avis. »

Il secoua ses cheveux mouillés en arrière et fit un mouvement de prédateur dans la direction de Sophie. Elle recula, haleta et, en une seconde, Edmond était face à Nick et lui attrapait le bras. « Laisse tomber, Nick, dit-il d'un ton sans réplique.

— Tu es quoi, toi, son baby-sitter ? demanda Nick, repoussant la main d'Edmond. Elle peut pas parler toute seule ? Tu vas faire quoi ? Tu vas te battre avec moi pour elle ? Tu vas me provoquer en duel ? »

Une réponse méchante monta aux lèvres d'Edmond mais avant qu'il ne puisse parler, Christopher dit d'une voix feutrée : « Nick, attends un moment. »

Tout le monde se tourna vers Christopher. Il s'était avancé pieds nus, en silence, jusqu'à la malle aux trésors et il souriait. Nick ferma la bouche et avala sa salive. Il eut la chair de poule sur le dos et les épaules.

« Je crois que c'est le moment que je revendique mon gage », dit Christopher.

Nick serra les poings très fort et ses articulations devinrent toutes blanches. Edmond et Sophie jetèrent un regard en direction de Kate, puis se regardèrent sans comprendre ce qui se passait. Nick essaya de mouiller ses lèvres, la langue soudain trop sèche. Il ne dit rien, mais sa tête bougeait de gauche à droite dans un « non » automatique.

« Tu veux savoir ce que j'avais choisi comme gage ? » La voix profonde de Christopher se fit presque caressante. « Je viens d'avoir l'idée. Je n'avais pas mesuré que nous allions bénéficier de la petite boîte à malice de Kate. Nick, je vais t'attacher à la barre fixe. Tu vas rester debout comme ça et tu vas laisser Edmond et moi te faire ce qu'on a envie. »

Nick eut le souffle coupé, comme s'il avait reçu un coup dans le ventre. Il recula involontairement de deux pas, fixant Christopher avec ses yeux bleus, grands ouverts d'horreur. « Pas question, murmura-t-il, tenant ses paumes devant lui dans un geste d'autodéfense. Pas question.

— Mais qu'est-ce qui se passe ici, bordel ? demanda Edmond.

— J'ai gagné un pari avec Nick hier soir, expliqua simplement Christopher. Il me doit un gage. Je pensais que tu pourrais m'aider à l'obtenir, Edmond. »

Un sourire de satisfaction intense parcourut le visage d'Edmond. Il dit avec fermeté : « Je vois. Ce sera avec plaisir. »

Nick était maintenant sur le rebord de la piscine, incapable de reculer davantage. Il avait l'air terriblement vulnérable, dans sa quasi-nudité. Il eut l'air de vouloir supplier Christopher de changer d'avis, mais abandonna l'idée en lisant tant de détermination dans les yeux noirs de cet homme. Au lieu de cela, il se tourna vers Kate, les deux mains tendues, suppliantes. « Kate, dit-il, la voix tremblante, Kate, je ne veux pas faire ça. Tu as dit que personne n'avait le droit de forcer quelqu'un à faire quelque chose qu'il n'avait pas envie de faire. Kate, tu l'as *dit* !

— Tu t'apprêtais à nous obliger à faire ce que tu voulais, il y a à peine cinq minutes et tu t'en fichais pas mal de ce qu'on en pensait ! lui dit Kate. C'est toi qui as parié, Nick. Tu as perdu. Maintenant, assume, comme un grand garçon. »

Un petit bruit attira l'attention de Nick qui se retourna brutalement. Christopher était en train de fouiller dans la malle et finit par en sortir deux bouts de cordelette blanche. La panique envahit le visage de Nick. « Si tu es en train d'essayer de me convaincre que je vais m'éclater en étant comme toi, Christopher, tu te trompes », s'écria-t-il, l'air désespéré.

Cela sembla donner à réfléchir à Christopher. Il se leva et s'avança lentement vers Nick, se déplaçant, plus que jamais, avec la sensualité d'un fauve. Son visage ténébreux semblait concentré. Il resta debout devant Nick avec les cordes à la main et lui dit au bout d'un moment : « Peut-être que tu as raison. »

Un énorme soulagement se dessina sur le visage et le corps de Nick. Mais il sursauta en écoutant Christopher lui dire tranquillement : « Ta main gauche, s'il te plaît.

— Mais..., protesta Nick.

— Je coupe la poire en deux pour toi, lui dit Christopher. Je ne suis pas obligé. Un gage est un gage. Mais je te promets qu'Edmond et moi, nous ne te toucherons pas tant que tu ne seras pas excité.

— Quoi ? dit Nick, fronçant les sourcils avec incrédulité.

— Tu as compris. Si tu as une érection, Edmond et moi, on peut te faire ce qu'on veut. Tant que tu restes tranquille, tu ne cours aucun risque. Ça te va ? »

Nick hésita, puis hocha la tête vigoureusement. « Oui, fit-il, clairement sûr de pouvoir se contrôler. Oui, OK. Et si on mettait un temps limite avant que vous ne me relâchiez ?

— D'accord. Une demi-heure ? »

Nick ne put retenir un sourire. « Sans problème. » Il releva la tête, retrouvant tout à coup son personnage plein d'assurance. « Vous voulez que j'aille où ? » Il se posta, de son propre chef, devant la barre fixe et leva ses mains. Christopher le suivit et attacha ses poignets de chaque côté, avec précaution, sans trop serrer pour que les cordes ne coupent pas la circulation du sang, mais assez fermement tout de même pour qu'il n'ait aucune chance de s'échapper. Puis, il posa ses mains sur son caleçon de bain. Nick ferma les yeux pendant que Christopher fit glisser le lycra noir de ses fesses et le long de ses cuisses fines et puissantes. Puis, Christopher recula. Nick était nu devant eux, attaché dans la position du Christ.

Son corps enchaîné était d'une beauté à couper le souffle. Kate sentit son souffle s'accélérer tandis qu'elle regardait ses épaules musclées et larges, sa taille fine, ses hanches, ses longues jambes et le pénis doux et épais pendant entre ses jambes, comme un appel. Elle ne l'avait jamais vraiment regardé jusqu'à présent. Lorsqu'il s'était assis nu derrière elle dans le fauteuil et qu'il l'avait comblée avec sa grosse queue, elle n'avait fait que le sentir... Mais à présent il était là, devant elle, et elle pouvait l'observer dans ses moindres détails comme s'il était son modèle et qu'elle était le peintre. Elle avait envie de glisser ses doigts le long des muscles de son ventre plat, de sentir le poids de ses testicules doux et pleins. Nick les regardait avec arrogance, les défiant en silence.

Personne ne fit un geste pendant un long moment. Puis, à la surprise de Kate, Edmond prit la parole.

« Christopher, dit-il, qu'est-ce qui se passe maintenant ? »

Nick ferma les yeux et mordit sa lèvre. Son pénis ne bougeait pas. Kate savait que si elle avait été attachée ainsi, exposée au regard des autres, cela l'aurait excitée au-delà du possible. Elle imaginait la sensation de l'air tiède sur ses seins, la manière dont leurs pointes se dresseraient d'elles-mêmes, attendant avec impatience d'être léchées et embrassées. Peut-être que Nick n'avait pas ses goûts exhibitionnistes. Ou peut-être était-il trop effrayé par ce qui pouvait se passer s'il se laissait aller à bander.

« Bon, dit lentement Christopher. Je pensais que nous pourrions inviter Kate et Sophie à nous donner un coup de main. »

Les yeux de Nick s'ouvrirent en grand. « Quoi ? » s'écria-t-il, furieux, tirant sur les cordes autour des ses poignets. « Kate et Sophie ? C'est pas juste, Christopher, t'es un véritable enfoiré ! Tu n'avais pas dit...

— Je n'ai rien dit de ce qui devait ou ne devait pas se passer, lui dit Christopher. Elles peuvent ne pas être d'accord. Mais rien ne m'empêche de le leur demander. » Il se tourna, non pas vers Kate, mais vers Sophie. « Sophie, dit-il avec douceur, est-ce que tu aurais une idée de ce qui pourrait, euh, exciter Nick ? »

Depuis que Nick s'était approché d'elle, Sophie était restée cachée derrière un des grands palmiers, jetant parfois un regard angoissé dans leur direction. Mais, à l'appel de Christopher, elle sortit de sa cachette en souriant d'un sourire carnivore et félin. Kate se souvint que Sophie lui avait confié qu'elle avait été très excitée en regardant Edmond et Christopher coucher ensemble. Et maintenant, elle en redemandait.

« En fait, dit Sophie de sa voix douce, en fait, j'ai une idée. » Nick la fixa du regard et elle s'approcha de lui et le dévisagea avec une expression de triomphe délicieux. « Il a dit plus d'une fois, poursuivit-elle en regardant les yeux bleus terrorisés de Nick, qu'il aimerait nous voir, Kate et moi, en train de baiser, comme il dit. Alors, si Kate est d'accord, peut-être qu'on pourrait lui offrir ce plaisir.

— Ô mon Dieu ! » s'exclama Nick, les yeux grands ouverts, tirant vainement sur ses poignets attachés. Kate constata, avec un frisson de délice, que la simple proposition de Sophie avait déjà commencé à avoir un effet sur Nick. Son pénis, qui pendait mollement contre ses cuisses, avait eu soudain une secousse. Nick fronça les yeux. « Je ne regarderai pas, dit-il entre ses dents.

— Pas grave, dit Sophie. Elle tendit la main pour toucher le visage de Nick, l'effleurer juste, et il tressaillit, sa respiration s'accéléra et il détourna son visage. C'est pas grave, Nick. Je te ferai le commentaire au fur et à mesure. » Elle se tourna vers Kate, les joues en feu : « Kate, tu peux venir m'aider ?

— Inutile de demander », répondit Kate. Elle sentit ses seins se durcir et une douleur lente et chaude commencer en bas de son abdomen, un rayonnement lourd et sensuel. Elles allaient exciter Nick et il serait ensuite à la merci de Christopher. Cette situation érotique était si imaginative qu'elle en tremblait. « Qu'est-ce que je fais ?

— Attends. » C'était Christopher. « Edmond, viens et reste de ce côté de Nick. Tu surveilles ce côté et moi de l'autre. À neuf degrés d'élévation, c'est suffisant, non ?

— Mon Dieu, mon Dieu ! » cria Nick en se débattant avec ses cordes. Il ne parvenait pas à les desserrer. « Vous êtes des enculés ! » Attrapant la corde qui le tenait attaché et s'aidant de cet appui, il prit son élan et balança ses pieds en l'air, cherchant à frapper Christopher. Christopher s'écarta et le pied de Nick manqua sa cible.

« Essaye encore ça une fois, Nick, et je t'attache aussi les pieds ! l'avertit Christopher sur un ton sévère.

— Tu ne t'approcheras pas de moi ! maugréa Nick, donnant toujours des coups de pied. Il était fort et agile et cette fois, il avait presque touché Christopher à la jambe. « Je te jure que je ne te laisserai pas me toucher.

— Edmond, dit Christopher, en reculant un peu, apporte deux autres cordes, tu veux bien ? »

Les deux hommes attachèrent ses chevilles au bout de deux longues cordes reliées au bas de la barre fixe et Nick dut arrêter de gesticuler. Il tira deux ou trois fois sur ses liens et, par la force des choses, finit par rester tranquille, en gémissant comme un animal blessé, les paupières serrées comme pour s'empêcher de pleurer de rage. Plus aucune trace d'érection. Son sexe, tout petit et tout doux, pendait sans défense entre ses testicules. Sa position écartelée le faisait ressembler à l'homme de Léonard de Vinci, circonscrit à jamais dans le cercle de ses propres membres puissants. Il avait l'air si délicieusement vulnérable que Kate sentit son sexe mouiller.

Sophie frémissait à côté d'elle, en se léchant les lèvres. Elle avait poussé des petits cris d'excitation en serrant les poings comme à un match de boxe lorsque Christopher et Edmond avaient lutté pour attacher les pieds de Nick en évitant les coups. Sophie regarda Kate et tira sur le ruban de sa queue-de-cheval, laissant ses cheveux frisés retomber librement sur ses épaules. « Kate, dit-elle, enlève tes habits. Et sois prête à faire ce que je te dirai. » Elle se pencha jusqu'à ce que ses lèvres s'approchent de l'oreille de Kate et chuchota doucement : « Soyons subtiles. Faisons-le sans le toucher. »

Kate acquiesça et se déshabilla. Nick tirait sur ses liens, balançant sa tête de part et d'autre en grognant. Sophie regarda Edmond et lui lança un sourire machiavélique. Puis, elle retira ses propres vêtements.

Quand elles furent nues toutes les deux, Sophie prit la main de Kate et l'entraîna devant Nick. Une fois qu'elles furent à un mètre de lui, elle dit : « Kate, à genoux. » Kate obéit, se demandant ce que Sophie avait derrière la tête. Les yeux de Nick étaient fermés, mais Christopher et Edmond regardaient la scène avec avidité. Sophie resta debout devant Kate, le souffle court, ses petits seins gonflés, se soulevant et retombant. Elle poussa ses cheveux en arrière d'une main.

« Mon maître », dit-elle dans un soupir de soumission.

Nick gémit et montra les dents comme un animal sur la défensive. Il tourna la tête comme s'il voyait les deux femmes nues à travers ses paupières serrées. Sophie sourit et dit à nouveau, de sa voix basse et musicale : « Mon maître. Nous sommes là comme vous l'avez ordonné, nous sommes là toutes les deux. Daignez, je vous prie, nous regarder... » Nick gardait ses paupières serrées. Ses lèvres tremblaient. Ses narines palpitaient. À genoux devant ses pieds, Kate leva les yeux vers son corps magnifique et eut un frisson délicieux d'excitation. Elle avait envie d'avancer les lèvres pour prendre sa bite dans sa bouche, la cajoler avec sa langue jusqu'à ce qu'elle soit bien dure.

« Mon maître, souffla Sophie, le chef des esclaves nous a choisies selon vos désirs. Regardez, cher maître, et prenez votre plaisir avec nous, sinon, le chef des esclaves va nous frapper. » Elle tomba à genoux à côté de Kate. Quand elle recommença à parler, Kate vit bouger la tête de Nick, se tournant inconsciemment dans la direction de sa voix. « Voici mon amie, maître, qui est là pour vous honorer, pour vous donner du plaisir. Elle est belle, son corps est aussi généreux qu'un fruit mûr. Ses seins sont comme des grenades, mon maître, et ses cuisses ne désirent que vous satisfaire. Regardez, mon maître, regardez comme elle vous offre ses seins. » Kate comprit le signal et glissa ses mains sous ses seins, levant les lourdes mamelles et les tendant vers Nick. Il n'ouvrit pas les yeux mais émit un petit son impuissant, et les lèvres de Sophie se tordirent de triomphe quand elle vit son pénis qui commençait à frémir.

« Mon maître, murmura Kate, prenant son rôle à cœur, mon amie est aussi belle que l'aube, aussi fine qu'une gazelle, mon maître, et ses seins sont plus doux que des pétales de rose. Je vous prie de la regarder, mon maître, elle est à vous. »

Les mains de Nick se crispèrent et sa tête tomba en avant, comme s'il était épuisé. Il respirait vite et les muscles de son ventre et de ses reins palpitaient de manière incontrôlée et, comme malgré lui, son pénis continuait à bouger, à s'allonger et à grossir entre ses cuisses. Edmond rencontra le regard de Sophie et lui lança un sourire diabolique en lui faisant un signe du pouce.

« Oh, mon maître, murmura Sophie, si vous ne nous regardez pas, qu'allons-nous faire ? Nous avons envie de vous, mon maître. Ayez pitié de nous. » Nick ne leva pas la tête. « Si vous ne voulez pas de nous, siffla Sophie, il ne nous reste plus qu'à nous donner du plaisir en attendant que vous daigniez nous prendre. » Elle s'approcha de Kate et baissa la tête pour prendre un des petits tétons de Kate dans sa bouche. Un éclair de plaisir si aigu qu'il ressemblait à une douleur traversa le corps de Kate et elle poussa un petit cri. Nick détourna la tête et Sophie retira sa bouche du sein de Kate et dit d'une voix basse et presque en chantant : « Avez-vous entendu, mon maître, comme elle a crié quand j'ai pris son sein dans ma bouche ? Imaginez comme elle va crier quand j'embrasserai son intimité, quand j'enfoncerai ma langue au fond. Imaginez comme elle va crier, cher maître. » Elle guida doucement Kate jusqu'au sol et commença à joindre l'action à la parole, écartant les cuisses de Kate avec ses petites mains et faisant une série de baisers délicats sur son ventre doux. Kate ferma les yeux et s'abandonna à cette merveilleuse sensation, soupirant de plaisir pendant que la langue de Sophie s'enfonçait entre ses cuisses. Elle se tordit sur le sol et gémit, en caressant la pointe de ses seins avec la paume de ses mains, et en soulevant avec lascivité ses hanches vers le visage de Sophie.

Elle poussa des soupirs de protestation lorsque Sophie arrêta brutalement de la caresser. Kate ouvrit les yeux et se redressa sur les coudes, en se demandant quels raffinements de torture Sophie avait maintenant en tête.

Le membre de Nick était en pleine érection et il commençait à se dresser vers le ciel. Il gardait toujours ses yeux résolument fermés. Mais maintenant, Sophie était debout, et s'approchait de Nick jusqu'à ce que leurs corps se touchent presque. Elle leva son visage en forme de cœur vers sa bouche, debout sur la pointe des pieds. « Mon maître, murmura-t-elle, je l'ai caressée avec ma bouche, mon maître. Ne sentez-vous pas l'odeur de sa sève sur mes lèvres, cher maître ? Elle a tellement envie de vous… »

Nick poussa un juron et détourna violemment la tête, mais le mal était fait. Il avait senti le parfum musqué du sexe de Kate, que Sophie portait sur ses lèvres luisantes, et son phallus se dressa d'un seul coup et dans toute sa longueur, comme s'il était sur ressort. Et la douce peau de ses couilles se tendit, suivant la rigidité de sa longue queue.

Sophie murmura : « Oh, mon maître… » et derrière Nick, la voix d'Edmond dit : « Nick, tu as perdu. Autant ouvrir les yeux maintenant !

— Bonne idée, répondit Christopher. Kate, Sophie, continuez : ça l'encourage, manifestement ! »

Nick ouvrit tout doucement les yeux. Sophie se tenait debout devant lui et le regardait avec ses yeux noirs languissant de désir. Elle leva ses lèvres sensuelles vers les siennes et lui fit un long baiser. Puis, elle s'agenouilla devant lui, auprès de Kate. Elles glissèrent dans les bras l'une de l'autre, en s'embrassant et se caressant. Nick les regardait avec un désir fiévreux en murmurant : « Oh, non… Oh, merde, oh, putain de merde », pendant qu'elles se touchaient et se caressaient. Son pénis était maintenant dans une puissante érection, levé vers le ciel, son gland écarlate, gonflé de désir, orné d'une petite larme transparente. Kate et Sophie glissèrent sur le sol, leurs bouches cherchant le doux refuge du sexe de l'autre et Nick poussa un grognement féroce. Il semblait avoir à peine remarqué Christopher agenouillé à ses pieds, qui poussait un long soupir de plaisir en ouvrant les lèvres pour prendre dans sa bouche le phallus fièrement dressé de Nick. Lorsque Nick sentit les lèvres de Christopher se glisser contre sa bite, il resta longtemps comme paralysé. Mais, il finit par se relaxer et, comme s'il avait décidé de prendre du plaisir malgré tout, commença à donner des coups de reins dans la bouche de Christopher.

Kate et Sophie étaient toutes chaudes, complètement surexcitées à l'idée de se faire l'amour, sous le regard impuissant de Nick, ligoté au-dessus d'elles. Elles auraient voulu regarder les deux autres hommes lui faire des choses, mais leur désir de sexe était si fort et la sensation de leurs lèvres gourmandes et de leurs langues indiscrètes électrifiait leurs corps, déjà au paroxysme du plaisir… Elles gémissaient, frissonnaient sous leurs doigts brûlants, sentant l'orgasme approcher et finir par foudroyer de plaisir leurs corps enlacés. Après l'ultime secousse voluptueuse, elles restèrent accrochées l'une contre l'autre en frémissant. Puis, le regard alangui, elles levèrent la tête, pour voir ce qu'il advenait de Nick.

Il avait à nouveau fermé les yeux, mais cette fois-ci c'était plutôt par plaisir que par refus. Sophie s'empara de la main de Kate et la serra très fort en voyant la queue de Nick glisser au fond de la bouche de Christopher, tandis qu'Edmond, nu, le corps luisant de sueur, poussait sa bite dressée et dure entre les fesses de Nick. Les mains de Nick s'accrochaient à la barre et il secouait la tête de droite et de gauche, en haletant et en criant à chaque fois qu'Edmond le pénétrait et à chaque fois que son pénis tendu s'enfonçait entre les lèvres avides de Christopher. Il avait oublié sa peur et ses inhibitions : il était comme possédé par le plaisir. Kate prit la main de Sophie et elles tombèrent dans les bras l'une de l'autre, soupirant d'excitation en regardant Nick vaincu, conquis et soumis par un plaisir insoupçonné.

Edmond frissonna soudain et, dans un cri, s'agrippa aux hanches de Nick, au moment où il sentit qu'il allait bientôt décharger. Nick gémit et se secoua en sentant Christopher caresser tendrement la peau délicate derrière ses couilles. Son corps ligoté fut comme électrocuté de plaisir et il rejeta sa tête en arrière, poussa un cri muet d'extase, en donnant un dernier coup de bite dans la bouche de Christopher. Il resta suspendu, amolli, haletant, aux cordes qui maintenaient ses poignets, son corps luisant de sueur. Il poussa un soupir lorsqu'il sentit Edmond se retirer de son cul et Christopher lui lécher doucement la bite pour la nettoyer avant de s'accroupir à ses pieds, en souriant de manière énigmatique.

« Oh, détachez-le maintenant, s'écria Sophie, sautant sur ses pieds, soudain remplie de pitié. Pauvre Nick. Détachez-le. » Elle s'avança et détacha les cordes autour de ses poignets tandis que Kate s'occupait de libérer ses chevilles. Il se laissa glisser sur le sol, le corps haletant, la tête baissée, le souffle entrecoupé. Sophie vint se tenir derrière lui et mit ses bras autour de lui, caressant doucement son dos nu et luisant.

Kate caressait les cheveux de Nick. « Nick, murmura-t-elle, c'était merveilleux à regarder. Tu étais tellement sexy.

— Et tu as bien aimé », dit doucement Edmond derrière la silhouette blottie de Nick.

Nick leva la tête et regarda les visages autour de lui. Il avait l'air d'avoir à la fois subi une défaite et gagné une énorme bataille. « D'accord, dit-il d'une voix enrouée, d'accord. J'ai bien aimé. Mais vous vous souvenez, hein, vous avez promis. Ça reste un secret. » Il tendit la main pour prendre Sophie et Kate dans ses bras, les attirant toutes les deux vers lui. « Merde, dit-il en baissant la voix, vous êtes vraiment des bombes toutes les deux. Je savais que si j'ouvrais les yeux…

— Même en les fermant, dit Edmond.

— Bon, dit Christopher, je suis content que vous ayez tous approuvé cette idée. » Sa voix semblait étrangement dure par rapport à celle des autres, alanguis par la jouissance, affalés au pied de la barre fixe. Ils levèrent tous les yeux vers Christopher. Il portait toujours le peignoir blanc de l'hôtel qu'il fit glisser de ses épaules et vint se tenir face à eux, avec son corps magnifique et musclé et son pénis s'élevant dans une belle érection. Il baissa les yeux vers eux en souriant. « Vous avez tous l'air d'avoir bien pris votre pied, sauf moi, dit-il calmement. Je propose que vous me laissiez exprimer ce qui me ferait vraiment plaisir maintenant. Aucune objection ? »

Les quatre autres se regardèrent, puis levèrent les yeux vers lui, haussant les épaules et secouant leur tête. Le visage sombre de Christopher s'éclaira brièvement d'un sourire et Kate sentit son estomac se tordre de désir pour lui. Mais elle ne serait pas l'élue, elle le savait. Il voulait éprouver ses désirs sur les autres, aujourd'hui. Elle ne fut pas surprise lorsqu'il tendit la main et dit : « Sophie. »

Comme si on lui avait jeté un sort, Sophie se leva d'un bond et alla rejoindre Christopher. Edmond se redressa un peu, comme pour se lever, mais Kate mit doucement sa main sur sa cuisse, il frissonna et resta assis à regarder. Sophie attrapa la main tendue de Christopher et leva les yeux vers son visage.

« Je crois que tu as vraiment bien aimé voir Nick attaché, Sophie, dit Christopher doucement. Je me trompe ? »

Sophie ne répondit rien mais elle secoua la tête. Christopher fit un sourire de satisfaction. « Je me demande, murmura-t-il, comment tu aimerais ça si c'était toi qu'on attachait. »

Un frisson de volupté parcourut le corps de Sophie. Elle prit une brève inspiration et les pointes rose foncé de ses petits seins se durcirent. Elle baissa la tête comme si elle avait honte et murmura : « Je ne sais pas.

— Dans ce cas, je crois qu'on va bien voir », lui dit Christopher à l'oreille. Il avança rapidement vers la malle aux trésors et en sortit une longue chaîne au bout de laquelle étaient attachées des menottes recouvertes de velours. Sophie regarda l'accessoire fixement en se mordant la lèvre et sentit son corps frémir des pieds à la tête.

Le gros gland de la bite de Christopher se soulevait à l'horizontale contre son ventre plat tandis qu'il se dirigeait lentement vers Sophie. Son petit corps sembla incroyablement fragile à côté de l'immense torse musclé de Christopher. Il ferma une des menottes autour de son poignet et elle haleta en frissonnant. Puis, il l'entraîna sous la barre, souleva son bras gauche, entortilla la chaîne sur la barre et attacha la deuxième menotte à son autre poignet. Elle se tenait à présent pendue là, les bras au-dessus de la tête, ses petits seins soulevés très haut, les pointes roses de ses seins gonflées par l'excitation. Son corps se balançait aux chaînes robustes qui retenaient ses poignets délicats. Ses pieds ne touchaient presque pas la terre.

Près de Kate, Nick se mit à genoux, la respiration lourde, en regardant fixement Sophie, dont le corps charmant lui était exposé sans pudeur. Sa queue, qui était restée au repos après son orgasme fiévreux, se mit à remuer et à grossir à nouveau, et Kate posa rapidement sa main dessus, la cajolant pour qu'elle atteigne une pleine érection.

Christopher se tenait immobile, le regard fixé sur Sophie. Elle croisa son regard. Son visage était rouge de joie, ses lèvres gonflées et humides. Puis, elle renversa sa tête et laissa retomber ses cheveux bouclés sur ses épaules. Christopher lui sourit avant de retourner à la malle aux trésors. Il en sortit un fouet.

À nouveau, Edmond voulut se lever, un mot de protestation aux lèvres, mais cette fois, Kate et Nick l'attrapèrent et le firent se rasseoir. Il se laissa faire, mais il cria : « Sophie, Sophie, si tu ne veux pas, tu le dis ! »

Étonnée, Sophie leva la tête. Elle vit Christopher s'approcher comme une panthère à pas silencieux, avec le fouet dans sa main et ses grands yeux noirs s'écarquillèrent, ses lèvres s'écartèrent. Elle attrapa les chaînes entre ses mains, comme pour les retirer. « Je t'en prie », murmura-t-elle.

Cela ressemblait autant à une protestation qu'à une invitation. Christopher déroula la lanière du fouet et la secoua, le regard toujours fixé sur Sophie. « Tu as dit que le maître des esclaves allait te frapper ? lui dit-il doucement. Es-tu prête pour ta punition ? »

Le souffle coupé, Sophie ferma les yeux au moment où Christopher glissa la lanière du fouet le long de ses épaules et de ses seins gonflés. Il enroula le fouet autour de son sein gauche et tira légèrement dessus, Sophie poussa un cri et trembla comme s'il l'avait frappée.

« Mais voilà ce que je n'ai pas osé faire la nuit dernière, pensa Kate. Je croyais que Sophie n'était pas prête. Comment a-t-il deviné ? Comment a-t-il su ? Elle adore. » Sophie s'était mise à crier et à se tordre au moment où Christopher avait serré le bout de son sein avec son fouet. Il retira son fouet et recula pour la regarder. Toujours suspendue par ses chaînes, elle se retourna, en haletant d'angoisse et d'impatience, offrant aux yeux de son public captivé ses jolies petites fesses blanches comme de la neige. « Maître, murmura-t-elle, je suis prête.

— Mon Dieu », soupira Edmond dans un souffle. Il vint se presser tout contre Kate, qui se retrouva en sandwich entre lui et Nick. Ils tremblaient tous les trois. Non pas de peur, mais de désir. Ils savaient que Christopher n'allait faire aucun mal à Sophie, mais le contraste entre la carrure massive de cet homme et le corps impuissant de la petite Sophie était terriblement érotique. Kate continuait à caresser doucement la bite en érection de Nick avec sa main droite et descendait maintenant, avec sa main gauche, le long du ventre d'Edmond. Elle glissa ses doigts dans la fourrure noisette de son pubis, soupesa et caressa ses deux couilles toutes douces et finit par enrouler sa main autour de son pénis en train de durcir. Elle commença à le branler doucement. Edmond frissonna et ses fesses se serrèrent involontairement, mais pas une fois il ne regarda Kate. Leurs trois paires d'yeux étaient rivées sur Christopher et Sophie.

Christopher recula encore d'un pas par rapport à Sophie, comme un félin qui s'apprête à attaquer sa proie. Il enroula le fouet entre ses mains et se frappa le mollet, pour ressentir lui-même la douleur qu'il allait infliger à sa victime. Son visage se crispa en sentant le fouet gifler sa peau et il se pencha un peu pour examiner la marque rouge qu'il avait laissée. Puis, il donna un coup de fouet au sol et mit son bras en arrière, prêt à fouetter. Edmond soupira et les muscles de son ventre eurent un frémissement délicieux. Nick et Kate se mirent à respirer fortement, délicieusement horrifiés.

Le fouet trancha l'air et frappa le corps de Sophie en faisant un bruit sec. Il avait réussi à lui gifler le haut de ses cuisses minces, juste sous ses petites fesses dures. Et c'était beau à voir. Sophie poussa un cri, s'accrocha à ses chaînes, pour échapper au coup. Une fine traînée rouge marquait sa peau claire, comme un joli coup de griffe. Christopher la frappa à nouveau. Cette fois, le fouet atteignit son torse, juste sous ses seins, léchant lascivement ses flancs, et le corps tout entier de Sophie se raidit comme s'il venait de recevoir une décharge électrique. Un autre coup, cette fois directement sur l'abdomen doux et plat de Sophie, et sa tête tomba, elle poussa encore un cri d'agonie et de plaisir.

Christopher la frappa encore trois fois sur le dos et sur les fesses, elle gémit en se secouant, toujours suspendue devant lui. Elle cambra le dos, poussant ses seins en avant, écarta ses cuisses et les referma pour cacher son sexe humide. La chair rose et douce de ses lèvres cachées entre ses cuisses luisait de foutre et le bouton rose de son clitoris se dressait, cherchant à être soulagé.

Christopher enroula son fouet et s'avança doucement vers Sophie, la queue si dressée qu'elle frottait contre son ventre à chaque pas. Sophie pendait mollement au bout de ses menottes, la tête renversée de côté comme si elle était évanouie. Christopher souligna délicatement de son doigt, les griffures rouges que le fouet avait dessinées sur sa chair, la faisant trembler et gémir. Puis, il l'attrapa par le menton et tourna son visage vers lui. Sophie n'ouvrit pas les yeux, mais ses lèvres tremblaient comme si elle attendait un baiser. Christopher la regarda avec ses yeux sombres et calmes sans la toucher, sans l'embrasser. La tension sexuelle entre eux était à son apogée.

Sophie finit par ouvrir les yeux. Ils étaient noyés de larmes. Elle regarda le visage de Christopher, avala sa salive et prit, comme si elle étouffait, des petites gorgées d'air, en gonflant par à-coups sa cage thoracique et en soulevant ses seins.

« Tu sais ce que je vais te faire, maintenant, esclave ? » dit doucement Christopher. Il la tenait très fermement. Ses mains puissantes s'enfonçaient dans la peau douce de son visage. « Est-ce que tu devines ce que sera ta prochaine punition ? »

Sophie essaya de détourner la tête mais il la tenait. Il fit glisser le manche du fouet le long de son corps et le fit descendre doucement vers son triangle, en la regardant fixement. Sophie ferma les yeux en sentant le gros manche se presser contre son ventre, contre son pubis, et se frayer un chemin dans la fourrure douce et foncée de son mont de Vénus. Christopher tenait toujours son visage tourné vers le sien. Il la regardait intensément, ses grands yeux noirs scrutant chacune de ses réactions tandis qu'il essayait de remonter la poignée de son fouet entre les cuisses serrées de Sophie qui gémissait en fermant les jambes.

« Ne me résiste pas », dit doucement Christopher. Il essaya encore de pousser le manche en cuir entre les jambes de Sophie qui se refusait à lui. Il recula et donna un sévère coup de fouet sur les cuisses de Sophie. Elle se tordit, gémissant de douleur, les mains accrochées aux chaînes qui la retenaient.

« Écarte les cuisses », lui ordonna Christopher, plantant le manche du fouet entre ses cuisses. Sophie hurla en frémissant de tout son corps, les muscles de son dos et de ses épaules se contractèrent et elle laissa ses cuisses s'écarter. Un petit sourire froid apparut sur le visage de Christopher et il poussa tout doucement le manche en cuir entre les cuisses de Sophie et le frotta lentement contre son sexe palpitant.

Des vagues de plaisir déferlaient dans le corps de Sophie, faisant onduler ses mains enchaînées, ses épaules, ses seins, ses reins et ses cuisses. Elle poussa un long soupir d'extase. Christopher regardait tranquillement son visage noyé de larmes et, d'un coup sec, retira le manche en cuir qu'il frottait contre son sexe et le plaça sous ses yeux.

Le manche était luisant de son foutre. Un petit sourire crispé se dessina sur la bouche impassible de Christopher. Il approcha le manche de son nez et respira son précieux parfum avant de prendre un peu de sa liqueur sexuelle sur ses doigts et de l'appliquer sur son pénis rigide et impatient. Sophie gémit de frustration en levant la tête : « Je vous en supplie… »

Quant à Kate, elle tenait dans chaque main les deux bites vibrantes et gonflées des deux hommes surexcités à ses côtés. Kate avait placé le talon d'un de ses pieds repliés contre ses cuisses et elle se masturbait gentiment. Elle mouillait terriblement et lorsque Edmond la saisit par la taille et l'attira à lui, elle se laissa faire, ravie. Edmond la fit basculer en avant, face contre terre et lui écarta les fesses, cherchant avec sa bite chaude l'entrée de son sexe. Elle gémit lorsqu'il trouva l'orifice et s'enfonça dedans, glissant d'un seul coup en elle jusqu'à ce que ses couilles s'écrasent contre son clitoris brûlant de désir. Puis, il s'agenouilla derrière elle et resta immobile un instant, les mains posées sur ses hanches. Kate avait compris : son excitation était telle qu'il savait qu'il allait jouir s'il faisait encore un mouvement, et il voulait faire durer le plaisir. Elle donna un petit coup de cul en arrière contre lui, et ferma les yeux en sentant la pression de ses testicules contre son clitoris déclencher un flot de plaisir. Nick s'approcha d'elle et s'agenouilla tout près de son visage, la bite dressée, écarlate. Elle pensa qu'il allait lui demander de le satisfaire immédiatement avec sa bouche et elle essayait de trouver une manière de lui dire qu'elle était décidée à regarder Christopher et Sophie, mais Nick ne dit rien. Il glissa ses mains sous ses seins lourds, les prenant et caressant doucement les pointes avec son pouce. Un soupir tremblant resta dans la gorge de Kate, elle baissa les épaules, pressant ses seins de plus en plus fort dans les paumes de Nick, en frissonnant.

Jugeant que le foutre de Sophie n'avait pas suffi à lubrifier son énorme queue, Christopher prit la petite bouteille d'huile posée au pied de la barre fixe, là où Edmond l'avait posée. Lorsqu'il se baissa pour la ramasser, Edmond eut un petit rire, ce qui fit frémir son pénis enfoui au fond de Kate, et il tendit la main pour caresser les cuisses bronzées de Nick. Nick commença d'abord par se dérober un peu avant de se rapprocher des fesses de Kate, afin qu'Edmond puisse attraper sa queue bien dure pour la masturber.

« Je vous en supplie…, soupira encore Sophie, les yeux rivés au corps de Christopher scintillant d'huile qui dégoulinait de son ventre, de ses cuisses et de la colonne bien dure de son sexe. Je vous en supplie… »

Christopher se jeta derrière elle aussi vite qu'un fauve bondit sur sa proie pour l'attraper et tira sa tête en arrière par les cheveux. Il posa la poignée du fouet sous ses petits seins gonflés et le releva brutalement, ce qui fit soulever ses mamelons en feu vers le haut. « Une esclave n'a rien à demander, persifla-t-il. Une esclave doit tout accepter, sinon elle est gravement punie. » Les yeux de Sophie se refermèrent et elle laissa échapper un faible gémissement. Son corps se cambra, pressant encore plus fort le bout de ses seins contre le cuir du fouet qui la tourmentait.

Christopher sembla tout à coup prendre conscience qu'il était beaucoup plus grand que Sophie. Il fronça les sourcils et regarda autour de lui. Son visage s'éclaira quand il trouva ce dont il avait besoin, et il alla vite le chercher : un tapis d'aérobic d'un mètre cinquante, très épais. Il le posa sur le sol derrière Sophie, la souleva dans ses bras et d'un coup de pied avança le tapis pour qu'elle puisse poser ses fesses dessus. Leurs sexes étaient au même niveau à présent. Son gros pénis en érection frottait contre sa chair rose. Sophie laissa retomber ses bras enchaînés, se tournant pour essayer de voir Christopher derrière elle.

Il recula, fit un grognement et donna encore un coup de fouet, cette fois sur ses côtes et autour d'un sein.

« Ne bouge pas », lui ordonna-t-il.

Il prit encore la bouteille d'huile et en versa un filet sur les fesses dodues de Sophie. Le liquide transparent dégoulina dans sa fente et Sophie poussa un cri de surprise. Elle ouvrit les yeux en grand et se retourna, s'appuyant sur la chaîne pour s'aider et s'écria : « Non, Christopher, non, non, je ne voulais pas que tu me prennes par là, je voulais que tu… »

En un instant, la main de Christopher recouvrait sa bouche. Ses yeux écarquillés regardaient les siens derrière la main qui était là pour la calmer. « Comprends-moi bien, dit-il avec douceur, en la regardant, les esclaves n'ont pas à demander ce qu'ils veulent. » Il fit pivoter Sophie sur elle-même et, avec la main qui tenait le fouet, la pencha en avant autant qu'il put, pour qu'elle lui présente son joli derrière comme une bête. Elle frissonnait et serrait les fesses pour lui résister. Christopher tenta d'enfoncer le bout de son énorme queue dans le trou sombre, mais il lui restait fermé.

« Détends-toi ! » lui commanda-t-il. Et il poussa une deuxième fois. Sophie gémit et ses fesses se serrèrent encore plus. Christopher recula d'un pas et lui gifla ses fesses du plat de la main, très fort. La marque de sa main se dessina en rouge sur sa peau blanche et Sophie cria. « Ouvre-toi », lui ordonna-t-il encore. Le dos de Sophie se cambra et elle continua à serrer les fesses. Christopher lui balança encore une fessée retentissante. Puis, il fourra sa main entre ses jambes et caressa les lèvres mouillées de son sexe, passant juste le doigt sur son petit clitoris en érection. Sophie gémit, haleta et oublia de serrer les fesses. L'énorme pénis de Christopher se pressa contre l'entrée huilée de son petit trou et glissa doucement en elle.

Sophie ouvrit les lèvres et poussa une longue vague de cris, tandis que la bite massive de Christopher s'enfonçait doucement dans son cul, écartant le contour plissé de son orifice et empalant son corps. La chair douce de son sexe tremblait et ses muscles intérieurs se contractaient, tremblant de confusion, entre plaisir et douleur. La lente pénétration sembla durer une éternité, mais la bite de Christopher fut bientôt entièrement enfoncée dans son cul et son corps huilés, nichée tout contre ses petites fesses. Le souffle de Sophie s'accéléra et elle se mit à soupirer de plus en plus. Ses doigts impuissants s'ouvraient et se refermaient dans l'air.

Passant sa main autour de sa taille, Christopher lui frotta les seins avec la main et le manche du fouet. Elle frissonnait, gémissait. « Tu voulais qu'on te baise, lui dit-il à l'oreille. C'est comme ça que je baise mes esclaves. » Ses fesses musclées allaient et venaient en rythme, tandis qu'il se retirait et s'enfonçait au fond de son cul. « J'aime prendre mes esclaves par le cul, murmura Christopher à l'oreille de Sophie. C'est bien étroit, c'est comme si ma bite était serrée dans un poing en velours. Tu sens comme c'est étroit, esclave ? » Et il se retira cette fois presque entièrement, et s'enfonça d'un coup dans son anus, jusqu'à ce que ses couilles s'écrasent contre sa chatte. Sophie fermait les yeux, et ses lèvres tremblaient d'horreur et de plaisir. Christopher la baisait lentement mais bien profond. Ce qui frustrait Sophie qui se mit à pousser des petits cris plaintifs.

« Quoi ? s'écria Christopher en s'arrêtant de bouger et en se penchant un peu en avant. Ça te suffit pas, salope ?

— Je vous en supplie… » Sophie gémissait, se tordant au bout de ses chaînes, s'enfonçant sur la grosse bite qui l'avait farouchement empalée : « Je vous en supplie, mon maître, je vous en supplie, caressez-moi là, je vous en supplie, je vous en supplie. Mon maître, mon maître…

— Te caresser ? » répéta Christopher. Il baissa la tête et embrassa l'épaule de Sophie qui frissonna. Puis, très doucement, il laissa le manche du fouet glisser entre les seins de Sophie, le long de son ventre et entre ses cuisses. Elle leva la tête et prit une grande inspiration. Christopher resta longtemps sans bouger, et puis, sans prévenir, enfonça le gros manche dans le tunnel mouillé du sexe de Sophie. Elle poussa un cri de bête affolée et son corps fut secoué de spasmes. Et, ouvrant sa bouche en grand, Sophie hurla de plaisir. Christopher avait recommencé à s'enfoncer dans son cul avec son superbe pénis tout en poussant le manche du fouet au fond de son vagin. La violence exquise de ces coups de bite et de fouet fit trembler le corps tout entier de Sophie. Ses seins frémissaient et tremblaient. Elle s'accrocha aux menottes en criant avec désespoir : « Oh, oui, mon maître, oui, mon maître ! », puis ses mots se noyèrent dans ses cris au moment où son corps fut foudroyé d'une jouissance apocalyptique. Christopher continua à enfoncer le fouet dans sa chatte jusqu'à ce que Sophie retombe, suspendue à ses chaînes, frémissante et gémissante, vaincue par le plaisir. Il retira le fouet qu'il balança au sol, et prit ses fesses dans ses mains, les tira vers lui pour mieux s'enfoncer. Le corps luisant de sueur, Christopher poussait des grognements aigus de bête féroce en la chevauchant avec violence.

Edmond n'en pouvait plus. Il laissa le pénis de Nick et commença à aller et venir dans la chatte ruisselante de Kate, donnant des coups de bite à un rythme effréné. Kate haleta et souleva son derrière vers lui pour sentir à chaque pénétration le corps d'Edmond s'entrechoquer contre son clitoris excité. Elle gémissait : « Nick, Nick … »

Sans un mot, Nick vint s'agenouiller devant elle, la bite dressée au milieu de sa forêt de poils noirs. Kate ouvrit la bouche et il poussa son gland entre ses lèvres pulpeuses. Elle haleta en le prenant dans sa bouche, l'encerclant dans ses lèvres et passant sa langue le long du bout brillant. Il avait un goût merveilleux, avec un reste de chlore de la piscine mélangé à la saveur musquée et masculine de sa peau et de son foutre. Elle ne pouvait plus voir Christopher et Sophie mais elle entendait Christopher crier de plus en plus fort, de plus en plus désespérément, prêt à jouir. Fermant les yeux, elle se laissa envahir et gagner par le bonheur de sentir deux hommes en elle, l'un dans son vagin et l'un dans sa bouche, comme elle l'avait justement prévu.

Edmond commença à gémir et à se relâcher tandis qu'il approchait de son orgasme. Il haleta et s'enfonça dans la chatte de Kate comme s'il voulait disparaître à l'intérieur de son corps. Elle se frottait contre lui en gémissant. Nick se pencha en avant sur elle et attrapa ses seins dont il pinça les tétons foncés. Elle poussa un cri de surprise et de délice en sentant la jouissance approcher, comme venue de nulle part pour l'emporter très loin. Les muscles de sa chatte se contractaient autour de la bite d'Edmond qui frémissait un peu, tandis que les lèvres de sa bouche serraient le pénis de Nick qui se mit à grogner et à s'enfoncer de plus belle. Il l'attrapa par les cheveux et se mit à crier. Les couilles tendues, la bite au maximum, Nick éjacula son sperme chaud dans la gorge gourmande de Kate.

Au bout de quelques minutes, Nick se retira de sa bouche, tressaillant au contact de l'air frais. La tête de Kate était lourde mais elle la releva et, à travers ses cheveux, elle vit Christopher, serrant toujours Sophie contre lui, la tête rejetée en arrière, et grognant de plaisir. Le corps de Sophie était avachi, pendu à ses chaînes et aux mains de Christopher, la tête penchée en avant, sous sa masse de cheveux. Christopher relâcha ses doigts, plantés comme des griffes dans la peau de Sophie, et se retira lentement de son corps. Elle gémit en sentant sa bite s'éloigner et remua mollement sa tête. Christopher la souleva d'une main et, de l'autre, il détacha les menottes. L'une s'ouvrit d'un coup, puis l'autre, et le corps alangui de Sophie retomba dans ses bras. Il souleva ce petit corps fragile, semblable à celui d'une poupée cassée, la tête renversée en arrière.

Edmond se leva et traversa la pièce comme s'il voulait reprendre Sophie à Christopher. « Sophie, dit-il d'une voix pressante, et puis, à Christopher : Mais est-ce qu'elle va bien ? »

Comme si sa voix l'avait réveillée, Sophie fit un mouvement dans les bras de Christopher en gémissant. Christopher baissa les yeux vers son visage, sourit et dit à Edmond : « Juste un petit peu épuisée. Je crois qu'elle a un peu trop joui, Edmond. »

« Laisse-moi la prendre », dit Edmond en tendant les mains. Il y eut un petit silence. Puis, Christopher tendit Sophie, comme une enfant, et Edmond la prit doucement dans ses bras, enfouissant sa tête dans ses cheveux et murmurant tout bas des mots tendres.

Nick s'étira sur le sol comme un chat. « Putain, fit-il, j'ai mal partout. Pour moi, ça sera jacuzzi, les gars. Bonne idée, non ?

— Jacuzzi », dit Sophie d'une petite voix indistincte, comme si elle était ivre. Nick rigola et vint aider Edmond à amener Sophie au jacuzzi. Il appuya sur le bouton et l'eau se mit à tourbillonner. Nick entra dans le bain en tendant les bras et Edmond lui confia Sophie, avant de les rejoindre dans le bain bouillonnant. Kate entendit Sophie dire d'une petite voix : « J'ai cru que j'étais morte », et Nick répondit en riant : « Nous aussi, ma p'tite Sophie ! »

Kate regarda en direction de Christopher qui se tenait immobile. Elle frissonna quand elle vit qu'il la regardait aussi. Ses yeux noirs étaient fixés sur elle, insondables et hypnotiques. Elle eut peur. Puis, elle se leva et prit sa respiration. Elle marcha vers Christopher et le regarda en face. « Je n'avais pas osé faire ce genre de choses, hier, dit-elle. Comment tu savais qu'elle allait aimer ? »

Christopher haussa les épaules. « Je te l'avais dit, répondit-il. Aujourd'hui, je me fais plaisir. Franchement, je n'en avais pas grand-chose à foutre qu'elle apprécie ou pas. Si elle avait été vraiment mal, j'aurais arrêté. C'est tout. »

Debout près de lui, sentant la chaleur de son corps nu, Kate se sentit comme renversée par une soudaine vague de désir. Sa chair était toute mouillée entre ses jambes et les lèvres de son sexe se serraient de désir sans qu'elle puisse se contrôler. Ce qu'elle ressentait pour lui était décidément plus que du désir physique. Il la fascinait, il la captivait, rien chez cet homme ne lui déplaisait, elle n'avait qu'une envie : le connaître davantage. Quatre jours ne suffisaient pas.

Kate eut soudain un pincement au cœur, comme si quelque chose l'attrapait et l'écrasait, et elle le sentit hurler et griffer l'intérieur de sa poitrine. Elle ouvrit la bouche pour dire : « Christopher, je t'aime. » Puis, elle s'arrêta, pensant que c'était de la folie. Elle le connaissait à peine. Elle finit par dire simplement : « Tu es venu en train ? » Christopher hocha la tête. « Et tu habites à Londres. Écoute, si tu veux, je te ramène en voiture, ce soir. »

« Mmm », dit lentement Christopher. Kate leva les sourcils comme si c'était une banalité, pas un problème, le genre de proposition que n'importe qui pourrait faire, rien de spécial. Elle essayait de cacher son désir. « Dis oui, se dit-elle. Dis oui. »

« Je vais y réfléchir », répondit Christopher en la regardant en face.

Kate sourit, haussa les épaules et dit : « OK », essayant d'avoir l'air naturel et de ne surtout pas lui montrer qu'elle se sentait déçue et rejetée.

« Tu viens, enchaîna-t-il, ce jacuzzi a l'air bien. » Il prit Kate par la main en lui lançant un sourire sincère et bienveillant qui lui transperça le cœur.

Elle était complètement déroutée. Pourquoi repousser froidement son approche et ensuite lui témoigner de l'affection ? Pourquoi lui envoyait-il des messages si contradictoires ? « Christopher, dit-elle avec douceur, maintenant, je sais pourquoi ton boss te trouve difficile à manager. Je n'arrive pas du tout à te cerner, ni à te comprendre. »

Son sourire s'agrandit. « Je sais, répondit-il joyeusement. Ça te rend folle, pas vrai ? »

Chapitre 11

Ils étaient assis dans le jacuzzi et se remettaient de leurs émotions en discutant de la façon dont ils allaient appliquer leurs nouvelles techniques d'influence au travail. Kate demanda à chacun des participants de s'engager sur un objectif à remplir dès leur retour au bureau. Un objectif dont ils pourraient se tenir au courant par téléphone ou par courrier électronique.

« Je vais m'affirmer dès le premier jour de mon retour au bureau, s'écria immédiatement Sophie. Je vais dire à Mike, mon boss, que j'apprécie sa confiance mais qu'en revanche, je n'aime pas que les rapports que j'écris soient tous signés de son nom et que le prochain rapport que j'écrirai portera mon nom.

— Moi aussi, je travaillerai sur l'affirmation, dit Edmond. Je vais dire à une fille de mon équipe que j'aime bien travailler avec elle mais que je n'aime pas la façon dont elle laisse toujours les choses à moitié terminées pour se précipiter toujours sur ce qui est nouveau. Et que j'exige que la prochaine fois que je lui confie un travail, elle le termine, comme il faut.

— On peut s'exercer ensemble, lui dit Sophie, excitée par l'idée. On peut jouer les rôles. Ça sera vraiment utile. »

Nick et Christopher restaient silencieux. Au bout d'un moment, Kate intervint : « Et toi, Nick ? »

Il y eut un long silence. Et Nick dit : « Je vais dire à Bob, mon boss, qu'il a eu raison de me critiquer dans le passé. Je vais lui demander comment il veut que je change et je vais réellement écouter ce qu'il va me dire. Je vais le *bridger*.

— Ça ne sera pas facile, le mit en garde Kate.

— Je crois que j'ai bien compris que c'était pas facile, Kate… » dit Nick avec un étrange sourire.

Tous les yeux se tournèrent vers Christopher. Il resta longtemps sans rien dire, allongé dans le jacuzzi, la tête posée sur le bord, les yeux fermés. Puis, il se releva, ne pouvant plus faire semblant de ne pas voir qu'ils attendaient sa réponse, et dit : « Je n'aime pas du tout l'idée de devoir changer, dit-il d'une voix calme, un peu sur la défensive.

— Je ne te demande pas de changer, Christopher, dit Kate aussi gentiment qu'elle le put. Tu sais bien que je ne veux pas te changer. J'aimerais juste réussir à faire évoluer l'un de tes comportements dominants afin que tu puisses optimiser tes capacités dès ton retour au bureau. Une évolution de comportement, pas un changement de personnalité. »

Après encore un long silence, Christopher dit : « Mais je ne vois pas ce que je pourrais changer ou faire évoluer qui puisse, comment dirais-je, m'être bénéfique. Je fais bien mon travail. Qu'est-ce qu'il y a d'autre ? »

Kate résista à l'envie de lui dire ce qu'elle aimerait bien changer en lui et demeura silencieuse. Comme elle s'y attendait, Nick finit par jeter un coup d'œil gêné en direction d'Edmond et de Sophie et dit d'un ton mal assuré : « Christopher, pendant ces quatre jours, je crois qu'on t'a tous plutôt manifesté notre intérêt pour toi, mais le truc, c'est que toi, tu ne montres jamais ce que tu penses. Et tu n'exprimes pas non plus tes sentiments. Et du coup, on a un peu du mal avec toi, c'est difficile à gérer.

— Tu n'as pas arrêté de nous surprendre, dit Sophie. Parce qu'on ne savait pas à quoi s'attendre. Est-ce que tu crois que tu pourrais être un peu plus, un peu plus direct, plus ouvert ?

— Plus ouvert », répéta Christopher, la voix brutalement atone. Il hésita. Manifestement, il réfléchissait. Puis il dit : « Mais quelle différence ça fait que je montre ou pas ce que je pense ? Qu'est-ce que ça peut vous faire ? »

Ils échangèrent des regards. Puis, Edmond dit lentement : « Tu vois, Christopher, on t'aime bien, mais je n'ai pas la moindre idée si toi, tu nous aimes bien ou pas. » Il fit une pause. Sophie acquiesçait tranquillement. Christopher ne semblait toujours pas convaincu. Edmond continua : « Tu vois, pour moi, c'est important de savoir si tu m'aimes bien ou non. C'est pour ça que j'aimerais savoir.

— Si tu ne nous montres rien, tu nous isoles, dit Nick de façon inattendue. On ne peut pas te parler. Et ça, ça ne peut pas être bon pour toi. »

« *Aucun homme n'est comme une île, complètement replié sur lui-même*, cita tranquillement Sophie, *chaque homme est un morceau d'un continent, une part d'un tout.* » Edmond sourit et se rapprocha d'elle et posa doucement sa tête sur son épaule.

Il y eut un long silence. Puis, Christopher se leva et sortit du jacuzzi, les mains derrière la tête et ses coudes en avant pour protéger son visage. Kate et les autres regardèrent son dos mouillé, la respiration suspendue, craignant sa réaction. Le silence dura. Kate aurait voulu désamorcer la tension, en jouant à la prof qui connaît la solution au problème, mais elle ne la connaissait pas. Elle savait que si elle ouvrait la bouche, elle allait crier son amour pour Christopher et le supplier de ne pas lui tourner le dos. « C'est absurde, se dit-elle. Absurde, ridicule. Tu as envie de lui uniquement parce que tu ne peux pas l'avoir. Ne sois pas idiote. »

Lorsque Christopher se retourna finalement vers eux, il avait l'air profondément troublé. Quand il se mit à parler, sa voix était incertaine, presque timide, ce n'était pas lui. « Vous voulez dire, dit-il en hésitant, vous voulez dire que c'est vraiment important pour vous de savoir ce que je pense ?

— Oui, répondit Sophie, parlant pour tout le monde. C'est vraiment important.

— Bon », dit Christopher. Les mots sortaient avec difficulté. « Bon, dans ce cas, j'imagine que ça ne vous blessera pas si je vous dis qu'au début du cours, je vous ai tous trouvés plutôt ordinaires. Mais depuis, j'ai… j'ai changé d'avis.

— Tu veux dire que tu nous aimes bien, maintenant », intervint Nick, plein d'espoir, en souriant vers Christopher. Il ne répondit pas mais il secoua la tête, les yeux baissés.

« Qu'est-ce qui t'arrive, Christopher ? se demandait Kate. Qu'est-ce qui t'est arrivé dans le passé pour que tu sois aussi renfermé, sur la défensive ? Cela ne peut se réduire strictement à une question d'ambiguïté sexuelle, il doit y avoir plus que ça. Je me demande si j'arriverai à trouver un jour ? »

Christopher regagna le jacuzzi, silencieux et clairement ému, pendant que les autres lui tendaient la main, encourageants et affectueux. Il ne dit rien et se mit à asperger son visage et son cou. Kate réalisa que c'était le moment de changer un peu de ton, avant que les choses ne deviennent trop intenses et elle dit joyeusement : « En tant que formatrice, je trouve que j'ai toujours de la chance, car moi, je n'ai jamais à m'engager à faire des changements.

— Toi ?, s'exclama Sophie, surprise. Mais toi, tu peux tout faire. Tu sais tout faire ! Je n'aurais pas de problèmes, si j'étais comme toi. »

Kate sourit faiblement. « C'est ce que tu crois, dit-elle. Écoute ça. » Elle leur expliqua brièvement son histoire avec le beau Alex, et son désir insatisfait. « Je n'ai aucune raison de ne pas lui demander et pourtant… je ne fais rien », dit-elle en haussant les épaules. « J'y pense tout le temps mais je ne fais rien pour changer la situation.

— Je crois qu'il faut que tu prennes un engagement, toi aussi, s'écria Nick en souriant. Je crois qu'on pourrait élargir le sujet à ce qui est relié au bureau. La semaine prochaine, je t'enverrai un mail pour voir si tu as réussi à le draguer.

— Moi aussi », proposa Edmond.

Kate eut un sourire triste. « Bien essayé, Nick. Merci, Edmond. Mais je ne serai sans doute pas là pour recevoir vos mails.

— Pourquoi ? demanda Sophie, tu t'en vas ?

— Je vais démissionner, dit Kate, pas très à l'aise.

— Démissionner ? » s'écrièrent-ils en chœur. Même Christopher semblait choqué, surpris. « Pour quelle raison ? » demanda Sophie. Elle avait l'air très perturbé. « Pourquoi ?

— Écoute, dit Nick, d'après le programme, cette formation comporte deux étapes, celle-ci suivie d'une autre qui est censée avoir lieu dans quelques mois. Je pensais déjà à ça, moi ! J'avais hâte d'y retourner. Qu'est-ce qu'on va faire si on a une autre formatrice que toi ?

— On t'a fait une meilleure proposition ? » demanda Edmond.

Kate secoua la tête. « On ne m'a pas fait de proposition. Je n'ai postulé nulle part. C'est juste que j'en ai marre. Ma boss est une conne. Un jour, elle me demande quelque chose, le lendemain elle me dit de faire le contraire. Si je suis ici, c'est juste parce que Bob… », elle fit un signe de tête à Nick, qui leva les sourcils d'étonnement, «… est le directeur principal de notre division et qu'il a poussé Bryony à me donner la direction de cette formation. Je m'étais engagée auprès de différents clients, cette semaine. Elle m'a prévenu seulement vendredi au sujet de cette formation et j'étais furieuse.

— Ce qui explique ta décision de faire ce stage de manière peu orthodoxe, dit calmement Christopher. En te vengeant sur nous, en quelque sorte. »

Kate allait le démentir mais avant qu'elle ne puisse parler, Edmond reprit : « Oh ! orthodoxe, orthodoxe... pas très catholique, quoi... », avec un rire, tirant Sophie dans ses bras dans l'eau bouillonnante. « Ça, c'est du sous-entendu, hein, Christopher. Tu nous as vus ?

— Ça a marché, n'empêche », lui dit Sophie en se cambrant. Ses petits seins flottant au milieu des bulles.

« Ça a marché, reconnut Nick. Kate, tu te souviens de ce que j'ai écrit sous la rubrique des attentes du participant.

— Bien sûr que je m'en souviens », sourit Kate. En voyant les regards interrogateurs des autres, elle expliqua : « Juste deux mots qui indiquaient qu'il ne pensait pas tirer grand-chose de cette formation.

— Et tu m'as vraiment fait changer d'avis, continua Nick, je veux dire, je sais que je vais avoir du mal à ne pas retomber dans mes travers habituels quand je vais rentrer au bureau, mais je vais faire un effort. Vraiment.

— On va t'appeler pour te demander comment ça se passe, proposa généreusement Sophie.

— Kate, ne donne pas ta dém', dit Edmond. Il y a toujours moyen de se débrouiller avec un patron chiant. Tu ne peux pas lui parler ? »

Kate secoua la tête. « Elle n'a pas la meilleure écoute du monde. Elle s'assied, elle te regarde parler mais ne laisse rien transparaître. Et la seule chose qui l'intéresse, c'est sa carrière. Toujours plus loin, toujours plus haut et toujours seule. Ça, c'est son obsession, je crois.

— Mais…, commença Sophie.

— Si tu te faisais Alex, ça te ferait peut-être du bien, coupa Nick.

— Écoute, je vais y réfléchir, dit Kate, et si je décide de partir, je promets de vous écrire à tous pour vous dire où je suis. Il n'y a pas de raison qu'on ne se retrouve pas ensemble une autre fois, même si ce n'est pas dans le cadre du suivi de cette formation. J'aimerais bien. » Elle ne put s'empêcher de jeter un petit regard d'espoir vers Christopher.

Les autres eurent l'air de comprendre qu'elle ne voulait plus en discuter et ils reculèrent un peu, en discutant de sujets plus généraux. Le jacuzzi était en train de les ramollir complètement et ils se levèrent, sortirent, se rhabillèrent et décidèrent de passer le temps qui leur restait avant le déjeuner à mettre en pratique leurs connaissances dans des situations professionnelles.

Le déjeuner avait lieu dans un coin retiré de la salle à manger principale. Les serveurs semblaient toujours faire la navette quand la conversation tournait autour du sexe, ce qui les faisait glousser de rire et rougir. Quand le plat principal fut servi et qu'ils se retrouvèrent enfin seuls, Kate proposa : « Je vote pour qu'on fasse un jeu.

— Quel genre de jeu ? demanda Sophie, qui avait déjà bu un verre de vin.

— Nick m'en a donné l'idée le premier soir, dit Kate, en souriant à Nick. Ça s'appelle : “ Tout peut se passer sous la table ”. Nous sommes tous assis à table, on parle business, mais sous la table, on va tous se faire des choses obscènes. Si vous gémissez ou si vous rougissez, vous sortez du jeu. Qu'est-ce que vous en pensez ?

— J'aime bien, dit Nick, ça rend les déjeuners beaucoup plus intéressants.

— Mais qu'est-ce que tu as fait à Kate, le premier soir ? demanda Sophie. J'ai jamais réussi à deviner. C'est pour ça que tu l'as suivie aux toilettes ? Qu'est-ce que tu lui as fait ?

— On est supposés parler boulot », lui reprocha Nick. Elle se sentit punie et reporta son attention sur son assiette. Puis, elle regarda à nouveau Nick, qui était assis en face d'elle, et ses yeux s'écarquillèrent. Kate sourit, elle devina que les doigts de pied de Nick étaient déjà en train de grimper sous la culotte de Sophie. Nick était assis à côté d'elle et elle se demanda si elle pouvait le troubler au point de l'arrêter dans sa caresse. Le faire bander. Sa main se posa légèrement sur sa cuisse et se mit à monter tout doucement.

De retour à l'espace sport et santé, ils étaient tous passablement excités, après s'être tripotés tout le long du déjeuner. Personne n'avait vraiment joui et Sophie avait failli perdre mais elle s'en était sortie en faisant passer un petit cri de plaisir pour un éternuement.

Quand Christopher ferma la porte de la salle de sport, Nick leva les mains et dit : « Je voudrais proposer que vous me laissiez un peu diriger l'action. J'ai une idée. J'ai toujours eu envie de l'essayer et je pense que vous allez tous aimer.

— Tu ne crois pas que c'est plutôt à Kate de nous dire quoi faire ? rétorqua Edmond. On s'est tous donné du plaisir et elle joue les deuxièmes violons. Je trouve que c'est pas juste.

— Demandons à Kate », acquiesça Nick calmement.

Ils se tournèrent tous vers Kate, curieux de ce qu'elle allait dire. Elle haussa les épaules, l'air de s'en foutre. « Ça m'est égal, répondit-elle. Je n'ai jusqu'à maintenant pas eu à me plaindre, si ? Je pense qu'on pourrait laisser Nick essayer son idée. » Elle savait que si on lui demandait ce qu'elle voulait, elle dirait : Christopher. La seule chose à laquelle elle pensait, c'était à quel point elle avait envie de lui, qu'il s'allonge sur elle, qu'il la pénètre avec son énorme queue, qu'il la terrasse de tout son poids et de toute sa force. Mais cela ne serait pas forcément divertissant pour les trois autres et elle commençait à trouver inquiétant ce blocage qu'elle faisait sur Christopher.

Personne ne sembla faire d'objection. « OK, bon, si tout le monde est content », dit Nick avec impatience. Il retira sa chemise et la jeta, laissant apparaître son beau torse mince. « Je vais vous expliquer. Venez par ici. » Il les attira dans le coin repos près de la piscine. Ils s'assirent autour de lui, comme des enfants attendant une histoire, au milieu des palmiers, dans l'air chaud. Kate se pressa contre Christopher comme un chien qui demande de l'attention, essayant de toutes ses forces de s'empêcher de lever les yeux suppliants sur lui.

« Donc », expliqua Nick. Ses yeux bleus brillaient d'excitation. « C'est quelque chose qui me fait fantasmer depuis toujours, je crois. J'imagine qu'on pourrait appeler ça une chaîne humaine. Vous savez, chacun fait quelque chose à quelqu'un d'autre. Si vous êtes tous d'accord pour essayer, j'ai, euh, j'ai en tête une petite scénographie.

— C'est sans surprise venant de toi… », dit Christopher. Il avait l'air un peu blessant, mais quand Nick lui jeta un regard inquiet, il sourit et dit : « Pas de problème, Nick. On t'écoute. »

Un sourire vint lentement se poser sur les traits étroits du visage de Nick. « Non, dit-il doucement. Non, je pense que ce serait plus facile que je vous montre. Vous voyez, je ne suis pas tout à fait sûr de la manière dont nous allons nous entendre. » Il mit la main à sa braguette. « Donc, si vous êtes d'accord, je vais faire le chorégraphe en quelque sorte, ajouta-t-il. Commençons par nous déshabiller avant de passer à l'action. » Il défit son jean, le retira et le balança d'un coup de pied dans un coin de la pièce. Les muscles de son corps aux larges épaules et à la taille étroite se fléchirent quand il se pencha pour poser deux chaises longues l'une contre l'autre. Son pénis était déjà en érection, à bloc, et il tressaillait avec une excitation contenue.

Les autres échangèrent des regards. Puis, Kate dit : « Bien, on sait ce qu'il nous reste à faire. » Et elle tira sur son T-shirt pour l'enlever. Elle fut comme aveuglée, au moment où elle passa son T-shirt au-dessus de sa tête, et sentit une main frotter la pointe de ses seins, propulsant en elle une décharge de plaisir. Elle se débarrassa du T-shirt et croisa les yeux noirs de Christopher. Il était penché au-dessus d'elle, avec un sourire, et elle poussa un long soupir de désir. En murmurant son nom, elle tendit la main et commença à déboutonner rapidement sa chemise, glissant ses mains sous le coton fin pour sentir sa peau douce et la puissance des muscles de sa poitrine et son ventre plat et tendu. Une fois la chemise ouverte, elle la fit glisser, guidant les manches le long de ses bras puissants, parcourant les poils noirs délicats de ses avant-bras avec ses doigts.

Soudain, elle s'aperçut que lors de cette soirée qu'ils avaient passée tous les deux en tête à tête à baiser, elle ne l'avait pas embrassé une seule fois, elle n'avait jamais goûté sa bouche pulpeuse et gourmande et, avec un petit cri de désir, elle s'avança vers lui, les lèvres ouvertes.

Il était suspendu au-dessus d'elle, les yeux plongés dans son visage. Kate se tenait à genoux, immobile, et respirait avec effort, en soulevant sa poitrine, cherchant à attirer Christopher à elle, avec des mains invisibles, mourant de désir pour lui. Elle se sentait comme une adolescente, déchirée par les affres d'un premier amour impossible, possédée et désespérée. Derrière elle, Nick et Edmond déshabillaient Sophie, en la caressant de sorte qu'elle riait et gémissait à la fois, mais Kate n'entendait rien. Toute son âme était concentrée sur le visage ténébreux de Christopher. À quoi bon réclamer ? Si elle lui volait un baiser, cela ne valait rien. Un cadeau forcé n'est pas un cadeau.

Elle pensa à Karen, la fille de la boutique, qui avait fait perdre à Nick son pari. Christopher l'avait embrassée. Il le lui avait dit. Il l'avait embrassée, séduite, il l'avait couchée sous lui, empalée, il l'avait fait crier de plaisir. Kate sentit sa jalousie lui serrer la gorge et elle s'aperçut que cela se voyait sur son visage.

Peut-être que Christopher avait vu ses yeux se refermer, ou peut-être que son émotion était si forte qu'il pouvait la sentir irradier de son corps comme des rayons de lumière. Il baissa un peu la tête et se pencha tout doucement vers elle. Kate le vit avancer et elle tendit le cou vers lui, heureuse, incrédule et désespérée. Il allait l'embrasser ! Ses yeux se fermèrent, un son lui échappa, un petit soupir de bonheur et elle sentit les lèvres de Christopher se poser sur les siennes.

D'abord, il plaça simplement sa bouche sur la sienne sans bouger, la respiration lente. Elle sentit la chaleur de ses lèvres, la dureté de ses dents blotties derrière. Son souffle était doux, parfumé par le café et le vin qu'il avait bus au cours du repas. Il resta sans bouger pendant ce qui leur parut une éternité. Puis, une de ses grandes mains puissantes toucha son dos nu, remontant jusqu'au cou, et elle frissonna en se laissant aller en arrière, s'abandonnant à sa force. Ses doigts plongèrent dans ses cheveux et maintint sa tête. Elle haletait, la bouche ouverte, et il pressa encore ses lèvres contre les siennes. Sa langue chaude et agile se glissa enfin dans sa bouche pour la goûter et le plaisir fut intense, exquis. Tous deux ressentaient la subtile musique des sens, les transpercer comme une flèche, un plaisir plus raffiné et plus délicat que le plus doux des accouplements. Les larmes montèrent aux yeux de Kate, pourtant fermés. Elle leva les bras et les enroula autour du cou de Christopher, de ses épaules nues, et elle se serra contre lui. Ses seins durs se frottaient contre sa poitrine, ajoutant sa mélodie de sensations aiguës à la symphonie complexe de leur baiser. Une part d'elle-même était totalement absorbée dans les sensations qui émanaient de lui, son odeur, son goût, mais une autre part de son esprit anticipait déjà le futur, imaginant comment il allait la poser doucement sur le sol, s'étendre sur elle, toujours en l'embrassant, et comment elle écarterait ses genoux sous lui pendant qu'il lui caresserait les seins avec ses mains puissantes.

Mais il se recula, levant sa tête et relâchant sa chevelure. Elle poussa un gémissement de protestation et essaya de le retenir, mais il secoua la tête avec un sourire gentil. « Kate, murmura-t-il, il faut suivre le chorégraphe. »

Kate eut envie de rétorquer méchamment : « Qu'il aille se faire foutre, le chorégraphe. Christopher, j'ai envie de toi », mais elle ferma les yeux, luttant contre un sentiment d'abandon si fort qu'il menaçait de la submerger. Elle n'aurait peut-être jamais de deuxième chance. Ses paupières tremblaient, elle leva la main pour balayer une larme qui s'était échappée et qui commençait à rouler sur sa joue.

Puis, elle sentit sa main sur son visage. Elle ouvrit vite les yeux, sans se soucier qu'ils étaient pleins de larmes, et elle le regarda. Les coins de sa bouche superbe étaient légèrement relevés. « Ta proposition, pour ce soir, dit-il, j'accepte.

— Oh, parvint à répondre Kate avec un sourire. Génial. OK. » Elle était maintenant remplie de joie et d'excitation. Elle avait envie de lui dire qu'elle l'aimait, mais elle savait qu'elle devait se retenir jusqu'à ce qu'elle comprenne mieux ses sentiments. Elle résista à l'envie de se lever et de brandir son poing en l'air en signe de victoire.

« Kate, Christopher, les appelait la voix de Nick. Par ici. »

Il avait poussé deux transats l'un à côté de l'autre et il se tenait debout à côté, un grand sourire aux lèvres. « On dirait que vous vous entendez bien, dit-il, je vais commencer avec vous. Kate, allonge-toi ici, la tête en bas. Très bien.

— Je suis à l'envers… se plaignit Kate, mais elle obéit.

— Il y a une logique dans ma folie », la rassura Nick. Il la laissa s'installer confortablement, puis passa sa main sous le transat et l'ajusta de façon à le relever franchement d'un côté. Kate se retrouvait ainsi, le cul en l'air et son sexe ouvert entre ses cuisses douces.

« Mon Dieu, dit Kate, presque gênée malgré elle, c'est une position obscène.

— N'est-ce pas », acquiesça Nick. Il se tourna vers Christopher. « Tu serais tellement gentil, dit-il, de t'agenouiller sur la bouche de Kate, et, ah, et la laisser te tailler une pipe. Il y a plus d'hommes que de femmes, mais je dois être équitable. C'est-à-dire que chaque femme aura deux hommes et Edmond aura encore, comme dans son rêve, deux femmes. »

Kate haleta de plaisir. Elle tourna son visage vers la surface douce du transat et regarda Christopher retirer son pantalon doucement, laissant voir sa merveilleuse nudité. Il fit le geste de venir sur elle et s'arrêta. « Et c'est quoi, le reste de l'arrangement ? » demanda-t-il, de façon décontractée.

Nick ricana. « Edmond embrassera Kate là où elle le souhaite le plus », dit-il. Kate se sourit à elle-même en pensant : « C'est ce que tu crois ! Mais moi, je laisserais bien tout tomber pour retourner dans les bras de Christopher et sentir ses lèvres sur les miennes. » « Et Sophie s'occupera de lui avec sa bouche. Et moi, je pourrai prendre Sophie. Chose que, comme vous le savez, je désire faire depuis quatre jours. »

Les lèvres de Christopher frémirent et il rit. « Ça paraît pas mal », dit-il. Et sans ajouter un mot, il vint se mettre au-dessus de Kate. Sa queue n'était pas encore complètement en érection. La peau recouvrait encore la moitié de son prépuce. Il baissa les yeux vers Kate, vers son corps offert, et sourit : « Vous dansez ? » lui demanda-t-il.

Un gros pincement de désir empêcha Kate de répondre, mais elle tendit les deux mains et prit les cuisses de Christopher dans ses mains, l'attirant à elle. « Nick, sois béni », pensa-t-elle. Comment avait-il deviné qu'elle n'avait encore jamais goûté Christopher à l'intérieur de sa bouche ? Elle le dirigea pour qu'il s'agenouille au-dessus de sa tête, les jambes écartées, la peau rugueuse de ses testicules frottant son front. L'odeur musquée de sa peau masculine, chaude et merveilleuse, l'enivrait littéralement et venait se mélanger à son excitation. Elle ouvrit la bouche et lécha son pénis par en dessous. Sous ses yeux, son pénis se convulsa et grossit sous l'afflux sanguin. Elle eut un petit gémissement de plaisir et logea le bout de sa queue entre ses lèvres, le suçant tout doucement. Elle suçait, léchait et tirait doucement sur la peau du prépuce, avec sa langue. Cette sensation de pouvoir était délicieuse. Sentir la bite de Christopher gonfler grâce à sa bouche était exquis. Elle oubliait le reste et ne pensait plus qu'au besoin de lui donner du plaisir, de faire de ses lèvres un outil chaleureux de désir et de plaisir. Son corps traversé par des vagues de volupté s'enfonçait un peu plus dans le transat et ses seins se gonflaient et se tendaient.

Dans sa bouche, le phallus de Christopher avait atteint son maximum. Elle ne pouvait prendre que quelques centimètres de ce gros pénis dans sa bouche et elle leva les mains pour caresser la base de son sexe et ses bourses tendues. La pensée de son propre plaisir s'était totalement évanouie, elle voulait son plaisir avant tout. Les mains fortes de Christopher commencèrent à palper ses seins et pincer ses gros tétons foncés entre ses doigts experts. Les petites pointes s'allongèrent en se gonflant instantanément et Kate poussa un cri étouffé par le membre chaud et doux de Christopher qui palpitait dans sa bouche. Un frisson d'extase la parcourut, ses jambes se levèrent et s'écartèrent et, comme par magie, une bouche s'y posa, là, entre ses jambes, éveillant des plaisirs profonds et sombres en caressant doucement la peau douce qui entourait son sexe. Les lèvres d'Edmond, la langue habile d'Edmond ajoutaient à son plaisir.

Le duo était maintenant un trio et, à travers ses propres gémissements de délice, Kate entendit vaguement la voix de Sophie qui, elle aussi, criait d'extase, tandis que le quartet se transformait en quintet. Elle imagina ce qu'elle ne voyait pas, Edmond penché sur elle, la léchant, lui donnant des petits coups de langue tandis que son phallus dur entrait et sortait de la bouche en bouton de rose de Sophie, et Sophie, allongée, les cuisses ouvertes pour que Nick la prenne. Kate rejeta la tête en arrière pour que le beau pénis de Christopher puisse s'enfoncer plus profond dans sa bouche et elle pensa à Nick et à Sophie. Nick devait être en train de glisser ses bras sous ses cuisses et de les soulever pour que son sexe s'ouvre à lui, pour qu'il puisse la pénétrer aussi profond que possible et bien la baiser. Avec son esprit de compétition, il allait sûrement vouloir montrer à Sophie de quoi il était fait. La langue vicieuse d'Edmond tournait autour du bout érigé du clitoris de Kate, se pressait contre lui et elle souleva ses hanches généreuses vers son visage tout en écoutant Sophie crier, en imaginant la grosse bite de Nick glissant entre les lèvres serrées de son sexe.

Elle sentait l'extase monter en elle. Elle sentait Christopher qui était lui aussi sur le point d'atteindre son orgasme et elle le suça de plus belle, avec sa langue et ses lèvres, l'aspirant, cherchant à l'élever vers les sommets du plaisir. Ses lèvres lui faisaient mal, dans l'effort de faire entrer son gros phallus, mais elle ne voulait pas s'arrêter. Edmond lapait et suçait son sexe, tout en gémissant. Elle sentit l'orgasme monter, s'enrouler dans son abdomen comme une bête prête à bondir, se préparant à s'abattre sur elle et la terrasser.

Et puis, sans prévenir, la porte de la salle de sport s'ouvrit brutalement. Choqués, les membres de la chaîne humaine se détachèrent les uns des autres, et redressèrent leurs visages écarlates de plaisir, l'air surpris et plutôt mécontents. Kate fut la dernière à se rasseoir. Elle jeta un regard en direction de la porte et sa main vint inconsciemment se mettre devant sa bouche quand elle vit qui était là.

« Qu'est-ce qui se passe ici, nom de Dieu ! ? » demanda la petite silhouette à la porte. Bryony fit quelques pas, choquée, indignée. Elle portait un tailleur cintré, bien coupé. Elle avait l'air féroce et furieuse. Impressionnés par sa forte personnalité, les participants restèrent comme paralysés. Edmond prit Sophie dans ses bras dans un geste protecteur, et même Nick eut l'air gêné.

« Kate, hurla Bryony, s'approchant de Kate, assise nue et sans défense sur la chaise longue. Kate, tu me stupéfies. J'avais le pressentiment que tu étais en train de préparer un mauvais coup, mais qu'est-ce que c'est que ça, nom de Dieu ? Qu'est-ce que vous êtes en train de faire ? » Elle rejeta sa chevelure rousse en arrière et secoua sa tête avec colère. « Fous le camp d'ici, dit-elle, et n'essaie plus jamais de te pointer au bureau. Je te ferai parvenir tes affaires. Et n'espère pas que je te recommande à qui que ce soit. En ce qui me concerne, ta carrière est foutue. »

Kate ne pouvait plus parler. Son esprit était encore embrouillé par son orgasme interrompu et l'arrivée inattendue de Bryony. Elle prit une inspiration profonde et cligna des yeux. C'était comme s'il n'y avait plus rien à faire et elle se leva lentement.

Une des grandes mains de Christopher se posa instantanément sur son épaule, la maintenant assise. « Kate, dit-il tranquillement, qui est cette personne ? Présente-nous.

— Je suis Bryony Griffith, répondit froidement Bryony. Directrice de la formation et des ressources humaines.

Kate travaille pour moi, ou plutôt devrais-je dire, *travaillait* pour moi.

— Et vous êtes experte dans ce genre de formation ? » demanda Christopher.

Bryony releva brusquement la tête, sentant le défi. « Je suis capable d'identifier un dysfonctionnement et de reconnaître lorsque les choses ne se déroulent pas comme elles le devraient, répondit-elle avec colère. Et vous, qui êtes-vous ? » Elle garda les yeux fixés sur le visage de Christopher, sans tenir compte du fait qu'il était nu et en pleine érection, sa grosse bite pointée vers elle, encore luisante de la salive de Kate.

« Un participant, qui a trouvé cette formation très intéressante », lui répondit Christopher.

Bryony se renfrogna, détourna son regard et le dirigea en direction des autres. Elle remarqua Edmond et Sophie enlacés et sa bouche fit une moue de mépris. Puis, elle se concentra sur Nick, laissant ses yeux parcourir son corps nu avant de se fixer sur son visage. « Je vous ai vu au bureau », dit-elle, essayant d'atténuer la colère de sa voix en prenant conscience que Nick avait de l'influence auprès de son boss. « Vous êtes le conseiller personnel de Bob.

— Exact, répondit Nick, et j'aimerais bien savoir ce que vous venez foutre ici et qui vous a permis d'interrompre cette formation. »

Bryony fit un pas en arrière, comme si on l'avait giflée. « Mais ça va pas ? ! s'exclama-t-elle. Mais regardez-vous ! C'est ça que vous êtes venus apprendre ? Vous savez combien nous coûte cette formation ? Franchement, c'est dégoûtant !

— Qu'est-ce qui vous donne le droit de vous en mêler ? s'écria Sophie, de façon inattendue, se hérissant comme une chatte protégeant ses petits. Vous ne savez rien de ce qui s'est passé. Nous avons tous appris ce que nous étions venus apprendre ici.

— Vous nous prenez pour des toutous ? demanda Edmond. Vous croyez que Kate nous a forcés à faire des choses qu'on ne voulait pas faire ?

— Écoutez, dit Kate, je ne veux pas vous créer à tous des problèmes. Je vais juste...

— Kate, dit doucement Christopher, reste où tu es. »

Ses deux mains étaient posées sur ses épaules pour l'empêcher de se lever et il s'avança contre elle, afin qu'elle sente la chaleur de son grand corps contre sa peau nue. Elle se pencha en arrière contre lui, en frémissant à l'idée qu'ils volaient tous les quatre à sa défense.

Bryony eut l'air désarçonné. Puis, elle détourna son attention d'Edmond et de Sophie pour poser à nouveau son regard sur Nick : « Je sais à quel point Bob voulait que vous suiviez cette formation, dit-elle. Il a exigé que ce soit tout spécialement Kate qui vous coache. Je ne crois pas qu'il pensait qu'elle allait vous *baiser*.

— Je suggère que vous lui demandiez, dans une semaine ou un peu plus, s'il pense que la formation a été concluante ou non », dit Nick. Il parlait posément, tout en s'avançant vers Bryony. Elle resta un moment à le défier, le visage relevé, l'air féroce. Mais, elle sembla perdre son assurance, en le voyant se rapprocher d'elle. Son regard devint fuyant et Kate vit qu'elle avait du mal à respirer. Nick sentit son malaise et un sourire de loup se dessina sur son visage. « Je serai très content de m'incruster dans vos discussions, dit-il, et d'expliquer comment les méthodes peu orthodoxes de Kate parviennent à fonctionner.

— N'importe quoi, dit Bryony, serrant la mâchoire. Je n'en crois pas un mot. Elle est finie. Je vais aller appeler Bob tout de suite, je vais lui dire tout ce que vous avez fait. » Elle se tourna pour partir, cachant mal son soulagement d'échapper au regard intense de Nick.

Nick tendit la main et attrapa le bras de Bryony. « Tu ne t'en vas nulle part, lui dit-il.

— Laissez-moi partir ! » lui cria Bryony, essayant de se dégager. Elle semblait très choquée qu'il puisse poser la main sur elle. « Comment osez-vous ?

— Je vais juste vous faire une petite démonstration personnelle », répondit Nick. Il attrapa Bryony par les bras et l'attira d'un coup contre lui en renversant sa tête. Nick baissa sa bouche sur la sienne et l'embrassa, étouffant ses protestations. Kate mit sa main sur sa bouche, ahurie, anxieuse : Bryony n'était pas la bonne personne sur qui essayer ce genre d'approche. Elle allait sûrement faire virer Nick pour harcèlement sexuel et lui faire un procès. Elle attendit en tremblant que Nick se recule, craignant son torrent de reproches.

Mais rien de tout cela n'arriva. Bryony protesta au début vigoureusement, se tordant et se débattant dans les bras de Nick, essayant de s'échapper. Mais il la retint et l'embrassa encore plus fort, en plongeant sa langue puissante dans sa bouche. Au bout d'un moment, ses cris de protestation étouffés se transformèrent en gémissements, ses mains maintenues prisonnières se relâchèrent et ses doigts ressemblaient à des petites griffes de chat qui ronronne. Nick la tint encore plus près contre lui et se serra contre elle. Son pénis dur en érection, luisant des sécrétions de Sophie, frottait contre le tissu de sa jupe. Bryony frémit et se laissa soudain aller dans ses mains, alanguie et gémissante.

Aussitôt, il recula, tenant toujours Bryony en sécurité dans ses bras. « Vous voyez comme cela a un effet persuasif ? dit-il. Et maintenant, devinez quoi ? On va tous vous montrer à quel point on a bien appris la leçon. » Il regarda autour de lui, et comme s'il les avait convoqués, Edmond, Sophie et Christopher s'avancèrent, les yeux brillants d'excitation. Bryony se tordait dans les mains de Nick, en protestant, mais en vain. Elle ouvrit la bouche pour crier et Nick l'embrassa aussitôt, la bâillonnant avec ses lèvres. Il la tenait fermement dans ses bras tandis que les autres retiraient sa veste et sa jupe serrée. Elle se retrouva en un rien de temps, vêtue seulement d'un body moulant et de bas. Elle tenta sans succès de se débattre des bras de Nick. Christopher s'empara de son corps, posa une de ses grandes mains sur sa bouche et la transporta jusqu'à une chaise longue. Sophie attendait déjà, avec les cordes et, une fois qu'ils eurent fini de la déshabiller, ils l'attachèrent et lui bâillonnèrent fermement la bouche avec un foulard.

Kate se leva lentement et se posta devant Bryony, baissant les yeux vers elle. Elle se débattait dans ses liens, se soulevait, protestait à travers le bâillon, nue à l'exception de ses bas. Son corps était très mince, sa peau très blanche était mouchetée de taches de rousseur, mais ses seins étonnamment gros étaient ornés de grandes aréoles sombres. Ses yeux verts avaient l'air furieux. Kate avait du mal à croire que Bryony était là, à ses pieds, attachée, prisonnière, à sa merci. Elle secoua la tête en souriant. « Je ne sais pas quoi suggérer.

— Fais-la jouir, répondit Edmond. Montre-lui les trucs que tu nous as montrés. On devrait tous la faire jouir. »

Nick était debout près de la tête de Bryony. Il caressa sa joue. Elle détourna brutalement son visage de lui, il eut un petit sourire bref, et passa doucement sa main le long de son cou et de son corps. « Elle est belle », dit-il doucement. Il regarda les autres. « C'est toujours moi le chorégraphe ? » dit-il d'une voix tendue, chuchotée.

« Si tu veux, Nick, dit Sophie. Elle nous a tous fait débander. Voyons si tu peux nous relancer. »

Un petit cri de protestation traversa le bâillon et le corps ligoté de Bryony s'agita furieusement. Nick se pencha et passa la main sur ses seins, fronçant les sourcils tout en taquinant un des tétons sombres qui se mit aussitôt à durcir. « Chut, dit-il doucement, tu vas aimer, je te le promets. » Il regarda rapidement les autres. « Edmond, Sophie, dit-il, venez ici, venez lui sucer les seins. S'il vous plaît. »

Edmond et Sophie s'avancèrent pour obéir. Ils s'agenouillèrent de chaque côté du transat et se penchèrent en avant, lèvres ouvertes pour poser leurs bouches humides sur les tétons de Bryony. Son corps se tendit et se cambra, elle poussa un cri strident, à moitié étouffé par le bâillon ; ses mains attachées s'ouvrirent et se refermèrent. Nick mordit ses lèvres en caressant son corps, se glissant contre sa peau fine et blanche, testant l'élasticité de son ventre et tournant son doigt autour des poils roux de son pubis. Puis, il s'agenouilla lui aussi et posa ses mains sur la chair délicate à l'intérieur de ses cuisses, juste au-dessus de ses bas noirs, rapprochant ses caresses de plus en plus haut vers son sexe. Bryony se tordit en gémissant. Nick se pencha et embrassa la peau blanche de ses cuisses, donnant des grands coups de langue en direction des lèvres tremblantes et humides de son sexe, et de son petit clitoris excité sous sa fourrure dorée.

Kate sentit le grand corps de Christopher derrière elle, se pressant tout contre elle. Elle fit un bond et se tourna face à lui, les yeux levés vers lui. « Laisse-les, dit-il doucement, laisse-les. On n'a pas fini notre boulot, tous les deux.

— Oh, oui », haleta Kate. Elle vint dans ses bras, se pencha vers lui, levant ses lèvres dans sa direction, se sentant rassurée, protégée par sa force.

Leurs lèvres se rencontrèrent. Kate s'abandonna au baiser et se laissa à nouveau aller au frisson d'extase qui envahissait son corps. Ils glissèrent lentement au sol, échangeant des baisers brûlants, leurs mains explorant et caressant leurs corps impatients. Christopher était toujours en pleine érection et Kate pencha la tête pour l'attirer dans sa bouche. Elle avait envie de savourer son goût merveilleux, le sentir proche d'elle et pouvoir toucher la douceur soyeuse de sa chair gonflée. Il resta immobile pendant un moment, la respiration forte, tandis qu'elle lui suçait tendrement la bite, sa grande main posée dans ses cheveux. Puis, il l'attrapa pour la relever.

« Regarde », murmura-t-il. Kate se pressa contre lui et se retourna dans le creux de ses bras pour voir ce qu'il lui montrait.

Sophie et Edmond avaient cessé de caresser les seins de Bryony. Ils étaient allongés sur le côté, sur une pile de serviettes blanches et épaisses, en tête-à-queue. Ils gémissaient tout en s'embrassant mutuellement le sexe. Leurs corps étaient pressés si fort l'un contre l'autre qu'ils semblaient être les deux moitiés d'une même créature. Sous ses yeux, Kate vit Sophie commencer à trembler en sentant monter l'orgasme et roula sur le dos, gémissante et tremblante, tandis qu'Edmond s'agrippait à ses hanches serrées et donnait des coups de langue au fond de sa chair sensible. Il se plaça au-dessus d'elle lorsqu'elle s'arrêta de frémir et poussa sa queue dure entre ses lèvres, haletant de plaisir tout en s'enfonçant dans sa bouche de toutes ses forces.

Et Nick était penché au-dessus de Bryony sur le transat. Il avait détaché ses jambes, défait le bâillon et maintenant, il se positionnait à l'entrée de son sexe, se préparant à la posséder. Elle s'était donnée à lui totalement. Ses chevilles fines étaient serrées sur son dos et sa tête rejetée en arrière, entre ses poignets attachés. Quand Nick enfonça sa longue bite bien dure dans son sexe, elle poussa un grand cri tremblant de joie et il se mit à bouger en rythme, faisant glisser sa grosse bite en elle, soupirant d'effort et d'extase.

« J'ai l'impression, murmura Christopher à l'oreille de Kate, que nous pourrions faire la même chose. » Il se leva soudain, souleva Kate et l'attira sans effort dans ses bras. Elle s'abandonna, sans résistance, se demandant par où il allait la prendre. Il la porta jusqu'à l'une des machines à poids en métal. Elle était disposée devant le miroir mural. Il déposa doucement Kate et s'assit sur l'un des bancs matelassés, s'appuyant contre la machine, sa grosse bite en érection. « Regarde, dit-il. Tu vois.... Allez, je t'attends. »

C'était le moment. Ça allait vraiment arriver. Kate resta devant Christopher, contemplant son corps magnifique. Les nerfs à vif, elle était survoltée de désir à l'idée de savoir que ce pénis magnifique se planterait bientôt en elle et qu'elle pourrait le sentir se mouvoir et le laisser s'enfoncer au maximum dans son sexe consentant. Elle l'enfourcha rapidement et se pencha en avant pour qu'il puisse prendre un de ses tétons excités dans sa bouche et le sucer. Il serra les dents sur le petit bouton rose et Kate rejeta sa tête en arrière dans un spasme de douleur et de plaisir. Puis, elle se baissa vers lui.

Le bout massif et luisant de sa queue se fraya un passage entre les lèvres mouillées de sa vulve. Elle hésita, se délectant d'avance. Il suça à nouveau son téton et un éclair de plaisir la traversa des seins jusqu'au sexe, faisant tressaillir son clitoris engorgé. Elle glissa tout doucement le long de sa bite, la sentant s'épanouir en elle. Elle la remplissait si bien qu'elle crut qu'elle allait éclater. La sensation était incroyable. La chaleur de son sexe sembla rayonner soudain d'un désir inouï, tandis que ses seins brûlaient d'extase. Elle tomba presque à la renverse quand Christopher fut en elle, enfoncé au maximum.

Aucun stress. Ce plaisir pourrait durer aussi longtemps qu'elle le voudrait. Kate souleva ses hanches en petits cercles lascifs, pressant son clitoris gonflé contre la racine du membre de Christopher. Elle se pencha en avant et l'embrassa fiévreusement, poussant ses seins dans ses mains, appelant ses caresses douloureuses. Elle resta ainsi, empalée sur lui, sans bouger, en savourant le plaisir, en sentant la jouissance monter en elle tandis qu'ils s'embrassaient et enlaçaient leurs langues et que ses doigts puissants caressaient ses tétons. Puis, dans un gémissement de volupté pure, elle se mit à le chevaucher.

Elle était si mouillée de désir que la grosse bite de Christopher glissait aisément dans son sexe. Elle se cambra vers le haut et retomba, haletante, en sentant son phallus chaud revenir se glisser à nouveau en elle. Elle ouvrit les yeux et le vit regarder par-dessus son épaule. Elle tourna la tête et vit qu'il la regardait chevaucher sa bite luisante qui apparaissait et disparaissait entre ses fesses rebondies à chaque fois qu'elle montait et descendait. Il pétrissait ses seins avec ses mains fortes et mordait la peau fragile de son cou. Un désir contradictoire la prit. Elle voulait le prendre en elle, encore et toujours, le chevaucher jusqu'à l'orgasme et, en même temps, elle voulait que cela ne finisse jamais. Elle se tordait en se soulevant et en retombant. Elle montait et descendait sur son pénis dressé, jouissant de ce corps merveilleux. Christopher haleta et commença à soulever ses hanches, pompant en elle, le visage concentré, tout en se regardant dans le miroir glisser encore et encore dans le sexe offert de Kate.

Un cri venu de la piscine attira leur attention et leur fit tourner la tête dans la direction où Bryony était en train de se faire baiser par Nick. Il la prenait de force, en haletant et en enfonçant sa queue avec brutalité. Son corps brillait de sueur et sa bite excitée entrait et sortait inlassablement de son sexe roux. Bryony tournait sa tête de droite et de gauche en hurlant : « Oh, c'est si bon ! Baise-moi, Nick, baise-moi ! Plus fort, plus profond, continue, encore. » Et son corps tout entier se convulsa sous les coups de bite irrésistibles de Nick, en sentant venir l'orgasme. Il haleta et s'accrocha à ses hanches en s'enfonçant en elle, deux, trois fois. Au troisième coup, il hurla de plaisir et commença à trembler en déchargeant dans sa chatte.

« Kate, chuchota Christopher, c'est maintenant. » Il se redressa un peu et l'attira à lui, tenant ses hanches dans ses mains puissantes et poussant en elle. Kate commença à haleter en sentant la jouissance venir. Elle se pencha en avant, cherchant à l'aveugle la bouche de Christopher. Ils ondulèrent à l'unisson à un rythme sauvage, gémissant de plus en plus fort à chaque fois que Christopher enfonçait sa bite plus profondément en elle. Kate s'accrocha au cou puissant de Christopher dont le visage ténébreux devenait encore plus sombre avec l'impact du plaisir. Ses ongles caressaient délicatement les tétons dressés de Kate qui sembla tout à coup recevoir comme une décharge électrique. Elle sentit sa jouissance cachée au fond de son sexe, remonter en spirale le long de sa colonne vertébrale et foudroyer sa tête, secouant son corps d'extase. Elle cria le nom de Christopher quand le plaisir l'inonda et se serra tout contre lui. Puis, doucement, il se leva en soulevant Kate avec lui. Elle se laissa faire, molle d'épuisement, sa grosse queue toujours enfouie dans la chair encore légèrement convulsée de son corps frémissant. Christopher se tourna et l'allongea sur le banc matelassé, sans se retirer d'elle. Il prit ses poignets et les étendit au-dessus de sa tête avant de recommencer à s'enfoncer en elle, en poussant des cris sauvages. Kate ne pouvait même plus gémir, tant le plaisir était grand. Christopher poussait inlassablement sa bite énorme dans son sexe frémissant d'extase. Il livra un dernier assaut féroce et, dans un cri, son corps fut secoué de spasmes tandis qu'il déchargeait sa jouissance dans sa chair frissonnante.

Il resta allongé sur elle, en haletant, et quand il lâcha ses poignets, elle enlaça ses épaules, sentant, tout contre son cœur, ses poumons se remplir et se vider et son cœur battre à tout rompre dans son immense poitrine. Elle se sentait heureuse et amoureuse, mais elle ne dit rien. Ce soir, elle le raccompagnerait chez lui en voiture et là, peut-être, si tout se passait bien, elle serait capable de lui dire quelque chose. Elle se demanda furtivement si elle pourrait supporter que Christopher aime autant les femmes que les hommes. Mais décida qu'elle ne pouvait pas savoir tant qu'elle n'avait pas essayé. Et elle essaya de penser à autre chose.

Christopher se retira d'elle en l'embrassant tendrement. Il la prit dans ses bras et la souleva. Elle s'accrocha à lui, tremblante.

« Bon, dit la voix de Nick, qu'est-ce que t'en dis, Bryony ? Sois cool et peut-être que Kate te laissera suivre la prochaine formation. Si tu critiques Kate, je dirai à Bob que toi aussi, tu as pris ton pied. »

Kate et Christopher levèrent les yeux. Nick avait détaché Bryony et la transportait vers le jacuzzi. Elle était complètement détendue dans ses bras. Ses cheveux épais pendaient lourdement de sa tête renversée en arrière. Il la reposa doucement dans l'eau bouillonnante. Elle dit d'une voix rauque : « Ça ressemble à du chantage.

— C'est pas faux », dit Christopher en entrant lentement dans l'eau chaude aux bulles caressantes, avec Kate alanguie dans ses bras. Assommée de plaisir, Kate gémit en sentant son corps plonger dans l'eau.

« Kate disait tout à l'heure, commenta Nick, qu'elle voulait donner sa démission. Et ça, ça nous a pas plu. »

Bryony eut l'air sincèrement étonné. « Sa démission ? » Elle leva la tête, passant sa main mouillée dans ses cheveux blond vénitien. « Ta démission, Kate ? C'est vrai ? Mais pourquoi ça, enfin ? »

Encore ivre de volupté, Kate était bien incapable de lui répondre pour l'instant. Nichée contre la poitrine immense de Christopher, elle se concentrait davantage sur les battements de son cœur que sur les paroles de Bryony. Elle secoua la tête sans rien dire.

« Je ne pense pas que Bob apprécierait, médita Nick, si je lui disais qu'un de nos meilleurs formateurs est en train de démissionner. Il aurait probablement envie de savoir pourquoi.

— Écoute, dit Bryony en se dégageant des bras de Nick. Nick, écoute, es-tu en train d'insinuer que ça a quelque chose à voir avec moi ? Il faut que tu saches une chose, je n'ai pas non plus envie que Kate démissionne. C'est un membre valable de notre équipe, on a besoin d'elle. Je suis tout aussi navrée que toi. »

Sophie et Edmond vinrent les rejoindre dans le jacuzzi, main dans la main. Sophie regarda Bryony sans aucune sympathie et dit : « Vous devriez peut-être faire un peu plus attention aux gens de votre équipe.

— Avez-vous suivi cette formation ? demanda Edmond. Je crois que ça vous ferait du bien. »

Kate cacha sa tête dans la poitrine de Christopher, en attendant l'explosion de la bombe. Elle n'avait jamais vu Bryony accepter des critiques. Mais les minutes s'écoulèrent en silence sans que rien ne se passe. Kate leva timidement les yeux et vit Bryony allongée dans les bras de Nick, la tête posée sur son épaule. Ses lèvres tremblaient de plaisir. Nick avait placé le corps de Bryony face au jet d'eau qui, tels des milliers de doigts magiques, massait à gros bouillons ses seins et son sexe.

Nick murmura tout doucement à l'oreille de Bryony : « Une formation de suivi est prévue dans quelques mois. Je parie qu'elle te sera aussi utile qu'à moi. Ça ne te dirait pas de venir ? »

Bryony se tordait dans les mains de Nick. Elle essayait de coller son sexe contre le jet d'eau. « Oui, répondit-elle en haletant, je veux venir.

— Demande gentiment à Kate, alors », siffla Nick.

Au bout d'un moment, Bryony leva son visage. Kate ne l'avait jamais vue comme cela, le visage adouci et alangui par le plaisir, ses yeux durs devenus si humides et ses lèvres pulpeuses et ouvertes. Elle dit avec douceur :

« Kate, est-ce que je pourrais faire partie de ta prochaine formation, enfin, m'accepterais-tu comme élève supplémentaire ? »

Et Kate vit tout à coup Bryony de manière radicalement différente. De supérieure hiérarchique ou dragon tyrannique, Bryony devenait une participante comme les autres, juste quelqu'un qui avait besoin d'elle et que Kate pourrait rendre plus heureuse et plus forte. Elle ne ressentait plus de haine. « Bien sûr que tu peux venir, dit-elle chaleureusement, si tu en as envie. »

Le visage de Nick s'éclaira. « OK, dit-il, si une nouvelle personne rejoint notre équipe, je crois que j'ai pas mal d'idées pour ma prochaine chorégraphie. Trois hommes et trois femmes. Putain, je vais m'éclater. » Il prit la tête mouillée et ébouriffée de Bryony. « Bryony, dit-il, c'est le moment que tu fasses connaissance avec le reste de l'équipe. Tu vas être amenée à nous connaître plus intimement dans les quatre heures qui vont suivre. »

Épilogue

Le retour au bureau après quelques jours d'absence pouvait souvent tourner au cauchemar. Et c'est en connaissance de cause que Kate se rendit au bureau à sept heures et quart, pour faire face au déluge de problèmes. Mais, contrairement à ce qu'elle craignait, il semblait que Bryony avait tenu sa parole et qu'elle s'était arrangée pour que quelqu'un traite effectivement les dossiers urgents de Kate. La situation n'était pas aussi dramatique qu'elle ne l'avait imaginé. Et Kate songea à quel point il était facile de mal juger une personne. Facile et dangereux.

Elle s'occupa d'abord du courrier et des mails. Les participants de sa formation ne lui avaient pas encore écrit, bien que tous aient promis qu'ils resteraient en contact. Elle eut envie d'un café au bout d'une heure et demie, et se rendit à la machine à café qui se trouvait dans l'open space.

Personne n'avait encore fait de café ce matin-là et Kate passa un petit moment à installer les filtres. Le café se mit à couler. Kate s'appuya contre le mur et ferma les yeux, respirant l'arôme merveilleux du café chaud. Elle laissa son esprit rôder dans ses souvenirs de la veille.

Nick s'était surpassé… Il n'avait eu de cesse, durant tout l'après-midi, d'organiser des situations, de disposer leurs corps dans différentes positions, renouvelant leur désir, attisant leur excitation, les tenant en haleine. Il était si créatif, si épatant… Cette journée de plaisir passa en un éclair jusqu'à ce qu'il dise avec un air contraint : « On va tous devoir reprendre la route bientôt. J'ai mis une idée de côté. Kate, elle est pour toi. Nous allons jouer à un petit jeu de rôle pour te remercier de tout ce que tu as fait pour nous. »

Ils allongèrent Kate sur une des chaises longues près de la piscine. Elle était assise normalement, relaxée, sur les coussins. « Maintenant…, dit Nick, ajustant la chaise longue pour que le corps de Kate soit un peu couché en arrière. Maintenant, voilà. Bryony, Sophie, venez ici et agenouillez-vous à côté d'elle. » Il dirigea leurs bouches vers les seins de Kate et elles se mirent à lécher ses tétons avec leurs langues humides et chaudes, et ce contact fut délicieux contre sa peau nue. Ses tétons devinrent tout durs, les petits bouts de chair couleur de corail se plissant de plaisir. Kate poussa un long et langoureux soupir et ferma les yeux.

« Edmond, dit la voix de Nick, je sais ce que tu aimerais faire pour terminer cette formation. Alors, vas-y. Christopher, si je pouvais te confier Kate… »

Kate entendit Sophie pousser un petit cri et sa bouche délaissa un instant le sein de Kate. Kate tourna la tête de côté, ouvrit les yeux et vit Edmond s'agenouiller derrière Sophie et passer ses mains le long de son dos mince, et sous ses fesses blanches. Il pétrit la chair fragile, se pencha en avant et pressa un instant sa langue à l'intérieur des fesses de Sophie, pour en taquiner la peau délicate entourant l'anus. Elle frissonna. Ses mains glissèrent entre ses cuisses, ouvrant ses jambes en suivant le bord de son mont de Vénus. Sophie gémit et poussa ses fesses vers lui, en serrant les lèvres autour du téton pointé de Kate. Edmond sourit et plaça le bout de sa queue à l'entrée de son sexe et poussa jusqu'à ce qu'il soit fourré au fond d'elle.

La chair humide entre les jambes de Kate se contracta inconsciemment à la vue d'Edmond qui commençait à bouger, fourrant son pénis long et dur dans le corps de Sophie. Elle se cambra, poussant ses seins douloureux de désir vers le ciel, vers les deux bouches qui suçaient si délicieusement ses tétons et elle renversa sa tête. Là, de l'autre côté, Bryony était à genoux, avec Nick derrière elle. La peau de ses mains paraissait très foncée à côté des hanches si blanches de Bryony. Lui aussi était en train de la prendre par-derrière, mais il avait choisi de la pénétrer par l'anus et elle grognait d'extase en sentant sa queue plonger dans son passage secret. Nick avait orienté le cul de Bryony légèrement vers Kate pour qu'elle puisse avoir une vue imprenable sur ce qu'il lui faisait. Il introduisit deux doigts dans la fente mouillée de Bryony et, avec son pouce, caressa doucement son petit clitoris rose dressé. Le corps de Bryony eut une secousse et elle commença à pousser son cul en arrière vers Nick, essayant de s'enfoncer encore davantage sur ses doigts, tout en accueillant les poussées ardentes de son phallus. Elle se laissait chevaucher sans jamais cesser de sucer le téton tout excité de Kate.

Kate sentit son sexe douloureusement vide, commencer à brûler de désir au moment où Christopher s'avança entre ses cuisses écartées et introduisit le bout de sa belle bite entre ses lèvres mouillées. La tête de Kate bascula doucement, comme si elle était très lourde, et elle le regarda au fond des yeux tandis qu'il saisissait ses fesses dans ses grandes mains et qu'il commençait à la pénétrer. Il bougeait avec une lenteur insoutenable, délicieuse, savourant sa pénétration. Sa grosse queue se fraya un chemin entre les parois serrées et chaudes de son sexe. Sophie et Bryony suçaient plus fort le bout de ses seins et elle rejeta sa tête en arrière, en haletant. Christopher enfonça lentement son énorme pénis tout au fond du col de son utérus, jusqu'à ce que ses couilles chaudes et velues viennent se blottir contre ses fesses. Et il resta longtemps sans bouger, la remplissant complètement.

Surexcitée de désir, Kate n'en pouvait plus, elle ne pouvait plus se contenir. Elle commença à basculer ses hanches, en chevauchant le gros membre enfoui en elle, frottant son clitoris gonflé contre le corps de Christopher. Son dos cambré offrait la pointe gonflée de ses seins aux bouches gourmandes des deux femmes. Elle hurla et, au-dessus d'elle, Christopher éclata de rire et se mit à bouger. Il se retira et replongea en elle presque entièrement : c'étaient des poussées longues, lentes, juteuses, qui la firent hurler de délice. Il continua inlassablement, donnant de furieux coups de bite en cognant ses couilles à chaque fois contre son sexe. Kate abandonna son corps à cette cascade de plaisir qui semblait ne jamais finir. Au moment de l'orgasme, son corps se figea, incapable de bouger, de respirer ou même de crier et son cœur s'arrêta en ressentant la puissance de cet ultime moment d'extase. Après quoi elle sentit son corps s'effondrer, comme anéanti de plaisir, tandis que les autres couples continuaient à se chevaucher, cherchant à atteindre la jouissance et que Christopher déchargeait furieusement dans son sexe encore secoué de spasmes.

« Je me demande à quoi tu penses », demanda une voix. Kate sursauta et rougit en voyant Bryony apparaître aussi soudainement.

« Essaie de deviner », répliqua-t-elle avec un sourire. Le café était prêt et elle ouvrit le sachet de gobelets. Elle s'en versa un, et un autre pour Bryony.

« Si j'avais su à quel point tu t'amusais durant ces formations, dit Bryony en acceptant le café, j'aurais compris pourquoi tu aimes tant les diriger.

— Ce n'est pas... » fit Kate, sur la défensive.

« Non, ce n'est pas ça. Je sais. Ne t'inquiète pas, Kate. » Bryony prit une gorgée de café et regarda Kate en plissant les yeux avec malice. « Écoute, est-ce qu'ils m'ont raconté la vérité ? Tu as vraiment l'intention de démissionner ?

— Eh, bien, oui, reconnut Kate.

— Donc, je suis contente d'être venue. Je n'ai peut-être pas été assez claire avec toi. Tu es vraiment quelqu'un de valeur.

— Merci, répondit Kate, un peu sèchement.

— Je me demande, dit Bryony, si..., peut-être, on ne pourrait pas déjeuner ensemble la semaine prochaine. J'aimerais bien que tu m'apprennes un peu les sujets sur lesquels vous avez travaillé pendant les trois jours de la formation ; si je viens à la formation de suivi, il faut que je comprenne bien de quoi il s'agit, tu ne crois pas ?

— Ça prendra plus qu'un déjeuner.

— Bon, on peut se réserver du temps. Autant de temps qu'il te faudra pour me faire une formation accélérée, si tu veux. Je regrette de n'avoir suivi aucune de tes formations. Il faut que je comprenne bien les concepts sur lesquels tu travailles si je veux mieux diriger ce département. Enfin, cela dit, j'aimerais déjeuner avec toi et pas seulement pour parler business. Est-ce que je peux demander à ma secrétaire d'arranger ça ? »

Kate hésita avant de dire : « Oui, Bryony, ce serait bien, j'aimerais bien moi aussi. » Et elle le pensait vraiment. L'attitude de Bryony était si différente.

Il y eut un moment de silence. Puis, Bryony dit : « Tu as bien raccompagné Christopher ? »

Kate leva brusquement la tête de surprise. Jamais Bryony ne lui avait posé la moindre question sur sa vie privée. Elle n'avait jamais semblé s'y intéresser. Et maintenant, son petit visage lui souriait chaleureusement. Kate baissa les yeux et prit une gorgée de café, se demandant brièvement s'il fallait répondre. Bien sûr, qu'il le fallait. Ne pas le faire aurait été injustifié. « Eh, bien… oui, répondit-elle simplement.

— Et alors ? lança Bryony.

— Et alors, rien. Je l'ai raccompagné chez lui. Il a pris son sac dans le coffre de la voiture, il m'a remerciée et puis il est rentré chez lui.

— Oh, Kate… » Bryony avait l'air de ne pas le croire. Son visage semblait attristé, plein de sympathie. « Après tout ce qu'il s'est passé pendant cette formation ! Il ne t'a même pas proposé d'entrer ? » Kate secoua la tête, l'air un peu triste. « Je suis désolée pour toi. »

Kate haussa un peu les épaules. « Je ne suis pas inquiète, dit-elle, en essayant de paraître plus forte et confiante qu'elle ne l'était vraiment. Il est timide. La formation, c'est une chose, sa vie en est une autre. Ça ne me dérange pas. Je vais au théâtre avec lui la semaine prochaine. C'est déjà arrangé. Je crois qu'on recommence à zéro.

— Mais je l'ai vu te faire l'amour, siffla Bryony, baissant la voix. Pourquoi reculer maintenant ? Je ne comprends pas.

— Pour mieux influencer quelqu'un, expliqua Kate, il faut parfois marcher à son rythme, suivre son programme. Si je suis trop pressante avec Christopher, il va fuir, il va tout couper. Donc, je n'insiste pas.

— Bien…, Bryony secoua la tête, tu es certainement plus patiente que moi. Je vois Nick ce soir et si je n'obtiens pas ce que je veux, il va y avoir du vilain. »

Kate éclata de rire. « Vous deux, ensemble ! » s'exclama-t-elle. « J'assisterai au feu d'artifice de mon balcon. Il n'est pas vraiment facile à gérer, tu sais, Bryony.

— C'est ce que tu penses », commença Bryony avec un sourire. Puis, en voyant une silhouette s'approcher de la machine à café, elle reprit instantanément sa voix de businesswoman. « Bon, dit-elle, j'ai du boulot. À bientôt, Kate. »

Alex suivit du regard Bryony s'éloigner dans le couloir. « Mais tu es devenue très copine avec madame Barracuda, tout à coup ! » dit-il à Kate, en soulevant ses sourcils bruns.

La sensation familière de ce désir impossible qu'elle avait pour Alex lui serra la gorge à nouveau. Malgré ses bonnes résolutions, elle sentit que quelque chose de profond l'empêchait de dire à Alex ce qu'elle ressentait. Peut-être qu'elle ne le faisait pas parce qu'elle était son boss. Il risquerait peut-être de se sentir obligé, de penser qu'il n'avait pas le choix. Elle ne supportait pas l'idée qu'il puisse dire oui sans être sincère. C'était impossible, même pas la peine d'essayer. De toute façon, se consola-t-elle, il y avait toujours Christopher. Elle pouvait penser à lui à la place en attendant. « Café ? demanda-t-elle à Alex.

— Merci.

— Tu viens tôt, ce matin, dit Kate en versant le café.

— Ben, oui. »

Elle s'aperçut qu'Alex avait l'air mal à l'aise, bizarre, comme un petit garçon timide. Il avait l'air fatigué, nota-t-elle soudain, et malheureux. « Alex, dit-elle en fronçant les sourcils, tout va bien ?

— Écoute, dit Alex rapidement, est-ce que je peux venir dans ton bureau pour discuter deux minutes ? Je suis venu tôt ce matin parce que je pensais te trouver seule. »

« Oh, merde, pensa Kate, il veut démissionner. Merde, merde, merde. »

« Oui, bien sûr, viens », dit-elle en se dirigeant vers son bureau.

Ils entrèrent dans son bureau et elle ferma la porte. « Quel est le problème ? » lui demanda-t-elle.

Alex resta longtemps sans rien dire, les yeux baissés sur sa tasse de café, en tortillant un pied sur le tapis. Puis, il dit : « Je préférais que tu l'apprennes de ma propre bouche plutôt que par quelqu'un d'autre de l'équipe. Euh... Je me suis séparé de Tina ce week-end, elle a quitté la maison. Je voulais que tu le saches.

— Oh, répondit Kate d'une petite voix, je suis désolée. » Elle ne savait jamais quoi dire dans ces circonstances. La part la plus égoïste en elle était contente qu'Alex soit maintenant seul, mais Alex avait l'air si triste qu'il était impossible de ne pas compatir.

« Oh, ne t'inquiète pas pour moi, dit Alex d'un air de bravoure. Ça devait arriver. C'était tendu entre nous depuis tellement longtemps. Je… je ne suis pas trop atteint par tout ça, pas du tout, en fait. Je voulais juste que tu le saches. » Il passa sa langue sur ses lèvres et leva les yeux. « Il y avait autre chose, aussi. Hier, j'ai reçu des instructions. On m'envoie suivre une formation pour m'apprendre les techniques d'influence, et je sais que toi, justement, tu diriges ces formations. Je me demandais simplement si tu étais chargée de celle à laquelle je vais participer. »

Kate secoua la tête à regret. « Je crains que non, dit-elle. On évite de former des gens de notre propre équipe, ça peut donner des résultats bizarres, de retour au bureau. » Elle plongea son regard dans ses yeux lumineux bordés de cils clairs et pensa : « Je me demande si je vais y arriver, cette fois. Une chance ? »

« Ah, dommage, répondit Alex, accusant le coup. Mais, écoute, Kate, est-ce que j'ai vraiment besoin de suivre cette formation ? J'ai déjà pas mal d'influence, tout le monde le dit. Pourquoi est-ce que je dois aller à cette formation ?

— C'est une bonne formation, lui dit Kate calmement. D'après moi, tout le monde devrait pouvoir en profiter. Je discutais d'ailleurs de ça tout à l'heure avec Bryony, en fait.

— Vraiment ? *Vraiment ?* » Alex n'en revenait pas. « Bon, si tu le dis… Mais d'après les instructions, dit-il, je dois d'abord en discuter avec mon manager avant de suivre la formation. C'est toi, non ?

— Oui, c'est moi, ton manager. Tu peux m'en parler quand tu veux. » Tu peux me faire ce que tu veux quand tu veux, disait le désir désespéré de Kate.

Alex se tourna, comme pour quitter le bureau de Kate. Puis, il eut l'air de se retenir, s'arrêta et souleva les épaules. « Kate, dit-il depuis la porte, il y avait autre chose. »

Kate sentit une boule dans sa gorge et son cœur s'accéléra. « Quoi ? » demanda-t-elle en essayant de garder son calme.

Alex vint se tenir devant elle. « Je voulais te demander… », sa voix devint tout à coup très faible, presque inaudible et il poussa un juron muet. « Écoute, dit-il enfin, tu voudrais pas venir boire un verre avec moi ce soir ? »

Kate en perdit le souffle. Pendant un moment, elle n'en crut pas ses oreilles. Elle fronça les sourcils, passa sa langue sur ses lèvres et dit : « Excuse-moi, Alex, qu'est-ce que tu viens de dire ?

— Laisse tomber, répondit Alex, qui était maintenant furieux contre lui-même et se détournait. Je veux dire, c'est sans importance. T'inquiète pas pour ça.

— Non », insista Kate. Et elle courut vers lui au moment où il allait attraper la poignée de la porte et lui prit le bras, l'obligeant à lui faire face. « Non, Alex, je… »

Il baissait les yeux vers les siens, son souffle devenait rapide. Elle se retrouva tremblante, osant à peine croire à ce qu'il lui avait dit. « S'il te plaît, parvint-elle à dire au bout d'un moment, s'il te plaît, ne t'en va pas. Dis-moi ce que tu as dit. C'est juste que… j'ai peur de n'avoir pas bien entendu. »

Alex passa sa langue sur ses lèvres. Sa langue était longue et pointue, comme dans son souvenir. Il demeura silencieux, interdit. Et Kate le regarda, sans rien dire, agitée par ses pensées qui tournaient en spirale dans sa tête. Et si les choses se passaient bien avec Christopher ? Alors ? Pouvait-elle vraiment commencer à fréquenter Alex maintenant ? Est-ce qu'il avait envie de la voir elle, ou avait-il juste envie d'une discussion avec sa manager ? Elle tremblait, consciente de sa proximité, mais elle ne savait toujours pas ce qu'il voulait ou ce qu'il fallait qu'elle fasse.

« Je t'ai demandé si ça te dirait d'aller boire un verre ce soir », répondit Alex, très posément.

Il le lui avait réellement demandé. Réellement. Elle était son boss. Il avait dû rassembler un sacré courage. Kate maîtrisa un frisson et se força à sourire. Elle ne connaissait toujours pas la nature de son invitation. « Oui, bien sûr, dit-elle joyeusement. Et pourquoi pas, on est vendredi, non ? Tu veux aller où ? Le bar à vins en bas ?

— Non », il secoua sa tête. « Non, je ne veux pas dire boire un coup après le boulot. Kate, je… », il mordit sa lèvre. « J'avais envie d'autre chose, Kate. Plutôt une sortie sympa dans un endroit cool, juste toi et moi. »

Kate sentit son sang lui brûler les veines. C'était génial ! Il lui faisait une vraie invitation ! « Bien sûr, dit-elle sans arrière-pensée. J'adorerais. Où veux-tu qu'on aille ? »

Le visage pâle d'Alex rougit des joues aux sourcils, comme s'il n'en revenait pas qu'elle ait accepté. Il avait l'air jeune, naïf et infiniment, irrésistiblement désirable.

« On peut se retrouver en ville, suggéra-t-il, ou bien, je peux passer chez toi te prendre. Si tu veux, ajouta-t-il à la hâte.

— Oui, je veux bien, dit Kate, d'une voix plus chaude, plus séductrice. À quelle heure ?

— Huit heures ? proposa Alex, essayant d'avoir l'air détendu.

— OK. C'est parfait. »

Ils restèrent debout, les yeux dans les yeux. Alex fit un mouvement brusque comme s'il voulait l'embrasser mais il se retira aussitôt. « Bon, dit-il, euh, à tout à l'heure, alors. Salut. » Il lui lança un sourire joyeux, avant d'ouvrir la porte et de disparaître.

Kate resta totalement immobile au milieu de la pièce, le regard fixé sur la porte fermée. C'était incroyable, mais vrai. Il avait envie de sortir avec elle. Comme pour essayer de se plonger dans le futur, elle pensa à cette soirée. Est-ce qu'ils allaient sortir boire un verre ou est-ce qu'elle allait l'inviter chez elle ? Qu'est-ce qu'il lui ferait ?

Mais Christopher ? Comment pouvait-elle accepter l'offre d'Alex, alors qu'elle avait rendez-vous avec Christopher la semaine suivante ? Elle fronça les sourcils et réfléchit en passant sa main dans ses cheveux. Une pensée la frappa soudain. Christopher aimait autant les hommes que les femmes. Pourquoi ne pas séduire Alex et ensuite, organiser une rencontre entre les deux hommes qu'elle désirait le plus ? Et les réunir dans le même lit, son lit ? L'idée de ces deux hommes lui donnant du plaisir et se donnant entre eux du plaisir la fit frémir de désir et d'excitation.

Elle n'avait aucune idée des goûts sexuels d'Alex, mais en y réfléchissant, il semblait peu probable qu'il soit ravi de sauter dans un lit avec un autre homme. Une résistance était presque inévitable. Kate fit lentement le tour de son bureau et s'assit en se penchant en arrière dans son siège, s'étirant avec un sourire félin et satisfait. N'était-elle pas une experte de l'influence ? Cela pouvait être son nouvel objectif, pour tester ses propres compétences : Alex et Christopher dans un lit avec elle. Cela mériterait bien le prix de la meilleure femme d'influence de l'année. Son esprit s'enflammait d'images très précises. Elle imagina la sensation de la bite énorme de Christopher dans son sexe, le goût musqué d'Alex dans sa bouche. Elle se vit allongée sur son lit, les cuisses écartées, Alex accroupi devant elle, sa langue pointue s'enfonçant et léchant sa chatte, son pénis dur baisant sa bouche gourmande. Ses yeux seraient levés vers ses testicules tendus, vers la courbe ferme et blanche de ses fesses. Et là, à genoux au-dessus de lui, Christopher, se préparant à le pénétrer sous ses yeux. Le soleil du matin brillait sur l'immeuble d'en face. C'était un immeuble moderne dont les vitres réfléchissantes le faisaient ressembler à une grande glace, et de grands pans de lumière ricochaient de la façade pour rayonner sur le visage de Kate. Elle frissonna avec délice, donnant libre cours à son imagination. « Oh, Alex, murmura-t-elle pour elle-même, j'espère que tu en as envie autant que moi j'en ai envie. »

8245

Composition Virgin Publishing
Achevé d'imprimer en France (La Flèche)
par Brodard et Taupin le 02 janvier 2007 - 39511
Dépôt légal janvier 2007. ISBN 2-290-00026-7
EAN 978-2-290-00026-7

Éditions J'ai lu
87, quai Panhard-et-Levassor, 75013 Paris
Diffusion France et étranger : Flammarion